大唐雙龍傳

【修訂版】

黃易作品集

卷四

【目錄】

隋末唐初群雄割據圖

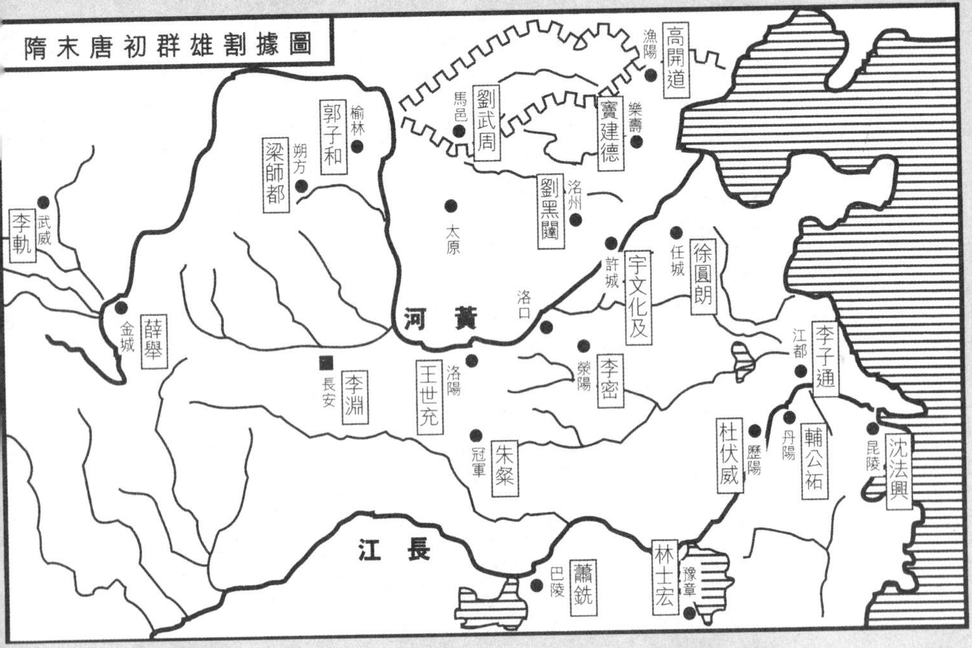
高開道
漁陽
劉武周
馬邑
竇建德
樂壽
郭子和
榆林
梁師都
朔方
李軌
武威
劉黑闥
洺州
太原
徐圓朗
任城
宇文化及
許城
洛口
黃河
薛舉
金城
長安
李淵
王世充
洛陽
李密
滎陽
江都
李子通
朱粲
冠軍
杜伏威
歷陽
丹陽
輔公祏
沈法興
昆陵
長江
蕭銑
巴陵
林士宏
豫章

第一章
四大惡寇

黃易 作品集

第一章 四大惡寇

徐子陵蹲在小溪旁，先淨手，接著掬手取水，痛快地喝了兩口。清涼的溪水灌入喉嚨，使他精神為之一振，不遠處雖仍有喊殺的打鬥之聲傳來，另一邊則蹄聲轟鳴如雷，但暫時都似與他沒有半點關係。他臂膀、左肩和右腿間三處小傷口仍有少許疼痛，但大致上已經癒合，沒再淌血。

他腦中尚是記憶鮮明，如何在敵人重圍下擊殺對方的多個頭子，再借神遁掛樹逸出重圍。賊寇的實力明顯不止數千人之衆，且高手如雲，使迎戰的牧場戰士一再陷於苦戰中。現在唯一能助飛馬牧場脫難之法，是先一步找到四大寇方的主力所在，再以狙擊手段殺其主帥，如此方能徹底挫折敵寇的士氣，打亂他們的陣腳。打定主意，徐子陵射出神遁，躍上溪旁一株參天古樹之巔，觀察戰場的形勢。

柴紹冷笑道：「假設閣下死不了，我們便陪你喝口熱茶聊聊吧！」探手拉起李秀寧的玉手，往後急退。

寇仲立時看得怒火中燒，呆在當場，茫然不知李綱和竇威亦往外移開。

柴紹喝道：「放箭！」

「颼颼」聲中，滿布屋簷上、花園中的李閥戰士，同時掣起弩弓，朝寇仲發箭射去。柴紹亦放開挽著李秀寧的手，兩根護臂激電般往寇仲射來，聲勢極之凌厲。即使以寇仲之能，也難以用手上的井中月同時擋格這配合巧妙的箭陣攻擊，何況還要應付柴紹脫手疾射而來，貫滿眞勁的兩根護臂鋼棍。

寇仲在剎那間回過神來，在勁箭貫體前沖天直上。李秀寧一聲嬌叱，在所有箭矢、護臂落空的當兒，人隨劍走，啣著尾巴往寇仲追去。勁弩上膛的聲音在四方響起，顯示第二輪箭攻即將發動。

要在無法借力、更無遮擋掩護的虛空處，同時應付李秀寧從下而來的攻擊，和隨時密集射來的弩箭，就算是寧道奇、畢玄之輩，亦要手足無措。寇仲卻是夷然不懼，左手神遁電射往左方老樹之巓，就在李秀寧的長劍及上他前，往橫移開，沒入遠處的暗黑裏。看得柴紹等瞠目以對，偏又毫無辦法。

徐子陵提氣疾馳，奔上一個小丘後停下步來。丘腳處雜樹叢生，中間有條小河流過，蜿蜒而去。再遠點就是剛才在山高處看見的小村莊。適才他觀察戰場形勢，發覺賊寇的主力正四面八方以此村爲中心聚攏過來，心感奇怪，故趕來一看。

眼下的小村靜若鬼域，一點不覺任何異常的情況，略一沉吟後，掠下丘坡。奔至切近，心中忽現警兆，就像那次在巴陵城外長江之旁被人從船上監視的感覺，不由心中訝異。屋中藏的究竟是哪一方的人呢？

四方遠處不時有廝殺聲隨風傳來，提醒他戰爭仍方興未艾。徐子陵深吸一口氣後，湧起強大的信心，來到村中最高大的屋宇門前，伸手敲了三下。「咿呀！」木門往內掩開，長劍搠胸疾刺。

這一劍絕不簡單，看似一劍，其實隱含無窮盡的攻擊性和變化後著，最厲害處是劍尖顫震中，發出七、八度「嗤嗤」劍氣，籠罩著徐子陵胸腹間所有要穴，聲勢奪人。徐子陵有點像對上楊虛彥的感覺，更由於身處明處，一時眼中盡是點點劍芒，頓感呼吸不暢。眼看要傷在劍下，徐子陵修長的雙手彈上平胸的位置，十指像鮮花般盛開，每指都生出微妙的變化，化出不同角度又曼妙無倫的動作，在窄小的空間迎上劍芒。

「叮叮噹噹！」

珠走玉盤般的悅耳聲音連串響起，徐子陵一步不移地化解了對方凌厲的劍招。

「砰！」

屋門再次關上，徐子陵已看到發劍者正是一身戎裝的商秀珣。

他雖奇怪商秀珣為何不在戰場主持大局，反溜到這裏來，但總放下心來，因為美人兒場主仍是安然無恙。正要揚聲發話，轟雷般的蹄音分由兩端村口傳至。徐子陵心念電轉，往後飛退，躍上對面房舍的瓦頂處，俯伏不動，靜觀變化。

寇仲離開環綠園，來到一座鐘樓之頂，差點要痛哭一場，心中既酸又澀，難過得要命。

他本以為可把李秀寧置諸腦後，可是當見到李秀寧柔順地任由柴紹拉起她嬌貴的玉手，才知她在他心中仍是那麼重要。

她既有柴紹護花，何用再勞煩自己這外人呢？吹縐一池春水，干卿底事。寇仲嘆了一口氣，決意不再理李秀寧的事，朝堡牆掠去。看來所有怨氣只好發洩在那些倒楣的毛賊身上了。

蹄聲倏止。村口的兩批敵人同時甩蹬下馬，把守出口，只二十多人昂然入村。

徐子陵居高臨下瞧去，除高持火把的四人頭纏白巾外，其他人衣飾各異，具高手的氣度神態，該是賊寇的領導人。帶頭的四人更是形相突出，極可能就是橫行長江一帶凶名四播的四大寇本人，年紀在三十至四十歲間。

他不由心中懍然，暗忖難怪商秀珣要躲到這裏來。皆因情報失誤，以為來的只是一股數千人的賊子，事實上卻是四大寇傾全力來攻，務要一舉奪下飛馬牧場。奇怪的是際此兵荒馬亂的時刻，為何四大寇如此神通廣大，得知商秀珣來了這裏呢？

衆賊寇在村中立定，四個帶頭者之一哈哈笑道：「本人向霸天，愛開玩笑的江湖朋友贈了我一個叫『寸草不生』的外號，皆由於對本人不了解而生此誤會。事實上我卻是愛花惜花的人，商場主如果不信，只要試試委身本人三天，保證會出來糾正天下人這大錯特錯的想法。」

其他賊寇立時發出一陣哄笑，充滿猥褻的意味。

向霸天的外貌賣相確實令人不敢恭維，是個五短身材的胖漢，矮矮的個子，短短的手腳，腆著肚子，扁平的腦袋瓜兒好像直接從肥胖的肩上長出來似的。可是那對像是永遠瞇起來的眼睛卻是精光閃閃，且還帶著邪異的藍芒，使人知道他不但是內功精湛的高手，走的更是邪門的路子。他兩手各提著一只銀光閃閃、邊沿滿是銳齒的鋼環，更使人感到他的危險和詭祕性。也不知有多少人飲恨在他這對「奪命齒環」之下。

伏在瓦背上的徐子陵心中湧起自己都難以理解的強烈殺機。細想下才明白是因他言語辱及商秀珣之故。

向霸天身旁那粗壯結實，背上交叉插著兩根狼牙棒，臉上賤肉橫生，額頭還長了個令他更形醜陋的肉瘤的大漢狂笑道：「場主魯莽出戰，敗局已成，但若肯委身侍候我們，變成床上一家親，自然甚麼事都好商量哩。」說話更是猥褻。衆賊又捧腹淫笑，得意萬狀。

徐子陵驟想到內奸的問題。若不是有內奸弄鬼，衆賊怎知商秀珣的行蹤，而以飛馬牧場的實力，亦絕不會霎時落至如此挨打田地。

不過牧場方面只要能穩守兩邊峽口，仍未算眞敗。

另一寇首陰惻惻笑道：「好一個床上一家親。房三弟的提議令人叫絕。只不過商場主乃黃花閨女，即使心中千肯萬肯，但當著這麼多人，自然會臉嫩害羞，說不出話來呢！你們說我毛燥對女兒家的心理揣摩得夠透徹嗎？」

此人身材高瘦，一副壞鬼書生的模樣，唇上留了兩撇八字鬚，背上插著個塵拂，打扮得不倫不類，單看外表絕猜不到他是在四大寇中排名第二的「焦土千里」毛燥。

先前發話額長肉瘤的大漢既被他喚作三弟，該就是被稱爲「雞犬不留」的房見鼎。

徐子陵特別留神打量那尙未發言，理應是四寇之首的「鬼哭神號」曹應龍。此人身型雄偉，長了一對兜風大耳，額上堆著深深的皺紋，顴高腮陷，兩眼似開似閉，予人城府深沉的印象。但其相貌倒不像其他三人般令人討厭，有點像不愛說話的老學究。他左手提著一支精鋼打製的長矛，看樣子至少有四、五十斤重。

「叮！」向霸天左右手揚起，奪命齒環相敲下發出一下清越的脆響，後面十多名手下立時左右撲出，逐屋搜查，亦有人躍上屋頂，以作監視，一時門破窗碎的聲音，連串響起。徐子陵心中殺機更盛，暗暗凝聚功力。

寇仲借神遁潛出內堡，竄房越屋，朝外城牆的方向掠去。經過昨晚窺見苑兒和那外鬼私會的院落時，心中一動，翻了進去。話聲隱從主宅傳至，卻不見燈火透出。

寇仲伏在園裏，內心經過一番極矛盾的鬥爭，仍忍不住摸了過去，躍上主宅旁的一株樹上，透窗朝內窺視。在這角度下，剛好見到那晚與苑兒碰頭的奸夫和另一名男子，坐在靠窗的椅子處面對著在視線之外的其他人，而聽聲息該不會少過十個人。

寇仲有了上次的教訓，知這奸夫功力高絕，忙催發長生訣的內呼吸，同時收斂眼射的光芒。只聽有人道：「這回我們整個計畫最精采的地方，是內外配合，攻其不備。又有公子在暗中主持，哪愁飛馬牧場不手到擒來。」

那奸夫哈哈笑道：「陳老師休要誇獎我，我李天凡只是在一旁搖旗吶喊的小嘍囉，握大旗的還是要仗沈軍師。」

寇仲立時頭皮發麻，這才知事情的嚴重性。沈軍師自然是沈落雁，李天凡則是李密的兒子，又與宋玉致有婚約。只從兩人對坐於此的事實，已強而有力地說明了李密要不惜一切奪取飛馬牧場和對付李秀寧。

果然沈落雁的嚦嚦嬌聲從屋內傳出道：「公子太謙讓哩！落雁愧不敢當。現在剛過亥時，商秀珣應已成為曹盟主的網中之魚，內堡那方亦該有動靜傳來了。」

李天凡哂然一笑道：「商秀珣一向孤芳自賞，不把天下人放在眼內，若論才智，哪及得上沈軍師。沈軍師不如趁尚有點時間，向諸位詳細報上待會行事配合上的細節。」

此人說話得體，顯出虎父確無犬子，是個能領導群倫的人物。

寇仲卻在盤算應否刺殺此子，若能得手，那麼宋玉致的婚約豈不是可立即宣告完蛋。否則若李密攻克洛陽，宋玉致便要嫁入李家。他已失去李秀寧，若連宋玉致都嫁了給人，使宋閥和李密變成一家親，於公於私，均非他寇仲經得起的打擊。想到這裏，一顆心熱起來，腦筋卻冷靜若寒冰。

現在最重要的是摸清楚屋內各人的實力，一個沈落雁已不好應付，何況李天凡更非易與之輩，若不小心，他恐怕會飲恨於此。唉！若小陵在就好了，現在只希望他能來個英雄救美，倘順手取得她芳心，就最理想不過。

一名大漢破門闖入商秀珣隱身的大屋去。徐子陵則蓄勢以待，只要四大寇對商秀珣稍作異動，將是他出手的一刻。

「砰！」木門爆裂。

四大寇居然露出訝異之色，別頭瞧往那所前後兩進的房子，卻並非因為有甚麼特別聲音傳來，而是因為屋內全無聲息，連足音都沒有。這是完全不合情理的。入屋那人並非庸手，即使在屋內遇上整個飛馬牧場的人，亦未致不濟到一招未交就給人收拾了。徐子陵也因心中的驚奇，忘了出手。

一直沒有說話的曹應龍冷冷道：「人來！給我把整座房子砸個粉碎。」他身後的眾寇轟然應是，群集出動。遠近屋簷上的賊寇高手亦把注意力集中到這裏來，人人高舉火把，照得全村一片火紅。

房見鼎厲叱一聲，排眾而出，一陣風般搶上石階，雙掌印在門旁的牆壁處。開始時牆壁沒有絲毫異樣，接著上面簷篷處發抖般戰震著，然後整幅牆四分五裂，向內傾頹，稍露出廳堂的情況時，又給屋簷塌下的瓦碎塵屑遮蓋了。眾寇齊聲喝采，像一群嗅到鮮血的惡獸般往成了獵物的可憐屋子撲去。

徐子陵見房見鼎掌力厲害至此，若用上背後兩根狼牙棒，當有橫掃千軍之概，反激起了他昂揚的鬥志。

此時風聲在左方屋宇頂處響起，賊寇方面的高手朝他藏身處掠過來。徐子陵暗嘆一口氣，暫時放下刺殺寇首的意圖，目光迅速巡視遠近可供藏身之處。在火把餘光映照不及的屋側園林裏，有座大小兩丈見方的小磚屋，看來是放置雜物的小倉，忙滑下屋簷，潛了過去。木門應手而開，還未看清楚，輕微發動機關的聲音從地底傳上來，由於外面拆房子的聲音響個不停，把其他聲音完全遮蓋，故不虞被人聽到。徐子陵忙把門拉上，小屋內果然堆滿農耕工具，而屋子正中空處，一塊地板緩緩往下沉去，露出幽深的地道。徐子陵立時想起魯妙子這位天下第一巧匠。

沈落雁正要說話，遠處屋頂上傳來鳥鳴之聲，李天凡立即道：「李秀寧中計了，一切依計畫行事。」

寇仲知道他們收到苑兒從內堡傳出的訊號，禁不住心中苦笑。自己眞能不理李秀寧的安危嗎？更何況此事和爭霸天下直接有關係呢！

徐子陵躍上橫樑，置身樑桁間的空隙處，把全身精氣收斂，催動內息，靜觀下面的變化。磚牆倒塌的聲音仍不斷傳來，只見八個人魚貫從地道鑽出來。

「蓬！」但聽聲音，便知外面那間屋子已經完蛋。但當然不會找到任何人，因商秀珣等已由地道移師至此處。

三執事陶叔盛的聲音在下面響起道：「柳執事究竟幹甚麼的，到現在仍未率人來援？」

商秀珣冷喝道：「閉嘴！柳執事必須避過敵人的主力，才能依計趕來。這著誘敵之計乃沒有辦法中的辦法。誰叫我們錯估敵人的實力，以致進退失據。」

馥大姐的聲音道：「有人過來了！」眾人忙屏息靜氣。

外面主宅處仍傳來門碎窗裂的雜聲。徐子陵探頭下望，下面的八個人分成四組，各據一窗往外窺探。

商秀珣和馥大姐佔了個窗子，陶叔盛獨據一窗，其他五人看來乃商秀珣的侍衛。可以想像商秀珣的隊伍曾遇上伏擊，這組人護著商秀珣殺出重圍，避來這經魯妙子設計的村莊，再發訊號通知柳宗道率兵來援。哪知四大寇不知如何竟能清楚把握到他們的行蹤，親身追來，使他們頓陷困境。

陶叔盛忽然回頭瞧了各人一眼，見人人精神全集中到窗外，右手迅快地從懷中掏出一樣東西，抖手要射出窗外時，徐子陵再顧不得後果，低喝道：「住手！」

屋內八人駭然大震，齊朝樑柱望上來。陶叔盛忙偷偷把東西收回懷內去。商秀珣等明知有人，但都不敢聲張。

徐子陵探頭輕叫道：「我絕非賊方的人，更全無惡意，現在下來了！」

商秀珣乃大將之才，知道這神祕人功力絕不在自己之下，內功路子更是無比怪異。倘跟他動起手來，只會驚動賊寇，遂揮手指示各人騰出空間，以示誠意。

徐子陵沿柱往下滑去，足未沾地，陶叔盛搶前一步，伸指戳往他胸脅處。指風嗤聲響起。商秀珣想喝止也來不及。

徐子陵知他怕被自己看破是內奸，冷哼一聲，竟任由他的指尖戳在身上，右掌閃電拍出。

陶叔盛心中大喜，暗忖儘管你有眞氣護體，亦難擋我淩厲指勁。豈料指尖剛觸及徐子陵肌膚，勁力欲吐時，一股奇熱無比的怪異眞氣先一步透指而來，直鑽入他指脈內，不但逼得自己的眞氣四散流竄，還強攻進經脈去。

陶叔盛全身劇震，魂飛魄散時，徐子陵的右掌改拍爲拂，掃在小腹處。陶叔盛頹然欲倒，卻給徐子陵的手一把抽著腰帶，輕輕放倒在地上。本來他至不濟亦可支持上十招八招，只想不到世間竟有如此怪異的勁氣，故而一個照面下著了道兒。

包括商秀珣在內，無不目瞪口呆，勢想不到以陶叔盛的功力，竟這麼容易給人收拾。幸好此人似乎並無惡意，只是點了陶叔盛的穴道，使他暫時昏迷過去。

商秀珣長劍揚起，遙指這充滿粗獷味道的軒昂男子，冷喝道：「你究竟是誰？」

徐子陵功聚雙耳，細察遠近的動靜，知道賊寇暫時移師往別處搜索，鬆了一口氣，深深望進商秀珣的俏目裏去，裝出豪邁不羈的神態，灑然道：「剛才鄙人冒昧發言驚擾，場主可知是甚麼原因呢？」

商秀珣冷冷上下打量了他幾眼，瞧著仰躺他腳下的陶叔盛，淡淡道：「若朋友不先表明身分，一切免談。」

徐子陵退到陶叔盛原先立處，道：「場主只要派人搜索貴屬懷內之物，便明白我說的話！」

商秀珣愕然朝他瞧來，秀目射出銳利的光芒，沉聲道：「朋友意思是指他乃叛徒嗎？」

只聽她的語調，便知她早心中生疑，只是不敢肯定他眞是內奸而已！因爲這個月剛好是陶叔盛當值負起收集情報的重任。

徐子陵淡淡道：「適才我見他欲把煙花火炮一類的東西投往窗外，咦！有人來呢！」

破空之聲同時由四面八方傳至。

牧場靠峽口的原野處。寇仲藏身一棵大樹之上，全神貫注五十步外的李天凡、沈落雁等一行十五人的動靜，瞧著他們換上牧場的裝束，其中一個身形和樣貌都有點酷肖商震的老者，更打扮成商震的模樣，若非熟識他的人，還要在近處細看，才能分辨其僞，否則很易便被他魚目混珠瞞過。

此時見他提起煙管，呼嚕呼嚕地吞雲吐霧，寇仲也要心中叫絕。

其他人則是扮作商震隨衛的行頭，以李秀寧這些外人，又有苑兒在旁掩飾，不中計才怪。

此計最厲害處，是把李秀寧引離城堡，而李秀寧又勢不能率領大批手下前往赴會，假商震在李天凡、沈落雁等眾高手配合下驟然發難，成功的機會實是極大。

假扮商震的正是那被稱爲陳老師的人，除李天凡和沈落雁外，亦以此人武功最強橫。

另外尚有一個三十來歲白姓大漢和一個叫馬方的瘦漢，看來應是這群人中武功特別高明的好手。前者背掛雙斧，後者腰佩長劍。其他十人年紀在二十至二十五之間，人人太陽穴高高鼓起，只從他們能攀山越嶺潛入牧場，便知非是庸手。

沈落雁神色冷漠，消瘦了少許，但仍是那麼美麗，正以帽子把秀髮遮蓋起來，一身男兒打扮，另有一股引人的味兒。

四周不時傳來馬嘶聲，牧場一片寧靜。現在牧場的人均集中到兩邊峽口和城堡去，牧場只留下十多個人守衛，像個不設防的地方，兼之這處是近東峽的疏林區，又是星月迷朦的深夜，發生了甚麼事，誰都不會知道。

整個陰謀是如此天衣無縫，唯一的破綻是給寇仲在旁窺伺個正著。

沈落雁邊走邊簡單扼要地道出動手的時間和配合的方法，這時李秀寧來了。

寇仲運足目力朝環綠園的方向瞧去，七道人影剛抵疏林邊沿處，李綱和竇威領頭，中間是李秀寧和苑兒，押後的是柴紹和另一年輕高手，迅速接近。

寇仲心念一動，滑下樹去。

商秀珣色變道：「快入地道！」掌按馥大姐的粉背，首先吐力把愛婢送入地道。其他人慌忙緊隨。

商秀珣抓著陶叔盛的腰帶，略一猶豫，朝徐子陵道：「朋友！下來吧！」

徐子陵微微一笑道：「我留此對付敵人，場主記得關上入口。」

商秀珣提起陶叔盛剛躍入地道，聞言愕然抬頭朝他瞧來。兩人目光相觸時，大門四分五裂，一人揮刀殺至。

徐子陵大喝一聲，凝聚到巔峰的一拳隔空擊出。「蓬！」那大漢竟連人帶刀，給他無可抗禦的拳勁轟得風車般急旋著往後飛退，撞倒了五、六個隨後而來的賊寇，人人骨折臟裂，無一倖免，可見此拳之威。

商秀珣看得目瞪口呆，等徐子陵再催她走時，才沒入地道去，關上入口。

左右兩窗同時碎裂，兩枝長矛如毒蛇吐舌般電射刺至。徐子陵聽著地道口掩閉的聲音，兩手左右分張，一把抄著兩矛，運勁震斷，那兩人留不住勢，同往他撞來。徐子陵雙手回收，左右肘重擊兩人胸膛。兩人噴著血頹然倒地。接著徐子陵看也不看，把兩截斷矛往後反手擲出，正中另一穿窗而入的大漢胸前，那大漢一聲不吭，倒撞窗框，上半身仰掛出去，死狀離奇可怖。屋外倏地靜了下來，只有火把獵獵燃燒的聲音，卻沒有人再敢闖進去。

曹應龍的聲音在門外暴喝道：「商秀珣，有膽就滾出來和曹某見個眞章。」

這衆寇之首顯然是被徐子陵的霹靂手段，激起了凶性。徐子陵湧起萬丈豪情，哈哈一笑，負手悠然步出門外。屋前橫七豎八的躺滿屍體，死狀千奇百怪，難以形容。

以曹應龍爲首的四大寇一字排開，其他人在他們身後布成彎月的陣勢，強弓勁箭、刀斧劍矛，在火把光下閃耀生輝，殺氣騰騰。百多道目光，全貫注在徐子陵身上。

衆寇見出來的並非商秀珣，大感愕然。「寸草不生」向霸天戟指厲喝道：「你是何人？」

徐子陵從容道：「我是甚麼人，你連問的資格也沒有！」

衆賊怒叱連聲，十多枝勁箭離弦而出，向他疾射而來。

兩邊人馬逐漸接近。

李秀寧亦是謹愼小心的人，放緩腳步，到離假商震等三丈許的距離，停了下來，施禮道：「大管家你好！」

假商震踏前一步，領著衆人回禮，道：「他們是隨我多年的心腹手下，寧公主可以放心。」

此人連商震的老嗓音都學了七、八成。加上故意壓低聲音說話，不熟悉他的人的確很難分辨。

李秀寧瞥了苑兒一眼，淡然道：「要勞煩大管家從東峽抽身趕回來，秀寧眞過意不去，爲何諸位不用馬匹代步呢？」

假商震裝模作樣嘆了一口氣，道：「還不是爲了掩人耳目，唉！咦？」

足音從李秀寧等後方傳來。兩方人馬均訝然瞧去。

只聽有人嚷道：「公主啊！對不起，我解完手了！眞舒服！」李秀寧嬌軀劇震，認出是寇仲的聲音。

在衆人目光注視下，一個滿臉絡腮鬍、滿帶潑野神色的鷹鈎鼻漢子，由林木間搓著肚子一步高一步低的趕來。

柴紹等知他厲害，色變下正要掣出兵刃，李秀寧及時以手勢制止，嬌呼道：「都命你不用來了，你聽不到嗎？」

寇仲改變聲音不住點頭道：「公主息怒！公主息怒！」

那邊廂的假商震、李天凡、沈落雁等看得眉頭大皺，又是一頭霧水。以李秀寧的尊貴身分，她的手下怎可說出「解手」這麼無禮的話來呢？

寇仲像看不到李秀寧般，左搖右晃地在柴紹等的怒目注視下走到兩幫人中間處，乾咳一聲道：「公主恕罪，請先讓小人引介，嘿！」

接著伸手指著假商震身後側的李天凡，朗誦般唱道：「這位是李天凡公子，乃瓦崗寨密公的獨子。」

李秀寧等同時色變。

寇仲身子一晃，閃到苑兒之側，嘻嘻笑道：「這位俏夫人乃商大管家新納之妾，以前的身分卻是李公子的女——啊！」

苑兒知身分暴露，哪還沉得住氣，翻出袖內暗藏的淬毒匕首，分往寇仲和李秀寧刺去。李秀寧早在寇仲揭破李天凡身分時便對苑兒留了神，嬌哼一聲，翠袖拂往刺來的匕首鋒尖處。寇仲裝作駭然退開，大叫大嚷「要殺人呀」聲中，又趕到假商震身前。

苑兒見沒了寇仲阻擋去路，收回刺向李秀寧的匕首，避過她拂來的一袖，正要開溜，柴紹無聲無息地一指戳在她背上，苑兒應指倒地。

寇仲不理假商震等人人臉露殺機，哈哈笑道：「這位假冒大管家的人叫陳老師，至於大名嘛……哼！」

李天凡旁的一名年輕大漢按捺不住，搶前揮刀削向寇仲左肩，刀法迅快嚴密。

「錚！」井中月離鞘而出。眾人只覺黃芒暴現，尚未看得清楚時，「噹」的一聲，進襲者連人帶刀旋飛開去，到翻倒地上時仍要滾出丈許之遠，撞上一棵樹才頹然停下，當場斃命。

如此霸道怪異的刀勁，眾人還是初次得見，登時鎮著了李天凡方所有想出手的人。

寇仲像做了件毫不足道的小事般還刀入鞘，來到假商震另一邊的沈落雁前，尚未發話，沈落雁已冷冷道：「不要裝神弄鬼了，你的好兄弟呢？」

寇仲把大頭湊過去，涎著臉道：「因他怕了你，所以躲起來哩！」

李天凡方無不愕然，想不到兩人竟是舊相識，卻怎也想不起武林中有哪個厲害的人物像他的樣子。

沈落雁秀眸射出奇異複雜的神色，輕輕道：「教他出來殺我吧！」

寇仲退了開去，哈哈大笑道：「誰捨得殺有沉魚落雁之容的沈軍師呢？」

「鏘！」井中月再度出鞘。

寇仲脊肩猛挺，登時生出一股橫掃千軍的霸氣，厲喝道：「除沈軍師外，其他一個不留！」雙目寒芒罩定李天凡，井中月劃出，去勢強猛絕倫，但偏又予人靈動無跡的奇異感覺。螺旋的眞勁，籠罩整個戰場。李秀寧嬌軀輕顫，心知自己這一世都休想忘了目下寇仲威霸動人的氣概，偷看了站在身旁的柴紹一眼，他正臉露驚容地瞧著寇仲，芳心裏不由生出輕微的犯罪感覺。

徐子陵足尖點地，彈往前方上空，避過激射而至的箭雨，再一個大空翻，正要往四大寇撲去，四寇之一的「焦土千里」毛燥焦雷般暴喝一聲，斜衝上天，炮彈似的朝他射去，雙掌推出。

徐子陵心中叫好，這使他免去了受第二輪箭攻之苦，同時又感到周遭的空氣寒若冰雪，氣旋狂飆，激起他強大的鬥志，趁勢兩腿彈出，足尖剛好點在對方掌心處。

毛燥高瘦的身體劇烈抖顫了一下，強大的掌勁被逼得不是往掌沿處洩出，就是倒撞而回，在經脈中亂竄，使他難過得要命。

原來徐子陵這兩腳的勁道絕頂怪異，一輕一重，輕者柔而韌，不但使他右掌的勁氣無法吐出，還給對方有若游絲的一股眞氣鑽入掌心，長驅直進般送入臟腑。重者則剛猛無倫，像個不斷急轉的鑽子般狠狠在掌心錐了一記，手掌登時如遭火灼，勁氣像大石投水般往四外濺洩。

毛燥一生殺人如麻，大小戰爭無數，尚是初次遇上這種怪異厲害的眞氣，悶哼一聲，運起千斤墜，往下落去。

「雞犬不留」房見鼎見毛燥吃了大虧，怕徐子陵乘勝追擊，背上兩根各重逾百斤的狼牙棒來到手中，巨軀翻騰斜起，快速來到徐子陵上方，狼牙棒舞出重重棒影，凌厲無匹地往徐子陵罩去。

「寸草不生」向霸天矮胖的身體則由地面衝前接替毛燥，兩只鋼齒環左右旋飛，斜斜往仍離地尋丈的徐子陵兩脅彎旋過去，發出奇異的尖嘯聲，氣勢逼人。

除了曹應龍昂立不動外，其他賊寇空群而出，擁往三人交戰處，布下重重圍困。

徐子陵緊隨毛燥往下疾落，猛提一口眞氣，翻身兩腳疾踢，破入房見鼎的棒影裏，一絲不誤的踢中他兩根狼牙棒。同時雙掌虛按，發出兩股螺旋狂飆，襲向毛燥的瘦背。丈外的曹應龍大吃一驚，急躍而起，雙掌內收後再平削開去，兩片銳利的勁氣，卻非是攻擊徐子陵，而是削往徐子陵下壓往毛燥的掌勁。

「篤篤！」

腳尖正中狼牙棒。螺旋勁氣透棒而入，破進房見鼎的眞氣內，房見鼎不但所有後著變化無以爲繼，還陣腳大亂，逼得借力飛開。心中不由駭然大震，爲何忽然間會鑽了個厲害至此的高手出來。

下跌的毛燥感到氣旋壓體，知道不妙，勉強壓下經脈內翻騰的氣勁，又吐出一口助他減壓的鮮血，右掌按往地面，眞氣吐出，借反撞之力，凌空側滾，希望能避過這可要他老命的兩掌。

「蓬蓬」悶響，徐子陵的掌勁給曹應龍後發先至的掌風削個正著，勁道登時大幅減弱，同時整個人被帶得往回拋飛。這才知曹應龍之所以能成衆寇之首，皆因功力實遠勝其他三大寇首。曹應龍則渾身劇震，往後退了兩步，暗叫厲害。

向霸天的奪命齒環由於連著細絲，此時經他把眞氣注入絲內遙控，兩環改變角度，如影隨形地鍥著徐子陵追至。徐子陵一聲長嘯，閃電墜地，避過飛環。矛槍刀斧，立時從四方八面攻來。

徐子陵知道若不把握機會，趁毛燥尚未回過氣來，加以搏殺，那今晚休想再有第二個機會。心中閃過寇仲的大頭，暗忖有他在就好了。念頭才起，他已撲伏園內的草地上，雙腿車輪般往四周狂掃，飛天神遁卻從敵人腳下的間隙無聲無息地電射而出，在神不知鬼不覺間疾往落地又彈起的毛燥右腳眼抓去。

向霸天和房見鼎見徐子陵被己方十多個高手圍著廝殺，暗忖先消耗他一點氣力也是上策，遂在外圍押陣，蓄勢以待。

曹應龍則緩緩朝戰圈逼來，兩手持矛，每踏下一步，地上現出一個深達三寸許的足印，顯示他正不住提聚功力。

毛燥跳起來後，功力已大致回復過來，心中殺機大盛，正要報仇雪恥，忽地右腳踝痛入心脾，駭然下望，一只打造精巧的鋼爪，活如魔手般五爪深陷肉內，還生出一股強大的拉扯力道。毛燥嚇得三魂七魄各去了大半，忙沉樁坐馬，右腳運勁回拉。

那邊廂的徐子陵剛踢中兩賊胸口，見毛燥果然中計，運勁反扯，正中下懷，就借毛燥相贈的力道，身子箭矢般貼地往遠在三丈外的毛燥射去，在眾賊間強行穿過，不但撞得眾賊骨折肉裂，還使所有往他招呼的兵器落在空處。如此奇招，該是武林史上破題兒第一遭的創作。

曹應龍、向霸天、房見鼎和眾賊駭然大驚之時，徐子陵已連續撞翻了七、八人，炮彈般投至毛燥身前半丈許處。毛燥知這是生死關頭，四周雖全是己方兄弟，但卻像孤零零獨自存在於天地間般，甚麼都只能靠自己。背上自己仗之橫行的塵拂來到手上，正要拂出，驀地腳踝鋼爪傳來五道螺旋異勁，直攻心脈。毛燥的塵拂雖勉強掃出，但由於至少分了八成眞氣去應付沿腿而上的敵勁，威勢登時大減。

徐子陵左掌拍地，改變方向，變得斜衝而上。在眾人看不清楚的高速中，兩人擦身而過。毛燥發出一聲驚天動地的慘嘶，整個人往橫拋飛，拂塵脫手甩跌。

直至此時，曹應龍等仍弄不清楚徐子陵爲何能如此破出重圍，又如此輕易把毛燥收拾，駭然往徐子陵撲去。

眼看徐子陵要落入重圍，他竟改前衝爲橫掠，借神遁抓著毛燥屍身之力，倏地橫移，連功力強絕的曹應龍亦撲了個空。

徐子陵哈哈一笑，施展手法收回神遁，躍上一棵大樹橫探出來的粗枝上。此時不走，就以後都不用走了。正要射出神遁，嬌叱傳來。

徐子陵駭然瞧去。商秀珣孤身一人由小屋衝出，殺得衆賊人仰馬翻，鮮血激濺。

徐子陵心中叫苦，暗察身上正在淌血的三個傷口後，毫不猶豫地朝商秀珣射去。

一方面是氣勢如虹，另一方面卻是陰謀敗露，心虛膽怯，此長彼消下，實有天壤雲泥之別。加上寇仲初嘗螺旋眞勁的驚人威力，可惜剛才囿於形勢，未能找到全力試刀的對象，現下卻是心生殺機，欲把李天凡給了結，好讓宋閥和瓦崗軍的政治婚盟一了百了，又可傷透李密的心，一舉三得，氣勢之盛，自是一時無二。

井中月劃破虛空，雖是簡單至極的一刀，配合著他游魚的身法，確如鳥跡魚落，勾留無痕，滾旋翻騰的刀氣，隨刀先往李天凡衝去。

李天凡既得李密眞傳，這數年又跟父親轉戰天下，實戰經驗無比豐富，但還是首次應付如此厲害的一刀。但見黃芒閃至，對方的長刀已臨頭上，隱然有股莫之能禦的霸氣，自問縱能擋格，接著的數刀也非常難捱，大喝道：「殺！」自己卻往後退去。

他左邊扮商震的沈落雁座下大將陳天越，乃華山派高手，聞言與李天凡另一邊的年輕好手夏心泉一劍一刀，同時從兩側攔截，上扎下刺，要教寇仲窮於應付。在策略上他們完全正確，皆因誰都看出寇仲這一刀有種一去無回的霸道氣勢，絕不宜硬攖其鋒。

李秀寧等全體掣出兵器，逼前而至，使敵人難以形成圍攻寇仲的形勢。

寇仲哈哈一笑，游魚般往兩旁各晃了一下，陳天越和夏心泉的一劍一刀竟然落空，貼身擦過，就是那寸許的距離，決定了兩人的命運。

黃芒電閃。夏心泉功力至少差陳天越兩籌，首先中刀，打著轉踣踉跌開，鮮血激濺，連他自己都因對方刀快而不知被命中何處。陳天越變成單獨面對寇仲。此時李天凡、沈落雁等無不往外退去。駭然下正要閃退，寇仲的刀氣把他完全籠罩在內，井中月在眼前忽現忽隱，變化無定，咬牙凝聚功力，一劍削出。

自出道以來，他還是首次在完全把握不到對方招數變化下，盲目發劍。「噹！噹！噹！」陳天越連續變化了三次，加上不住避退，勉強化解了寇仲這一刀。寇仲亦心中喝采，但刀下卻毫不留情，井中月幻起滿天黃芒，狂風暴雨般往已發出喘聲的陳天越殺去。

此時李秀寧等已趕至，沈落雁和李天凡交換了個眼色，知道今晚的陰謀全面敗露，兼且又是在敵人勢力範圍內，若還不趁機逃走，休想有命，一聲扯呼，迅快飛遁。陳天越的慘叫聲自後方傳至。李天凡和沈落雁別頭後望，只有李秀寧等如風追來，寇仲竟失去了蹤影。

徐子陵像大鳥般由樹上斜斜投往商秀珣的途中，向霸天和房見鼎同時騰躍而起，在半空攔截。曹應龍則人矛合一，往商秀珣撲去，化成一團矛影，聲勢凌厲之極。他暗忖只要能把兩人分隔，再逐一擊破，縱使失去了毛燥，亦得回代價。

商秀珣此時正被三柄長刀和兩枝長槍，從四方八面狂攻，近打遠擊，令她一時間不得不改攻為守。這刻見曹應龍殺至，知道不妙，忙施展渾身解數，左手使出精妙絕倫的手法，抄著一枝朝左脅刺來的長槍，猛一吐勁，持槍賊寇立時咕咚一聲跌坐地上，眼耳口鼻同時溢出鮮血，不吭一聲仰後倒斃。右手劍則連使黏、引兩勁，帶得一名使刀大漢迎上從後面刺來的長槍，慘叫聲中，長槍貫胸而過。

她同時往後飛退，不但避過另兩把襲來的大刀，還趁身後持槍者誤殺了自己人，心神散亂且又收不回長槍之際，以劍柄狂撞在他胸口要害處。那人整個往後倒飛。接著倏又衝前，幻出千重劍影，兩名持刀的賊幾乎是同時中劍，就此了局。

曹應龍這時剛飛臨她上方，見她劍法高明至此，知道休想能把她生擒活捉，鐵矛全力下擊。勁氣狂飆，逼得其他賊寇紛紛退開，騰出大片空地。「蓬蓬」連聲，徐子陵在半空中毫無假借地與向霸天的雙環和房見鼎的一對狼牙棒硬拚了一招。

他雖勝在下衝之勢，仍給兩人合擊之力震得口噴鮮血，右腿更給房見鼎右手的狼牙棒擦去了一小片皮肉。不過兩大寇首亦吃足苦頭，給徐子陵奇異的手法和螺旋勁壓得施不出後著，還要旋轉著身子往外拋跌，狼狽之極。

這邊的曹應龍仍採凌空下擊之勢，每一矛都是迅急無倫，偏又閃爍變化，靈勁無匹，不斷借矛劍交擊的震力彈上半空，又以千斤之力下墜，佔盡了戰略上的便宜。

身為飛馬牧場場主的商秀珣，始終欠缺曹應龍的豐富實戰經驗，至此方知中了奸計。不但要支持曹應龍整個人的重量，還要應付四方八面襲來的勁箭暗器，吃力的情況，可想而知。不一會已多處受傷。香汗淋漓時，徐子陵來了。

曹應龍亦是心中駭然，想不到自己有如驟雨暴風的攻勢，仍收拾不了這看似嬌滴滴的美女。正待不惜受點傷也要痛下殺著時，旋轉著的勁氣衝空而來。曹應龍暗叫可惜，猛提一口眞氣，化巧爲拙，沖天而起，揮矛往徐子陵的拳頭迎去。

奇異的事發生了，徐子陵本身竟旋轉起來，且愈轉愈快，到拳矛交擊時，他已化成一道急旋的影子，看得在場的百多名賊寇人人瞠目結舌。

曹應龍別無選擇，全身功力盡聚矛尖，激射在徐子陵的拳頭處。「轟！」勁氣交擊，狂飆四洩，逼得人人往外退開。

曹應龍毫無刺中實物的應有感覺，就像刺上一股龐大無比急旋著的能量峰尖處，逼得自己的眞氣倒捲而回。他也是了得，一個車身，往側翻去，更噴出鮮血，好化解對方絕頂怪異的氣勁。

徐子陵的情況只比他好一點，停止了旋轉，噴出第二口鮮血，卻是一個翻身，落到商秀珣之旁，只一個踉蹌，便立穩腳步。

曹應龍結結實實坐到地上，再滾動尋丈，才跳了起來，厲喝道：「蠢才！還不動手。」

衆賊如夢初醒，朝徐子陵和商秀珣攻去，震耳喊殺聲，再次直衝霄漢。

寇仲坐在崖石上，脫掉面具，凝視著下方正掠至山邊的兩道人影。由於他曾跟蹤李天凡，故能在這「捷徑」上早一步恭候他的大駕。心中無驚無喜，冷漠平靜得連自己都不明白。他不會濫殺，但對敵人卻絕不會有不忍之心。

在知道李天凡乃李密之子後，他已下了決心不讓他活著回去見李密。但對沈落雁，他卻始終有份感情，難以痛下殺手。當日在巴陵郡外，連「美人魚」游秋雁他都可以放過，何況是沈落雁！

月照之下，李天凡和沈落雁迅速接近。打從他們由十多人變成現在的兩個人，便可知爲了應付李秀寧的啣尾追擊，付出了慘痛的代價。更可看出李天凡和沈落雁都是自私的人，犧牲手下來換取自己逃生的機會，若他們不是只顧逃走，李秀寧、柴紹等想收拾他們的手下當非易事。兩人終於發現他的存在，愕然止步。

寇仲提起井中月，躍將下來，攔在斜坡頂處，冷笑道：「走得這麼容易嗎？」

李天凡雙目閃過森寒的殺機，狠狠盯著他道：「你的拍檔在哪裏？」

沈落雁的美眸倏地現出熾熱的神色，但迅即消去。

寇仲哂道：「收拾你這小子，只我一人就足夠有餘，人家是文武兼資，你卻是躲逃並備，還加上一項輕易捨棄手下的本領，不愧是李密的兒子。」

李天凡淡淡笑道：「你想激起我的怒火嗎？沒有那麼容易，何來這麼多廢話，手底下見眞章吧！」

寇仲見沈落雁從髮際處拔出奪命簪，卻不見李天凡亮出武器，心中大訝，難道他像徐子陵般愛耍弄拳腳。不過此際無暇多想，逼前一步，井中月遙指兩人，催發刀氣。

李天凡冷笑一聲，不容他蓄滿氣勢，兩手一番，露出兩把長約尺二的短刃，往他上扎下刺，手法兇厲之極。同時笑道：「右名射日，左名月照，能斷金削玉，寇兄小心了！」

寇仲見他被自己如此出言辱罵，仍能保持風度，心中懍然，井中月迅急掃砸，憑著重器長兵之利，務要取得先手之勢。

黃芒暴長，確是威不可擋，刀氣狂飆，刮得李天凡渾身衣衫獵獵狂飄。李天凡卻夷然不懼，欺身而上，與寇仲短兵相接。兵器交擊之聲不絕於耳。沈落雁出奇地只是袖手旁觀，似對李天凡充滿信心。

轉眼間，寇仲以游魚般靈動萬分的身法，從不同的角度向李天凡連環疾攻了十多刀，殺得他由攻變守，從硬拚變爲閃躲。不過李天凡的射日月照兩刃，招法精巧細膩，配上奇異的步法，每當寇仲刀勢稍緩，立即採埋身搏鬥的方式，逼得寇仲要很吃力才可保持全攻之勢。寇仲至此才知李天凡果非犬子。

沈落雁的虎視眈眈，亦給他很大的威脅。

寇仲想起魯妙子的「遁去的一」，但實際上卻仍未知如何運用，惟有以螺旋勁氣貫滿井中月，變成一道道黃芒般的激電，不住朝李天凡疾打過去。李天凡開始不斷後退，刀圈更不斷收窄，眼看要血濺寇仲刀下時，忽然捨刃不用，竟橫臂擋格。寇仲大奇，暗忖對方應該尚未至於這種捨命地步，忙收起三分力道。

沈落雁出手了，奪命簪疾刺寇仲右脅空門處，身法快如鬼魅。

「噹！」井中月砍在李天凡右臂上，卻發出金鐵鳴響。寇仲知他必是在臂上戴上神奇的護甲，心知要糟，更明白了沈落雁爲何會揀在此時施襲，忙往橫移開。

李天凡哈哈一笑，刃勢劇變，憑著雙臂不怕劈削之利，展開一套狂攻近打的招數，從寇仲刀勢的隙縫間無孔不入地攻進去。沈落雁則嬌叱連聲，繞在寇仲四周不斷施出彼退我進的突襲。寇仲優勢全失，若非對方要花上大量精力應付他的螺旋眞勁，恐怕早已敗北。寇仲見勢不對，一聲長笑，倏地退往坡頂，同時一刀劈在空處。這一刀實是給逼出來的奕劍法。李天凡和沈落雁忽然驚覺到這一刀把所有能進擊的空間封閉起來，一切後著變化無從施展。駭然下兩人往後退開。

寇仲露出個陽光般的燦爛笑容，還刀入鞘，像對老朋友般親切地道：「今天玩夠了，請代小弟向密公問好。」再哈哈一笑，向沈落雁眨眨眼睛，就那麼翩然去了。

給他這天馬行空的一刀震住了的李沈兩人，竟不敢再啓戰端。

徐子陵和商秀珣背臂緊貼，應付四面八方一波接一波而來的攻勢，兩人都生出一種生死相連的奇異感覺。四周伏屍處處，他們身上的傷口也不斷增加。曹應龍、向霸天和房見鼎三大寇立在屋簷之上，居高臨下指揮手下展開對兩人的圍攻。

驀地東南方殺聲四起，迅速接近。曹應龍跺足色變道：「這是怎麼搞的？怎會讓人到了這裏才知道？」

房見鼎怒吼一聲，正要撲下去先手刃徐子陵兩人，給曹應龍一把拉著，喝道：「小不忍則亂大謀，我們立即撤退。」

「砰砰砰砰！」

鞭炮在院落間轟天響起，加上歡呼吶喊的喝采聲，把寇仲和徐子陵吵醒過來。

寇仲跳下床來，移到窗前往外瞧去，叫道：「小陵快來，這串鞭炮比得上過年時揚州碼頭燒的那串。」

徐子陵發出一聲呻吟，轉身再睡，沒有理睬他。

寇仲回到床沿坐下，嘆道：「早勸過你的了，若肯聽我的話，先聯手處理了李天凡的事，再去找四大寇晦氣，你就不用現在身負大小傷口十八處了！」

徐子陵失笑道：「你何時養成對人幸災樂禍的壞習慣？」

寇仲若無其事地道：「就在你昨晚拋棄我這可憐孤兒那刻開始的，你說是誰害人不淺？」

徐子陵盤膝坐起來，淡淡道：「你該感激我才對。否則怎會像如今的意氣風發，噢！不！該是意氣發瘋才對。」

兩人狠狠互瞧一眼，分別把頭轉往相反方向去。可是各自拉長了臉孔不過半晌光景，又同時捧腹大笑。分別只在徐子陵是笑中有淚，因爲牽動了正在痊癒的傷口。

寇仲喘著氣笑道：「其實我是中了你的奸人之計，甚麼李秀寧是你的，自該由你仲少去英雄救美。那沈落雁難道又要算入我的數嗎？除了你徐師傅外，誰更該去英雄懲美呢？」

徐子陵伸手撫摸他大頭道：「祖師爺有言，天地之間莫不有數，李秀寧注定是你那『遁去的一』，不宜任何外人插手，我對你那麼好，竟敢來怨我。而大衍之數五十，其用四十有九，除李秀寧這遁數外，其他的數誰說得定沒包括美人兒軍師在內，怎知不可算入你那條數內？」

寇仲奇道：「陵少今天的心情爲何好得這麼厲害？睡醒後便像思春的小鳥般唱個不停。」

徐子陵啞然失笑道：「若你以爲商秀珣會看上昨夜我扮演的刀疤大俠，那眞是瘋了！我走時，她連我姓甚名誰都不曉得。」

說到這裏，心中不由憶起與這美女背貼背携手與敵周旋的滋味。

寇仲笑嘻嘻道：「你現在說甚麼都沒有用，我們走著瞧好了！哈！」

敲門聲響。小娟在門外嚷道：「除了你兩個傢伙外全牧場的人都起來祝捷，還不快滾出來。」

只聽她以前所未有的語調用詞向他們叫嚷，便知她是如何興奮忘形。兩人你眼望我眼，也看出對方欣然之意，只要令小娟這可愛的少女開心至此，昨晚所有的辛勞傷痛，都是值得的。兩人出身寒微，故對婢僕階層的小人物有特別的好感和親切感。

小娟不待他們應話，續呼喚道：「快起床梳洗更衣，凱旋軍即將回城，我們要到城外迎接他們呢！奴家先去了！」

小娟走後，寇仲皺眉道：「我眞不敢去想，昨晚一役贏來不易，更不知犧牲了多少人。你說商秀珣會怎樣處理陶叔盛和苑兒這對內奸呢？」

徐子陵沉吟道：「兩人是有身分的人，陶叔盛更是非同小可，商秀珣應該為此萬分頭痛，此事亦必牽連到其他人。」

寇仲苦笑道：「希望這事能分了美人兒場主的心神，否則閒了下來，會疑心到我們身上，因為我們太多值得她懷疑的地方呢！」

徐子陵嘆道：「拖得一天是一天，我的傷口沒有三、四天休想能癒合得無痕無跡。」

寇仲一把將他從床上扯起來道：「那還不滾起來，現在最要緊的是爭取時間，更望李秀寧能知情識趣點隱瞞我的事，讓我們可跟魯妙子多學點絕妙活兒。」

那天商秀珣和柳宗道沒有隨隊回城，領隊的是大管家商震，他顯然尙未知悉有關苑兒的事，接受城民夾道歡迎時不知多麼顧盼自豪。回城的主要任務是處置傷創之兵和捐軀者的遺體，可想像戰爭仍在城外進行著，對四大寇的敗軍加以無情的追擊。那晚黃昏時分，兩人摸到魯妙子的小樓去。

這天下第一巧匠出奇地精神抖擻，指著放在圓桌上的一對天遁神爪道：「這對東西好用嗎？」

兩人衷心誠意地點頭，讚不絕口。

魯妙子哈哈一笑道：「想不到子陵竟能運用這寶貝幹掉一個大賊頭，你們兩人又能使牧場反敗爲勝，否則後果不堪設想。三十年來，我從未像今天這麼高興。」

說罷一手拿起枱面那對神遁，抖手擲出窗外，投往崖下的深淵去。兩人愕然以對。

魯妙子漫不經意道：「我是不想你們重蹈我的覆轍，若你們慣了依賴這類巧器，休想在輕功上再有寸進，開始時雖得其方便，最後卻會得不償失，明白嗎？」

兩人雖有點捨不得，但明白魯妙子是一番好意，點頭應是。

魯妙子的目光投往窗外落日裏的美景，觸景生情地喟然道：「時間和生命間有著微妙和不可分割的關係，像日夜的交替，便如生命般使人難以捉摸，又心生悵惘，難以自己。譬之成敗，只是某一瞬間的事，並無不可逾越的鴻溝，到頭來，一坯黃土終會埋葬所有成敗。你們還年輕，現在很難明白我這番話，但終有一天會和有我同樣的感受，勝利的後面或許就是失敗，兩者二而爲一。」

兩人聽得皺眉深思。

魯妙子臉上泛起回憶的神情，輕輕道：「我生平只鍾情於兩個半女子，這麼說你們是否覺得奇怪呢？」

寇仲道：「那半個定是陰后祝玉妍了，先生究竟和她有甚麼轇轕？」

魯妙子笑道：「小子你倒很實際，找到機會便追問有關陰癸派的事。」

寇仲毫無愧色道：「我只是想爲先生討回一個公道。」

魯妙子點頭道：「這正是我看上你們最主要的原因，若不害害這個妖婦，老夫死也不能瞑目。」

徐子陵苦笑道：「先生放心好了，我們早與陰癸派結下樑子。」

遂你一言我一語的和寇仲把經過事情道出，當說到婠婠能令體內沒有半絲脈氣的情況時，魯妙子露出凝重的神色。

寇仲最後得意地道：「現在妖女該以爲我們已魂遊地府，你騙我，我騙你，多麼有趣。」

魯妙子沉吟片晌，肅容道：「聽你們這麼說，這妖女確已得祝玉妍眞傳，成爲陰癸派繼祝玉妍之後修成天魔功的人。」

徐子陵好奇問道：「天魔功這麼難練的嗎？」

寇仲思索著道：「至少該有三個人練成，否則誰把天魔功傳下來呢？」

魯妙子拍案道：「說得好，不過創成《天魔祕》的卻非陰癸派的人，其來歷更是神祕莫測。不像慈航靜齋的《劍典》般乃是開山祖師地尼所著。」

徐子陵像已明白地道：「那《天魔祕》就有點像《長生訣》了，歷代雖有人修練，卻從沒有人能長生不死，包括我們兩個在內。」

魯妙子欣然道：「和你們說話可省下很多時間，《天魔祕》、《劍典》、《長生訣》和神祕莫測的《戰神圖錄》，並稱古今四大奇書，每本書都載有關於生命和宇宙千古以來的祕密，豈是如此容易被勘破的。」

兩人齊聲問道：「《戰神圖錄》？」

魯妙子道：「這或者是四大奇書中最虛無縹緲的一本書，歷代雖口耳相傳，卻從沒有人見過，詳情我也不太清楚，所以莫要問我。」

寇仲皺眉道：「假設祝玉妍和婠婠眞學成了天魔功，那除了慈航靜齋的人外，誰還能與之匹敵？」

魯妙子淡淡道：「就是你兩個小子。」

徐子陵和寇仲你望我、我望你，說不出話來。

好一會寇仲抓頭道：「我們只是誤打誤撞練出點門道來，事實上對訣內那些鬼畫符的怪字一竅不通，嘿！這也算練成嗎？」

魯妙子啞然失笑道：「《長生訣》一代傳一代，也不知多少人練過，但從沒有人能練出武功來，偏是你們能辦到。誤打誤撞也好，適逢其會也好，總之就是如此。且只看婠婠也沒法害死你們，可見來自《長生訣》的古怪武功，可抗衡天魔功法。否則我早勸你們找個地洞躲起來，永遠不要再在江湖出現。」

接著興奮地搓手道：「好了！閒話休提，言歸正傳，有沒有興趣多知道點關於陰癸派的事？」

次晨兩人返回宿處，睡了不到三個時辰，給蘭姑叫醒，不過這回卻是一番好意，原來是給他們安排了新居。那是膳園衆大師傅居住的宿舍，位於飛馬園之南，共有四座獨立房子。

兩人的期望本來只是每人可各自擁有間像樣些的房間，可是出乎意料之外，蘭姑領著他們來到其中之一的門階前道：「這屋子是前堂後寢，其他澡堂等一應俱全，屋子已教人打掃好，你們可立即搬東西過來呢！」

寇仲和徐子陵還是首次擁有一座獨立的房子，心中湧起異樣的感覺。

蘭姑出奇地和顏悅色道：「這幾天人人都忙個不停，待梁副管家閒下來，我會給你們申請一位婢女，好侍候你們的起居。」接著又眉開眼笑道：「記著你們是膳園的人，有機會見到場主，最要緊的是多爲膳園說幾句好話。」

兩人恍然大悟，因爲他們成了場主經常召見的紅人，所以此婦刻意巴結討好。

蘭姑又道：「寧公主方面派人通知我，要你們今天有空就到她那裏去，她對你們那天弄的糕餅，很是欣賞呢！」

黃昏時兩人把無可再簡單的行李財產搬入各自挑選的房間，回到寬敞的廳子坐下。

寇仲伸了個大懶腰嘆道：「這就叫權勢，膳園之內亦是如此。若不是商秀珣另眼相看，我們仍要堆在那窄迫得可擠出卵蛋的小房裏。」

徐子陵淡淡道：「李秀寧找你，爲何還不滾去見她？」

寇仲斜眼兜著他道：「你不會讓我一個人可憐兮兮的去見她吧？」

徐子陵失笑道：「你當李秀寧是洪水猛獸嗎？她要見的是你而非在下，我不會那麼不通氣，哈！恕小弟愛莫能助！」

寇仲跳將起來，唱道：「風蕭蕭兮易水寒，壯士一去兮……哈！不說意頭不吉利的話了！去便去吧！」

見寇仲興奮地去了，徐子陵心中好笑，舒服地躺在椅裏，目光投往窗外的園林中，心中卻想起昨晚和魯妙子的交談。這天下第一巧匠，確是見多識廣，博學多才。既曾讀萬卷書，也曾行萬里路，使他們得益不淺。正因他是非常人，所以行事亦往往出人意表，令人奇怪不解。忽然心有所感，然後足音傳至。

徐子陵幾乎立刻在腦海中勾畫出駱方的面容，不由心中大訝，為何自己從沒有刻意去辨認駱方的足音，卻能如此自然而然僅從腳步聲將他辨認出來？

駱方此時神采飛揚地跨門入屋，叫道：「還不恭賀我，現在我是副執事哩！」

寇仲走過石筍林，向把門的李閥衛士報上來意。不一會他來到那天李秀寧和苑兒說話的偏廳處，侍衛退了出去。

寇仲等得納悶，離開椅子，倚窗外望。一對美麗的蝴蝶正在花叢間爭逐嬉戲。

李秀寧的足音自遠而近，最後在他身後響起道：「謝謝你！」

寇仲淡淡道：「我可以走了嗎？」

李秀寧默然片晌，輕柔地道：「你還記得那次我隔著窗子以匕首制著你嗎？」

寇仲被她勾起美麗的回憶，在那個明月斜照的晚上，他和徐子陵拿賬簿去向李世民領功，攀爬船艙時聽到李秀寧聲音迷人，忍不住探頭窺視，給李秀寧發覺後以匕首抵著他的咽喉。那是一見鍾情，亦是他失敗之極的初戀起始的剎那，令他刻骨不忘。

寇仲苦笑道：「怎會不記得呢？想有半刻忘記也不可能。所以我現在才要走，否則我變了燻魚也不肯走。」

李秀寧「噗哧」嬌笑道：「若你真是燻魚，我一口吃掉你，教你以後甚麼地方都去不了。告訴秀寧，你是否為了這個原因，所以拒絕世民二哥的邀請？」

寇仲背著她道：「不要告訴我你現在才猜到原因。」他笑容裏的苦澀更深了。

李秀寧嘆道：「寇仲啊！秀寧怎值得你錯愛呢？這世間不知多少勝過秀寧百倍的女子正等候你的愛寵。寇仲啊！抬頭看看天上好嗎？」

她盈盈來到寇仲身側，指著繁星滿天的夜空道：「每顆星宿，代表一個機緣，所以那就是數不盡的機緣，如星宿般的無窮無盡。秀寧和你的遇合，只是其中一個機緣。但此外仍有無數機緣，有些是痛苦的，有些是快樂的，甚至有令人苦樂難分，黯然神傷的。你是非凡的人，自應有非凡的遭遇，不應為偶一錯過的機緣介懷。」

寇仲做了最渴望但也最不明智的事，朝她瞧去。只見清麗絕倫的美人兒正仰首觀天，雙目射出如夢如幻的渴望神色，淒迷動人至極點。

寇仲劇震道：「問題在秀寧你正是我心內那夜空的明月，其他星宿於皓月下，全變得黯然無光。」

李秀寧的目光朝他射來，兩人目光一觸後立即各自避開，都好像有點消受不了的樣兒，情況極端微妙。

寇仲捧頭痛苦道：「這種事只會愈說愈糾纏不清，我還是早走為是！」

李秀寧吃了一驚道：「多聽秀寧兩句話好嗎？」

寇仲一個觔斗，到了窗外，回復了一貫的調皮瀟灑，露出個燦爛的笑容，淡然道：「若寧公主要代令兄世民招攬我們兩個人，就請免了。」

李秀寧狠狠瞧了他好半晌，跺足道：「你快要令秀寧生你的氣了。」

寇仲兩手按在窗檻處，似要靠這動作支撐身體的重量，頹然道：「慘了！今天我眞不該來，你每個神情，只會使我的單思症病情加重，現在怕已病入膏肓。」

李秀寧螓首低垂道：「就當我是求你好了，寇仲啊！忘了我吧！」

寇仲轉身便去，無精打采地背著她揚手道別。接著在林木間忽現忽隱，好半晌後消失在李秀寧被淚水迷茫了的眼簾外。

她終於爲寇仲灑下了她第一滴情淚。

第二章 自助葬禮

黃易作品集

第二章 自助葬禮

駱方興奮地道：「這次我們勝得險極了，我差點沒命。幸好有位神祕的疤面大俠拔刀相助，殺得敵寇傷亡慘重，『焦土千里』毛燥被他在千軍萬馬中似探囊取物般取去首級，逆轉了戰局。」

又猶有餘悸道：「你怎也想不到情況是多麼驚險，初時我們以爲來的只是股二、三千人的竄擾部隊，豈知忽然滿山遍野都是流寇，殺得我們潰不成軍，幸好場主和二執事兵分兩路，牽制著敵人的主力，又得那神祕大俠相助，而大管家則率兵出關應戰，才能抵住敵人，待到場主引得敵人中計到了村外，東峽又派兵來援，我們終把敵人一舉擊敗，追擊百里，殺得他們連褲子都甩掉。咦！小寧到哪裏去了？」

徐子陵微笑道：「副執事請坐！」

駱方像不知副執事是指他般，微一愣然，方如夢初醒地坐在徐子陵爲他拉開來的椅子裏，打量四周道：「這房子很不錯，小寧呢？」

徐子陵在桌子對面坐下，知道因寇仲懂得哄他，所以駱方比較愛和寇仲打交道，而非自己。答道：「他被寧公主召了去，該快回來了！」

駱方稍露失望之色，旋又被興奮替代，似低訴祕密般壓下聲音道：「這回全賴二執事舉薦，因爲其他三系比我更有資歷的人比比皆是，且三執事的位子又被許老坐了，正副執事都由我們二執事的人一起坐了，實有點說不過去。幸而我在此役頗有點表現，但聽說還是靠二執事向場主說了整個時辰，更有大管家幫腔，她才肯答應呢。」

許老就是許揚，原是二系的副執事，像商震般愛抽煙管，和他們關係不錯。徐子陵腦海中浮現出柳宗道眇了一目的容顏，心中有些許不舒服的感覺。此人如此積極培養自己的勢力，是否有特別的用心？說到底他和寇仲亦算是他派系的人。淡然問道：「三執事是否發生了不幸呢？」

駱方冷哼道：「他那兩下子怎見得人，平時擺足威風，眞正踏足沙場，還輪到他逞強嗎？兩個照面就給人宰了！」

徐子陵心知肚明陶叔盛是給暗下處決，但卻宣布他是捐軀沙場，若非家醜不外揚，就是爲要肅清餘黨採的手段。四執事吳兆汝一向和陶叔盛一鼻孔出氣，說不定會爲此事受牽連。

徐子陵很想問苑兒的命運，最後仍是忍住，問道：「場主回來了嗎？」

駱方沉吟道：「該在這幾天回來，外邊的情勢很亂，任少名被人刺殺後，不但南方形勢劇變，江北亦很不妙。」

再說了幾句，駱方因新任要職，又百事待舉，告辭離開。

徐子陵正思索任少名死後會引發的情況時，寇仲神色木然的回來，呆頭鵝般坐下，兩眼直勾勾地瞧著前方，像兩個空洞。

徐子陵正待追問。寇仲頹然嘆了一口氣道：「我和她的事終於結束了。」

徐子陵伸手抓著他的肩頭，沉聲道：「人生中不可能每件事都是花好月圓，美滿如意的。趁這幾天不用侍候美人兒場主，不如我們多去找魯先生請教，還比較積極點。」

寇仲點頭道：「你最要緊的是快些養好傷勢，還要不留絲毫痕跡，否則你這疤臉大俠就要露出狐狸尾巴哩！」

日子就那麼過去。蘭姑像怕了他們般不敢來打擾，兩人則樂得自由自在，日夜都溜了去和魯妙子談話，研討他將畢生所學寫成的筆記。由於賦性有異，徐子陵對園林學和天星術數特別有興趣，而寇仲則專志於歷史、兵法和機關學，各得其所。表面看來，魯妙子絕不像個臨危的人，其臉色還紅光照人，但二人心裏明白他已到了迴光反照的時刻。

一天黃昏，兩人剛想到魯妙子處去，不見數天的小娟來了，說商場主要找他們，才知道這美女回來了。兩人心中有鬼，惟有硬著頭皮去見她。

商秀珣單獨一人坐在書房裏，正忙著批閱枱上的宗卷文件，兩人在她桌前施禮問安，她只嗯了一聲，連抬頭一看的動作亦像不屑為之。

兩人呆立了一會，她淡淡道：「脫掉衣服！」

兩人失聲道：「甚麼？」

商秀珣終擲筆抬頭盯著他們，沒好氣地道：「脫掉衣服就是脫掉衣服。還有其他甚麼的嗎？我的話是命令，否則家法伺候。」

寇仲苦笑道：「我們的清白之軀，除了娘外尚沒有給其他女人看過，這麼在場主面前脫個精光，若給人看到不太好吧！」

商秀珣狠狠瞪了他一眼，責怪道：「我又沒叫你脫掉小褲子，還不照辦，是否討打了？」

徐子陵正要出言反對，寇仲怕他自揭身分，嚷道：「脫就脫吧！」

徐子陵見寇仲三扒兩撥露出精赤粗壯的上身，又知商秀珣刻意在察看他身上是否有傷痕，更想起還要見魯妙子，終於屈服。

商秀珣長身而起，繞著兩人打了個轉，掩不住失望之色地回到書桌，揮手道：「滾吧！」

兩人拿著衣服，正要出去，又給商秀珣喝止道：「穿好衣服才准出去，這樣成何體統。」

兩人狼狽地在她灼灼目光下穿好衣服，見她仍是若有所思的樣子，寇仲試探道：「場主！我們可以滾了嗎？」

商秀珣的目光在兩人身上巡視了幾遍，冷冷道：「你們是否每天鍛鍊身體？」

寇仲知她是因見到他們扎實完美的肌肉而生疑，信口開河道：「這個當然，每天清早起來，我們至少耍一個時辰拳腳，方會變得精神翼翼。」

「砰！」

商秀珣一掌拍在案上，杏目圓瞪叱道：「胡說！你們是牧場最遲起床的人，還要人打鑼打鼓才肯起來，竟敢對我撒謊。」

徐子陵陪笑道：「早起確是我們一向的習慣，不過最近聽場主指示，每晚去跟魯先生學東西，致日夜顛倒，所以睡晚了！」

寇仲想不到她這麼注意他兩人的起居，只好尷尬地承認道：「場主大人有大量，我只是說順了口，忘了最近生活上的變化。」

商秀珣秀眸變得又明亮又銳利，好整以暇地道：「但是柳二執事說你們來此的幾天途上，從未見過你們練功夫呢？」

徐子陵怕寇仲又亂吹牛皮，忙道：「皆因我們見二執事他們人人武功高強，哪敢班門弄斧，場主明鑑。」

商秀珣半信半疑地盯了他好一會，道：「若有一天我發覺你們在瞞我，我必定親手宰掉你們。」

寇仲暗中鬆了一口氣，知她不再懷疑徐子陵是疤臉怪俠，恭敬道：「我們可以滾了嗎？」

商秀珣板起俏臉似怒似嗔地道：「不可以！」

兩人爲之愕然。

商秀珣沉吟片晌，揮手道：「去吧！不過你們每天都要來向我報上老傢伙的情況。」

寇仲道：「該在甚麼時候來見場主呢？」

商秀珣不耐煩地道：「我自會找人召你們。立即滾蛋！」

兩人如獲皇恩大赦，溜了出去。

他們在小樓見到魯妙子時，都大吃一驚。魯妙子仍坐得筆直，但臉上再無半點血色，閉目不語。兩人左右撲上把他扶著，魯妙子長長吁出一口氣，睜眼道：「扶我下去！」寇仲連忙跳了起來，探手書櫃扳下開啓地道的鐵桿，「軋軋」聲中，地下室入口現於眼下。

魯妙子道：「留給你們的東西和筆記我已包紮妥當，離開時可順手取走。」

兩人扶著他進入地道，來到地室中，赫然發覺地室中間竟多了張石床，枕頭被褥一應俱全，遂依魯妙子指示把他搬上石床躺好。魯妙子頭靠木枕，兩手交疊胸前，當兩人爲他蓋上令人怵目驚心的大紅繡被後，這垂危的老人嘆道：「人生在世，只是白駒過隙，當你以爲生命永遠都不會到達盡頭的時候，眨眼間便到了呼吸著最後幾口氣的時刻。」

寇仲生出想哭泣的感覺，偏是流不出半滴眼淚，堅定地道：「先生放心吧！我們會手刃陰癸派那妖婦，好爲你出一口氣。」

魯妙子搖頭苦笑道：「你們量力而爲吧！現在你們若遇上祝玉妍，和送死實在沒有甚麼分別。況且現在我對她已恨意全消，若不是她，我也不能陪了青雅二十五年，更不知原來自己心中最後只有她一個人。罷了！罷了！」

兩人你眼望我眼，不知該說甚麼話好。

魯妙子輕喘著道：「你們走吧！記著該怎麼做了。」

徐子陵駭然道：「先生尚未死呢！」

魯妙子忽然精神起來，微怒道：「你們想看到我斷氣後的窩囊模樣嗎？」

兩人不知如何是好，魯妙子軟化下來，徐徐道：「你們每人給我叩三個頭就走吧！我再撐不下去了。哈！死並非那麼可怕的，不知待會會發生甚麼事呢！」

兩人把魯妙子給他們的東西各自藏好後，頹然離開變得孤冷淒清的小樓。

寇仲右手按著徐子陵肩膀，苦嘆道：「老傢伙可能是娘和素姐外對我們最好的人。偏卻學娘那樣，相處不到幾天就去了。」

徐子陵想起素素，嘆了一口氣。

寇仲道：「我們今晚走，還是明早走呢？」

徐子陵搖頭道：「不！我們現在立即走，留下來再沒有甚麼意思！」

寇仲心中現出李秀寧的倩影，耳朵裏似仍迴響著她叫自己忘了她的話，點頭道：「好吧！取回井中月我們就設法溜掉。」

室門在望時，蘭姑迎面而來道：「你兩人立即收拾細軟，隨場主出門。眞是你們的榮幸呢！場主指定由你兩人侍候她沿途的飲食！」

兩人愕然以對。

黃昏時分，一行二十八人，馳出東峽，放蹄在廣闊的平原邁進。除了寇仲和徐子陵兩個伙頭大將軍外，馥大姐和小娟也有隨行，好侍候商秀珣的起居。其他都是飛馬牧場的人，包括了執事級的梁治、柳宗道、許揚，和副執事級的駱方、梁治的副手吳言，一個四十來歲的矮壯漢子。另外還有兩個分別叫商鵬和商鶴的老頭兒，包括商秀珣在內，都尊稱他們作鵬公和鶴公。兩老很少說話，但雙目神光如電，顯是飛馬牧場商姓族中元老級的高手。

走了半天，寇仲和徐子陵仍不知商秀珣如此陣仗是要到哪裏去。寇仲和徐子陵負責駕駛唯一的馬車，車上裝的自是帳篷、食物、炊具等一類的東西。

寇仲驅策著拉車的四匹健馬，低聲在徐子陵耳旁道：「弄完晚餐後我們溜之夭夭，待他們飲飽食醉才走，也算仁至義盡了吧！」

徐子陵笑道：「你不是精於地理嗎？這個方向似乎是到竟陵去，仲少同意嗎？」

寇仲愣了片晌，苦笑道：「這次算你跟得我多，修得地理學上少許道行，不過負責二十八個人伙食的生活並不好過，哪比得上我們遊山玩水般的到竟陵去呢。」

徐子陵點頭道：「那就今晚走吧！」

到夜幕低垂，商秀珣下令在一道小溪旁紮營休息，寇仲和徐子陵則生火煮飯，忙得昏天暗地，幸好小娟施以援手，才輕鬆點兒。

眾人吃著他們拿手的團油飯時，讚不絕口，使兩人大有光采。

駱方、馥大姐和小娟與他兩人自成一局，圍著篝火共膳，別有一番荒原野趣的味兒。

寇仲乘機問道：「我們究竟要到哪裏去？」

駱方愕然道：「沒人告訴你們嗎？這趟是要到竟陵去嘛！」

徐子陵奇道：「竟陵發生了甚麼事呢？」

駱方顯是不知詳情，道：「好像是有些要事的。」

馥大姐低聲道：「是竟陵方莊主派人來向場主求援，我們只是先頭部隊，其他人準備好就會跟來了。」

寇仲和徐子陵對望一眼，均看到對方心中的懼意，因兩人猜到同一可怕的可能性。哪還有興趣閒聊，胡扯了幾句後，託詞休息，兩人躲到小帳幕內。

寇仲伏在仰躺的徐子陵旁，低聲道：「這下糟透了，我們早該從婠婠這條線上聯想到曲傲和老爹。」

頓了頓續嘆道：「還記得當年在滎陽沈落雁的莊院內，宋玉致向沈落雁通風報訊，說曲傲和老爹互相勾結，要暗殺李密嗎？現在擺明老爹用的是美人計，婠婠肯定回了竟陵向方澤滔這情種莊主大編故事。只要她伸伸指頭，方澤滔就要嗚呼哀哉。」

徐子陵直勾勾地瞧著帳頂，苦澀地道：「縱然沒有婠婠，方澤滔也非老爹對手。最慘的是一向與獨霸山莊互爲聲援的飛馬牧場，慘勝後元氣大傷，根本無力援助竟陵，否則現在該不是二十八個人，而是上萬戰士組成的大軍。」

寇仲透帳掃視外邊圍著篝火閒聊的商秀珣等人，低聲道：「爲今之計，是全速趕往竟陵，趁婠婠未動手前，先一步把她宰掉。」

徐子陵沒好氣道：「到時我們已筋疲力盡，哪還有氣力收拾婠婠。更何況就算我們在最佳狀態，仍未可輕言取勝呢？最糟是不知她數說了我們甚麼壞話，兼之方澤滔又給這狐狸精矇了眼迷了心，到時弄巧反拙，保證笑疼那妖女的肚皮。」

寇仲苦惱道：「這又不是，那又不是，該怎辦好呢？」

徐子陵冷靜地分析道：「事情是急不來的，若我是老爹，既已穩操勝券，索性把飛馬牧場的人也引得傾巢而來，再在途中伏擊，那就一下子把整個地區的兩大勢力收拾，那時要北上或南下，一切隨心所欲，悉隨尊便。」

寇仲像首次認識他般，心悅誠服地道：「你比我厲害多了，唉！不知爲何我此刻的腦袋空白一片，人更浮躁不安，甚麼都想不到似的。現在該怎辦呢？」

徐子陵坐起身來，淡淡道：「我不是比你厲害，而是心無罣礙，有如井中之水，能反映一切。你這小子自昨天見過李秀寧，一副失魂落魄的樣子，若你仍是這麼看不開，索性回鄉耕田或開菜館好了！」

寇仲呆了半晌，點頭道：「教訓得好，我確是很不長進，好吧！由這刻起，我要改過自新，以後再不想她。」

略作沉吟後，續道：「所以這回商秀珣率人往竟陵，可能早落在老爹或長叔謀算中，那就非常危險。」

徐子陵欣然道：「你終於清醒過來啦！」

寇仲苦笑道：「只是清醒了些兒。以老爹謀定後動的性格，現在只須裝出蠢蠢欲動的樣子，就可牽制獨霸山莊動彈不得，而飛馬牧場則成勞師遠征的孤軍，噢，小娟來了！」

兩人連忙裝睡。小娟的聲音在外低喚道：「你們睡著了嗎？場主找你們呢！」

商秀珣有如天上下凡的女神，在夜風中衣袂飄飛，負手傲立，淡然道：「你們今晚弄的團油飯有極高的水準，令人滿意。」

寇仲和徐子陵連忙謙謝。

這美女瞧往天上的星空，語調轉冷道：「老傢伙是否死了？」

徐子陵黯然點頭。

商秀珣別過身去，背對他們，像是不願被兩人看到她的表情，好一會才道：「你兩個陪我走走！」

兩人大奇，以此女一向的傲岸自高，孤芳獨賞，這邀請實在太過不合情理。只好滿腹狐疑地跟在她身後。

商秀珣在原野緩緩而行，星光月映下，她的秀髮閃閃生輝，優雅的背影帶著超凡脫俗和難以言表的神祕美。好一會商秀珣都沒有說話。

到了小溪邊一堆沿溪散布的大石處，她停了下來，輕嘆道：「坐吧！」

寇仲忙道：「我們站著成了。」

商秀珣自己揀了一塊大石隨意地坐下來，再道：「坐吧！」

兩人見她坐下，哪還客氣，各選一塊平滑的石頭坐好。

柳宗道等說話的聲音在遠處隱約傳來。

商秀珣輕輕道：「你們是不是覺得我很橫蠻？睡著了也要把你們弄醒來見我。」

寇仲苦笑道：「你是我們的大老闆，我們自然要聽你的命令做人。」

商秀珣「噗哧」嬌笑，入神想了好半晌，微笑道：「這正是我愛和你兩個小子說話的原因，因爲你們只當我是個老闆，而不像其他人般視我爲至高無上的場主。最妙是我知道你們有很多事瞞我騙我，而我偏沒法抓到你們的痛腳。」

兩人大感尷尬。

徐子陵道：「場主認爲我們在甚麼事情上有瞞騙之嫌？」

商秀珣嬌媚地搖了搖頭，目光在兩人身上轉了一轉，望往夜空，柔聲道：「我不大知道。但總感到你們兩人很不簡單。娘常說魯妙子聰明絕頂，生性孤傲，從來看不起人，所以一直沒有傳人。唉！人的性格是不會改變的，他爲何這麼看得起你們呢？」

寇仲聳肩道：「此事恐怕要他復活過來才知道了！」

商秀珣淡然道：「又是死無對證！他究竟傳了你們甚麼東西？起程前我曾到他的小樓走了一趟，這可恨的老傢伙甚麼都沒留下來。」

徐子陵沉聲道：「魯先生的巧器成了陪葬品，與他長埋地下。」

商秀珣美目深注地朝他瞧來，淡淡道：「他沒有東西留給你們嗎？」

寇仲道：「只有幾本記錄他平生之學的筆記，場主須過目嗎？」

商秀珣搖頭道：「我不要碰他的東西。」

兩人放下心來，暗忖這就最好了。

商秀珣忽然道：「騙人！」

兩人嚇了一跳，心想若她要搜身，只好立即翻臉走人。

商秀珣嘴角逸出一絲笑意，掃視了他們幾遍，平靜地道：「這是不合情理的。老傢伙發明的東西均爲江湖上千金難求的寶物。他既看中你們，怎會吝嗇至此。不過我亦不會深究此事，讓老傢伙到九泉之下仍要笑我。」

兩人暗裏鬆了一口氣，臉上當然不露出絲毫痕跡。

商秀珣忽又幽幽嘆了一口氣，道：「我的心有點亂，你們隨便找些有趣的事說說好嗎？」

美人兒場主竟軟語相求，兩人均有受寵若驚的感覺。

徐子陵忽然道：「不如我給場主卜一支卦，看看爲何場主會有心亂的情況發生。」

寇仲心中叫絕。

商秀珣大訝道：「你懂術數嗎？」

徐子陵昂然道：「剛跟魯先生學來的。」怕她拒絕，忙依魯妙子教的方法舉手起了一課六壬，掐指一算後正容道：「此課叫『蒙厄』，場主之所以會心亂，皆因局勢不明，陷阱於途之故。」

商秀珣愕然道：「似乎有點道行，就那麼的七天八天，你便學曉這麼艱奧的東西嗎？」

寇仲靈機一觸道：「小晶是術數的天才，我卻是兵法的天才，嘻！」

商秀珣不屑地道：「你是臉皮最厚的天才，也不照照鏡子。」

寇仲哈哈笑道：「不要小覷老傢伙的眼光，不信可考較我一下。」

商秀珣先嗤之以鼻，接著沉吟道：「好吧！孫子兵法有八大精要，你給我說來聽聽。」

寇仲從容不迫道：「兵書是死的，人是活的，不如讓我爲場主分析眼前形勢，那場主便不用因局勢不明朗而心煩意亂。」

商秀珣呆了半晌，最後抱著姑且一試的心情道：「說吧！」

寇仲恭敬道：「這回場主率人往竟陵，是否因竟陵遣人來求救呢？」

商秀珣鳳目一寒，微怒道：「是否馥兒把這事洩出來的？」

徐子陵不悅道：「大禍當前，場主仍斤斤計較於家法場規這等雞毛蒜皮的瑣事嗎？」

商秀珣呆了一呆，芳心中升起奇異的感覺，此刻的徐子陵哪還有半點下人的味兒，一時間竟忘了斥責他。

寇仲好整以暇地分析道：「江淮軍此次西來，時間上拿捏得無懈可擊，顯是謀定後動……」

商秀珣截斷他道：「誰告訴你們犯竟陵的是江淮軍呢？」

寇仲得意洋洋的道：「若要人告訴才知道，就不是兵法的天才。有很多事不用眼看耳聽，亦可由心眼心耳想得到。」

頓了頓微笑道：「一向以來，竟陵的獨霸山莊和場主你的飛馬牧場，均是周圍各大勢力口邊的肥肉。只不過此肉難噬，以致無從入手吧！現在四大寇進犯我們牧場，而杜伏威則乘機兵脅竟陵，兩者間若無微妙的關聯，打死我都不會相信。」

在商秀珣的眼中，兩人就像變成另外兩人般侃侃而談，令她不禁聽得入神，忘了他們地位資格的問題，皺眉道：「你對江湖的形勢倒相當熟悉，但為何你竟能猜到杜伏威只是在竟陵城外按兵不動，而不是圍城猛攻呢？」說到最後兩句，語調轉厲，玉容現出懷疑的神色。

徐子陵淡淡道：「圍城只是下著，杜伏威縱橫長江，乃深諳兵法的人，怎會捨一石二鳥之計而不用，試想假若牧場大軍未到而竟陵已破，那時場主惟有退守牧場，再聯絡四方城鄉，嚴陣以抗。杜伏威再要擴大戰果，將是難比登天。」

商秀珣嬌軀微顫，沉吟不語，露出深思的表情，顯為徐子陵言語所動。

寇仲沉聲道：「場主此次倉卒成行，說不定正中杜伏威引蛇出洞的奸計……」

商秀珣倏地立起，冷然道：「你兩人回去睡覺吧！」

言罷匆匆往找柳宗道等人商議去了。

次晨起來，商秀珣把兩人召到帳內，旁邊尚有馥大姐和小娟，她神色凝重地道：「這回算你兩個立下大功，他日我自會論功行賞。現在改變行程，你兩人和馥兒娟兒隨二執事折返牧場，知道嗎？」

兩人暗中叫苦。寇仲皺眉道：「場主遣走我們，實屬不智。」

馥大姐和小娟同時失色，暗忖他們如此頂撞場主，是否不要命了。商秀珣的反應卻沒有她們想像中激烈，只是不悅道：「我何處不智，假設不給我說出個道理來，保證你們有苦頭吃。」

寇仲從容道：「別忘了我們是……嘿！你明白啦！這樣放著人才而不用，豈是聰明的決定？」

商秀珣出奇地沒有發脾氣，嘆道：「我不是不想把你們帶在身邊，只是此往竟陵，凶險難測，出了事來，我怎照顧得到你們呢？」

寇仲壓低聲音煞有介事般道：「實不相瞞，我兩兄弟其實是深藏不露的高手，發生變故時自保絕無問題。嘿！你們笑甚麼？」

馥大姐和小娟哪忍得住，由偷笑變成掩嘴大笑。

商秀珣也為之莞爾，沒好氣道：「憑你們那三腳貓般的功夫，有甚麼深藏不露可言，快依命而行，我沒有時間花在你們身上。」

徐子陵忙道：「場主請再聽幾句話，我們身負魯先生所傳之學，對著老爹……嘿！老杜的大軍時，必能派上用場……」

商秀珣大嗔道：「這麼多廢話，待得你們將只學了幾天的機關製出來，早城破人亡。」

寇仲鼓如簧之舌道：「場主此言差矣，魯妙子胸懷不世之學，其中之一名曰陣法，就像當年諸葛武侯在采石磯設的八陣圖，學這種東西講的是天分而非時間長短。例如小晶便一聽就明，不信可著他露幾句讓場主聽聽。」

商秀珣、馥大姐和小娟疑惑的目光落在徐子陵身上，他只好順口胡謅道：「天數五、地數五，五數相得而各有合，嘿！夠了嗎？」

寇仲加油添醋道：「這就叫天地五合大陣，能衍生變化而役鬼神，縱管對方千軍萬馬，如入陣中，便要……哈哈……如入霧中了。」

商秀珣半信半疑道：「你兩個若改穿道袍，就成了兩個尚未成年的妖道。」

馥大姐和小娟見到兩人被譏斥的尷尬樣子，惟有苦忍著笑。

寇仲見一計不成，又掐指一算道：「場主要遣我們回牧場，皆因怕我們小命不保。所以我立起一卦，此卦……唔……此卦名『必保』，意思是必能保住我們兩條小命，包保毫髮不損。」

商秀珣哂道：「你何時又從兵法的天才變成術數的天才呢？」

寇仲臉容不改，昂然道：「起卦乃最簡單的基本功夫，靠的是誠心正意，心為本，數為用，所謂參天地而倚數，大衍之數五十，始於一備於五，小衍成十，大衍則為五十五，明乎其理，卦準如神。」

他乃絕頂聰明的人，雖對術數興趣不大，但旁聽魯妙子和徐子陵的談論，怎都學到點皮毛，加上亂吹牛皮，倒也頭頭是道。

商秀珣沉吟片晌，冷冷道：「你們為甚麼這麼渴望到竟陵去呢？竟連性命都不顧？」

徐子陵人急智生肅容道：「因為魯先生著我們要學以致用，為牧場盡力。」

寇仲續道：「他臨終前還說我們不但非是夭折短命之相，且還福緣深厚，所以可放手闖一番事業出來。」

兩人慣了一唱一和，聽得商秀珣都玉容微動，問道：「你們的卦是否可預知吉凶？」

寇仲面不改色道：「這個當然。有甚麼事要知道的，找小晶掐指一算便成了。」

徐子陵心中恨不得揍一拳寇仲，表面卻只好擺出天下第一神算的樣子，肯定地微笑點頭。

商秀珣好像經過很大努力才說服了自己般，沒精打采地道：「好吧！姑且讓你們留下來試試看。有甚麼差錯時只好怪老傢伙看錯相。你們做了鬼切勿怨我沒有警告在先。」

眾人繼續行程。往竟陵去的由原先的二十八人變作二十人，還要分成四組，各採不同路線，而以沿途的城鎮作會合點，爲的自是要掩人耳目。商秀珣不知是因要借重他們的占卦能力，還是愛聽兩人胡扯，又或要親自保護他們，編了徐子陵、寇仲與她同組，另外還有梁治、吳言，再加上商鵬、商鶴兩大元老高手，實力以他們這組最強大。一行七人，扮成行旅，商秀珣更穿上男裝，與商鵬、商鶴改坐到馬車中。寇仲和徐子陵仍充當御者，梁治和吳言則扮成護院武士隨車護駕。

午後時分人馬切入官道，朝竟陵西北的大城襄陽開去。道上人馬漸增，商旅則結伴而行，以壯聲勢。只有江湖人物，才敢獨來獨往，又或兩三個一起地往來道上。梁治落後少許，向商秀珣報告道：「屬下問過由襄陽來的人，聽說此城現由當地大豪錢獨關把持，此人擅使雙刀，稱霸襄陽，誰的賬都不賣，管治得還可以。不過入城的稅相當重，往來的商旅頗有怨言。」

商秀珣道：「我們定要在襄陽關門前入城，明早坐船下竟陵，雖多花上一天時間，卻可教敵人摸不清我們的行程，仍是非常值得的。」

寇仲和徐子陵心中恍然，知道商秀珣接受了他們的勸告，故在往竟陵的路線上弄點花樣。

商鵬的聲音傳來道：「不如由老夫先一步趕往襄陽，安排船隻的事宜，際此天下紛亂的時刻，有時重金亦未必可僱到能載人馬的大船。」

商秀珣道：「鵬老請放心，秀珣已命許揚和駱方兼程趕往襄陽辦理此事。」

商鵬讚道：「場主很細心呢！」

梁治尚要說話時，急劇的蹄音從後傳至。寇仲和徐子陵待要回頭後望，梁治不悅喝道：「不要多事，快把車駛往一邊去。」兩人給他嚇了一跳，忙把車子駛向道旁。

一隊三十多人似是江湖上亡命之徒的漢子，如飛般在他們身旁馳過，人人別頭朝他們打量。其中帶頭的一個年輕漢子還道：「像不像？」另一胖子答道：「理該不是！」接著旋風般消沒在道路轉彎處外。

徐子陵和寇仲同時抹了把冷汗，原來對話的兩人正是「金銀槍」凌風和「胖煞」金波。那天他們藏在瓦礫底下，聽過兩人說話的聲音，所以立即認出他們來。後來他們想追去找他們試功力，卻遇上了柳宗道等人，受僱到飛馬牧場當廚子，想不到又在這裏碰上他們。幸好沒有被認出來，否則就麻煩透頂。

他們到襄陽去幹甚麼呢？

梁治奇道：「這些是甚麼人？」

商秀珣忽然道：「小晶！你給我起一卦看看他們是幹甚麼的？」

徐子陵無奈「掐指一算」，道：「他們在找兩個人，其中充滿兵凶戰危的味兒。」

吳言「啊！」一聲後道：「那定是寇仲和徐子陵。這兩個人把南方弄得天翻地覆，又身懷楊公寶藏的祕圖，人人都希望能擒下他們。」

梁治點頭道：「副執事所言有理。不過這兩個傢伙既能在千軍萬馬中刺殺任少名，豈是易與之輩，這些人只是不自量力。」

商秀珣沉聲道：「寇仲和徐子陵年紀有多大，知道他們是甚麼模樣嗎？」

吳言答道：「他們出道也有好幾年，怕該有三十來歲吧！我聽人說過他們長得粗壯如牛，面目猙獰，一看就知非是善類。」

兩人心中一邊大罵，一邊又對吳言非常感激。

商秀珣默然片晌，下令道：「繼續趕路吧！」

兩人知又過了關，鬆了一口氣。「呼！」鞭子輕輕打在馬屁股上，馬車重新駛上官道。

襄陽位於漢水之旁諸河交匯處，若順流而下，一天可到另一規模較小的城市漢南，再兩天便抵竟陵。

自楊廣被宇文化及起兵殺死後，激化了各地的形勢。本已霸地稱王稱帝的，故是趁勢擴張地盤，原為隋官又或正採觀望態度的，則紛紛揭竿而起，成為一股股地方性的勢力，保障自己的城鄉家園。像襄陽的錢獨關就是個典型的例子。

「雙刀」錢獨關乃漢水派的龍頭老大，人介乎正邪之間，在當地黑白兩道很有面子，做的是絲綢生意，家底豐厚。煬帝死訊傳來，錢獨關在衆望所歸下，被當地富紳及幫會推舉爲領袖，趕走了襄陽太守，自組民兵團，把治權拿到手上。

錢獨關雖自知沒有爭霸天下的實力，但際此風起雲捲，天下紛亂的時刻，亦可守著襄陽自把自爲，不用看任何人的面色。在李密、杜伏威、李子通等各大勢力互相對峙的當兒，他更是左右逢源，甚至大做生意，換取所需，儼如割地爲王。

黃昏時分，商秀珣一衆人等在城門關上前趕至襄陽，以黃澄澄的金子納了城門稅，進入城內。

襄陽城高牆厚，城門箭樓巍峨，鐘樓鼓樓對峙，頗具氣勢，未進城已予人深刻的印象。入城後，衆人踏足在貫通南北城門的大街上，際此華燈初上的時刻，跨街矗立的牌坊樓閣，重重無際，兩旁店舖林立，長街古樸，屋舍鱗次櫛比，道上人車往來，一片太平熱鬧景象，使人不由渾忘了外間的烽煙險惡。不時有身穿藍衣的武裝大漢三、五成群地走過，只看他們擺出一副誰都不賣賬的凶霸神態，便知是錢獨關的手下。此外幾乎看不到年輕婦女的蹤跡，偶有從外鄉來的，亦是匆匆低頭疾走。

許揚、駱方和其他人早已入城恭候多時，由駱方把他們接到一間頗有規模的旅館，安頓好後，寇徐兩人留在房裏等候商秀珣的指示。

寇仲低笑道：「剛才幸好是坐著，又穿上馬佚的衣服，否則以我們的丰采，說不定會給凌風和金波兩個混蛋認出來。」

徐子陵沒好氣道：「你是否自戀成狂呢？一天不讚讚自己渾身不舒服似的。」

寇仲笑嘻嘻道：「甚麼都好吧！我只是想把氣氛搞活點。唉！這趟到竟陵去，只是想起娘娘我已心如鉛墜，心煩得想大哭一場，何況尚有老爹要應付呢！」

徐子陵呆坐床沿，好一會才道：「你終於要與老爹對著幹了，有甚麼感受？」

寇仲頹然坐到門旁的椅子裏，嘴角露出一絲苦澀的笑容，道：「我知他這回不會再放過我們，但若有機會，我仍會放過他一次，好兩下扯平，誰都不欠誰。」

徐子陵點頭道：「這才是好漢子，了得！」

寇仲嘆道：「不過這次休想有做好漢子的機會。無論單打獨鬥，或戰場爭雄，我們仍差他一截。江淮軍是無敵雄師，豈是四大寇那些烏合之衆可以比擬。」

徐子陵沉吟道：「美人兒場主把柳宗道遣回牧場，究竟有甚麼作用呢？」

寇仲笑道：「徐妖道掐指一算不是甚麼都知道了嗎？」

徐子陵莞爾道：「眞是去你奶奶的，有機會便坑害我。」

寇仲捧腹大笑時，駱方拍門而入道：「我們已在這裏最大的館子家香樓二樓訂了兩桌酒席，隨我去吧！」

兩人大感愕然，想不到在這樣的情況下，商秀珣仍不忘講究排場。

家香樓分上、中、下三層。三樓全是貴賓廂房，若非熟客或當地有頭有臉的人物，根本不接受預訂。飛馬牧場這些外來人，只能訂二樓和樓下的枱子，還靠許揚買通客棧的掌櫃，由他出面安排才辦得到。

商秀珣不但穿上男裝，還把臉蛋塗黑少許，又黏上兩撇鬚子，一副道學先生的樣兒，模樣雖引人發噱，總好過顯露出她傾國傾城的艷色。寇仲和徐子陵見到她的怪模怪樣，差點絕倒，不知多麼辛苦才忍住。

商秀珣出奇地不以爲忤，只微微一笑，和梁治領頭先行。一衆人等分成數組，沿街漫步。商鵬、商鶴兩個老頭兒負責押後。

寇仲和徐子陵心裏明白愈來愈多人認識他們，只好把小廝帽子拉得低蓋眼眉，又彎腰弓背，走得非常辛苦。

旁邊的駱方奇道：「你們爲何變得這麼鬼鬼祟祟的？」

寇仲避開了一群迎面走來、滿臉橫肉的江湖惡漢，煞有介事道：「場主都要裝模作樣，我們作下人的更要掩蔽行藏，對嗎？」

驀地左方一陣混亂，行人四散避開，竟有兩幫各十多人打將起來，沿街追逐，刀來劍往。駱方分了心神，扯著兩人躲往一旁。

商秀珣負手而立，似是興致盎然地旁觀血肉飛濺的惡鬥。

寇仲大惑不解地對駱方和徐子陵道：「你們看，那些不是錢獨關麾下的襄漢派的人嗎？為何竟袖手旁觀，不加干涉？」

徐子陵瞧過去，果然見到一群七、八個的藍色勁裝大漢，混在看熱鬧的人群中，不但作壁上觀，還不住指指點點，看得口沫橫飛，興高采烈。

駱方卻不以為奇，道：「這是錢獨關的規矩，只要不損及他的利益，對江湖一切鬥爭仇殺採取中立態度，何況即使要管，也管不得這麼多呢！」

寇仲咋舌道：「還有王法嗎？」

徐子陵苦笑道：「早沒有王法了。」

寇仲雙目厲芒一閃，沒再說話。

此時勝負已分，敗的一方留下幾具屍體，逃進橫巷裏。襄漢派的藍衣大漢一擁而上，拖走遺屍，瞬眼間街道又回復剛才熱鬧的情況，使人幾乎懷疑從沒有發生過任何事。寇仲和徐子陵均感駭然，駱方卻是一副見怪不怪、若無其事的樣子。

過了一個街口，家香樓的大招牌遙遙在望，對街傳來絲竹管弦、猜拳賭酒的聲音。寇仲別頭瞧去，原來是一座青樓，入口處擠滿人，非常熱鬧。四、五個流氓型的保鏢，正截查想進去的客人，不知是否要先看過來人的囊內有沒有足夠的銀兩。

寇仲不由駐足觀看，想起自己和徐子陵每趟闖入青樓，總沒甚麼好結果，禁不住心中好笑，三個人成品字形地朝他撞來。他不敢顯露武功，只以平常步伐移往一旁，就在此刻，其中一人探手往他懷裏摸來。寇仲心中大樂，暗忖你對我這專扒人銀袋的老祖宗施展空空妙手，如在魯班門前舞大斧，於是施展出翟讓麾下首席家將屠叔方眞傳的截脈手法，一把扣住對方脈門。那人想要掙脫，給他送進一注眞氣，立時渾身麻木。另兩人見事敗，慌忙竄逃。

「你弄痛我呢！」寇仲定睛一看，原來扣著的是個十六、七歲的少年，還長得眉清目秀，不似匪類。

寇仲想起當年揚州的自己，心中一軟，左手取出一錠金子，塞進他手裏，低聲道：「你的扒手功夫這麼低劣，以後不要再幹了！」

少年呆若木雞的瞧瞧他，又看看手上的金子，眼中射出感激的神色。

前面的駱方回頭叫道：「小寧快來！」

寇仲拍拍他肩頭，急步趕上駱方和徐子陵。

三人登上二樓，商秀珣等早坐下來，佔了靠街那邊窗子旁五張大枱的其中之二。

整個二樓大堂鬧哄哄的擠滿了各式人等，惟只靠街窗正中的那張大桌由一人獨據。此君身型雄偉，只瞧背影已可教人感到他逼人而來的懾人氣勢。寇仲和徐子陵同時色變，心中叫苦，這人化了灰他們都認得是跋鋒寒的背影。

無論夥計或其他客人，似乎對這年輕高手一人霸佔此桌一事習以爲常，沒有任何異樣的眼色或神態。兩人正不知應否立即掉頭溜走，以免被他揭破身分，跋鋒寒回頭過來，對他們展露出一個大有深意的曖昧笑容。接著他的目光往商秀珣投去，臉露訝色。

駱方亦在瞪著跋鋒寒，這時猛扯兩人，低喝道：「不要在這裏阻塞通道，除非想鬧事，來吧！」

兩人無奈隨他到跋鋒寒隔鄰的一桌坐下，也學他般背對著後方正中的樓梯口，寇仲和跋鋒寒只隔了半丈許遠，也隔斷了跋鋒寒望向坐在靠角那桌的商秀珣的視線。

跋鋒寒桌面放了一壺酒，幾碟小菜，但看去那些飯菜顯是全未碰過，只在自斟自飲，一派悠閒自得的高手風範。劍放在桌邊，卻不見他的佩刀。

商秀珣俯前少許，朝跋鋒寒回瞧過來，秀眸射出動容之色，顯是被跋鋒寒完美野逸和極具男子氣概的容顏體型震撼了。

與商秀珣同桌的梁治、許揚、吳言、商鶴、商震等人被跋鋒寒銳利的目光掃過，無不心生寒氣，暗呼厲害，想不到會遇上這種罕有的高手，還是這麼年輕，卻不知他是何方神聖。

驀地街上有人大聲喝上來道：「跋鋒寒下來受死！」

整個酒樓立時逐漸靜了下來，卻仍有「又來了呢！」「有熱鬧看了！」諸如此類的大呼小叫此起彼落，到最後靜至落針可聞。

寇仲和徐子陵訝然瞧去，樓下對街處高高矮矮地站了四個人，個個目露凶光，兵器在手，向坐在樓上的跋鋒寒叫陣。

商秀珣等無不動容。

跋鋒寒這位來自西域的高手，兩年來不斷挑戰各地名家高手，土豪惡霸，未嘗一敗。甚至仇家聚衆圍攻，仍可從容脫身，早已轟傳江湖，與寇仲、徐子陵、侯希白、楊虛彥等同被譽爲當今年輕一輩最出類拔萃的高手，獲得最高的評價。

在武林人士的眼中，寇仲和徐子陵自成功刺殺任少名後，聲望才勉強追上其他三人，但卻要加起來作數，不像其他三人般被推許是能獨當一面的高手。

叫陣的四個人一式黑衣勁裝，年紀介乎三十至四十間，高個子手提雙鈎，另三人均是用刀，面容凶悍，使人感到均非善類。

駱方低聲道：「看到他們襟頭繡的梅花標誌嗎？這四個是梅花門的頭領，與老大古樂並稱梅花五惡，手下有百多兒郎，專門打家劫舍，無惡不作，不知是否老大給宰了，現在前來尋仇。」

這時高個子大喝道：「跋小賊你給我滾下來，大哥的血債，須你的鮮血來償還。」

寇仲向駱方豎起拇指，讚他一猜便中，令駱方大感飄飄然的受用。

跋鋒寒好整以暇地提壺注酒，望也不望梅花五惡剩下來的四惡，微笑道：「你們憑甚麼資格要我滾下來，你們的老大不用三招就讓我給收拾了，若你們能捱一招已令我很感意外。」

像是知道商秀珣正凝神瞧著他般，別過頭來，舉杯微笑向她致敬。商秀珣有點不自然地避開他的目光。

一聲暴喝，有如平地起了個焦雷，其中一惡斜衝而起，便要撲上樓上來。跋鋒寒冷哼一聲，目光仍凝注在商秀珣側臉的輪廓，持杯的左手迅快無倫地動了一動，杯內的酒化成酒箭，快如閃電地朝欲躍上樓來的敵人疾射而去。那人腳剛離地，喝聲未止時，酒箭準確無誤地刺入他口內。那人全身劇震，眼耳口鼻全噴出鮮血，張大著口往後拋跌，當場斃命。

整個二樓的人站了起來，哄聲如雷。以酒化箭殺人，殺的還是橫行一方的惡霸，衆人尚是第一次親眼目睹。飛馬牧場諸人亦無不震動。只有寇仲和徐子陵兩人仍若無其事的舉杯喝茶。

其他三惡大驚失色，凶燄全消，抬起死者的屍身，立即抱頭鼠竄，萬分狼狽，惹來樓上街外觀者發出嘲弄的哄笑聲。跋鋒寒像做了最微不足道的事般，繼續喝酒，不一會酒樓又回復前狀，像剛才街上兩幫人馬惡鬥後般，如同從沒有發生過任何事。

寇仲和徐子陵此時聽到後面一桌的食客低聲道：「這是第七批嫌命長的傻瓜，算他們走運，今早那幾個來時比他們更有威勢，卻半個也沒能活著離開。」

酒菜來了。寇仲和徐子陵哪還有興趣理跋鋒寒，又見他不來惹他們，遂放懷大嚼。反倒是一向嗜吃的商秀珣不知是否受了跋鋒寒影響，顯得心事重重，吃了兩片黃魚便停了筷箸。商鵬和商鶴兩個老傢伙則不時朝跋鋒寒打量。

忽地一把聲音在登樓處響起道：「我要那兩張枱子！」

夥計的聲音愕然道：「客人還未走呢！」

寇仲和徐子陵駭然互望，心知不妥。皆因認得正是曲傲大弟子長叔謀可惡的聲音。

這回他肯定是衝著商秀珣等人而來的。

飛馬牧場一衆人等顯然亦知道長叔謀是誰，除商秀珣和鵬鶴兩個老傢伙外，均露出緊張戒備的神色。兩人當然不敢回頭張望，心想對方是有備而來，能全師而退已屬萬幸。跋鋒寒則似是想得入神，全不理身後正發生的事。

十多人的足音逼至寇仲和徐子陵身後，一把女聲叱道：「這兩張枱子我們徵用了，快走！」

正是曾與徐子陵交過手的鐵勒美女花翎子的聲音。由於寇徐二人背向他們，故尙未知道這兩個大仇家在場。

跋鋒寒像醒了過來般，哈哈笑道：「曲傲教出來的徒弟，都是這麼橫行霸道的嗎？」

後面那兩枱子客人，聽到徵用他們枱子的竟是曲傲的徒弟，登時馴如羔羊地倉皇逃命。

長叔謀來到寇仲和徐子陵身後的一桌，故意背窗坐下，他後面不足半丈處就是寇徐兩人，左邊的跋鋒寒和右邊的商秀珣離他亦不過丈許距離，形勢頓生怪異。其他長叔謀方面的高手紛紛入座，剛好也是二十人，庚哥呼兒和花翎子分坐長叔謀左右兩張椅子。

長叔謀瞧著夥計手震腳顫地爲他們清理枱上留下來的殘羹飯菜，平靜地道：「我長叔謀在敝國時早聽過跋兄大名，心生嚮慕，恨不得能有機會請教高明，未知跋兄這兩天可有空閒，大家揀個時間地點親熱一下好嗎？」

跋鋒寒將杯中酒一飲而盡，隨手擲在他和長叔謀間的地上。

「噹啷！」

瓷杯破碎，撒滿地上。

寇仲和徐子陵交換個眼色，心中大奇，跋小子究竟是有心還是無意，竟在這當口這麼幫他們忙！

跋鋒寒淡然自若道：「擇日不如撞日，我明天離城，就讓我跋鋒寒瞧瞧長叔兄得了曲傲多少成眞傳。」

全場人人停筷，數百道目光全投在長叔謀身上，看他如何反應。庚哥呼兒和花翎子然勃然色變，正要發難，長叔謀揮手阻止，發出一陣聲震屋瓦的長笑聲。樓內識貨者無不動容，聽出他的笑聲高而不亢，卻能令人耳鼓生痛，顯示出內外功均到了化境。

笑聲倏止。長叔謀身上白衣無風自動，登時生出一股凜冽殺氣，漂亮的臉容泛起溫柔的笑意，搖頭嘆道：「眞是痛快，不過我現在身有要事，跋兄可否稍待一時。」

接著對在一旁手足無措的夥計喝道：「給我依後面那兩枱飛馬牧場朋友吃的飯菜再來兩桌，去！」

夥計慌忙走了。

商秀珣知道敵人隨時出手，向衆人打了個且戰且走的手勢。

所謂來者不善，善者不來。長叔謀一派吃定了他們的態度，必有所恃，說不定樓下樓外尚有伏兵。只是長叔謀三師兄妹，本身已擁有強大的實力。加上其他十七個鐵勒高手，人人神氣內斂，冷靜如恆，明眼人都看出絕不好惹。

樓內鴉雀無聲，更沒有人肯捨熱鬧不看而離開，都在靜候跋鋒寒的回答。

寇仲和徐子陵瞧往街下，發覺本是人來人往的大道，這時變得靜如鬼域，店鋪關上了門，杳無人跡。登時醒悟到長叔謀對付飛馬牧場的行動，是得到了錢獨關的默許，不禁大爲懍然。

跋鋒寒的聲音響起道：「眞是巧極了，我也想先與來自飛馬牧場的兩位朋友處理一些私人恩怨，長叔兄亦可否稍候片刻。」

商秀珣、長叔謀兩路人馬同感愕然。

寇仲和徐子陵知道是醜媳婦見公婆的時候了，對視苦笑，跋鋒寒忽地自言自語道：「君瑜爲何會遲來了呢？」

寇仲和徐子陵大吃一驚，心想若碰上傅君瑜，豈非糟糕之極。商秀珣的目光來到他們身上，寒芒爍閃。

寇仲終於開腔，嘆了一口氣道：「長叔兄既失了金盾，目下用的究竟是鐵盾、銅盾、木盾、革盾，還是爛盾呢？」

此話如奇峰突出，長叔謀首先駭然大震，回頭瞧往寇仲，難以置信地瞪著兩人。駱方更是嚇了一跳，與其他人金睛火眼地狠盯著他們。

寇仲別轉頭向長叔謀露出一個燦爛的笑容，還揚手招呼，「喂」了一聲道：「你中計啦！婠婠和我們是私下勾結好的，否則你這傻瓜今天怎會送上門來受刑。哈！真是好笑。」

接著指著他掛在背後的兩個新盾捧腹道：「原來是鐵盾，哈！竟忽然變窮了！」又朝狠狠瞧著他的商秀珣眨眨眼睛道：「場主大人有大量，我兩兄弟會將功贖罪的！」

除有關者外，其他人聽得一頭霧水，弄不清楚寇仲與徐子陵是何方神聖？不過只看長叔謀等仍未翻臉動手，便知此兩人大有來頭。

花翎子嬌笑道：「該我們說有趣才對，讓本小姐看看你兩個小子如何立功。」

話畢兩把短刃，同時由袖內滑到手上去。

跋鋒寒喝道：「且慢！」

一句話，又把劍拔弩張的氣氛暫且壓住。

庚哥呼兒早對跋鋒寒看不順眼，冷笑道：「跋兄不是要來管閒事吧？」

跋鋒寒哂道：「管或不管，要看看本人當時的心情，但若連稍候片刻的薄臉都不予在下，莫怪在下要插上一腳。」

以長叔謀一向的驕橫自負，亦不願在對付飛馬牧場的高手和寇徐兩人的同一時間，再樹立跋鋒寒這勁敵。

他乃提得起放得下的梟雄人物，背著寇仲舒服地挨坐回椅內，拍枱喝道：「還不把酒菜端上來！」

商秀珣銀鈴般的笑聲響了起來，吸引了全場的注意力，接著從容道：「素聞跋兄刀劍相輝，能否讓秀珣一開眼界呢？」

包括跋鋒寒在內，各人均感愕然，不明白她為何節外生枝，忽然主動挑戰跋鋒寒。

徐子陵卻有點明白她的心情，既氣惱給他兩人騙倒，更恨跋鋒寒在這等時刻插入來和他兩人算舊賬，使長叔謀能得漁人之利。

他這時別過頭朝跋鋒寒瞧去。跋鋒寒亦剛向他望來，兩人目光一觸，像同時亮起四道電光般在空中凌厲交擊。

徐子陵脊挺肩張，氣勢陡增，露出一股包括寇仲在內，從未有人見過的懾人風采，好整以暇地斜兜了跋鋒寒一眼，微笑道：「跋兄的刀子是否斷了？」

跋鋒寒大訝道：「徐兄真的猜中了，十天前在下遇上前所未有的高手，致佩刀斷折，徐兄是如何猜到的？」

「徐兄」兩字一出，登時引起嗡嗡議論之聲，這時誰都猜到這兩「兄弟」是手刃任少名的徐子陵和寇仲。

商秀珣露出極氣惱的神色，狠狠地在枱底下跺足生嗔。但芳心又隱泛驚喜，矛盾之極。

梁治、駱方等，仍是呆瞧著兩人，心中驚喜參半。

寇仲見跋鋒寒說起遇上前所未見的強手時，眼內射出複雜無比的神色，又似是回味無窮，心中一動道：「這有甚麼難猜的，我們還知道跋兄所遇的那對手是美麗得有似來自天上的精靈，芳名婠婠，哈！對嗎？」

跋鋒寒啞然失笑道：「對！哈！不過寇兄只猜對了一半，她的確長得出奇的美麗，但卻非甚麼婠婠，而是獨孤閥有史以來最出色的女高手。」

寇仲和徐子陵同時失聲道：「獨孤鳳？」

這次跋鋒寒亦愕然以對，訝然道：「你們也和她交過手嗎？」

長叔謀插入奇道：「那跋兄是否算輸了一仗呢？為何我從未聽過此女？」

寇仲哂道：「你未聽過有何稀奇，跋兄不也是茫不知婠妖女是誰嗎。」

長叔謀不悅道：「我在和跋兄說話，哪輪到你來插嘴。」

寇仲正要說話，商秀珣嬌喝道：「何來這麼多廢話，都給我閉嘴。跋鋒寒，讓我看你的劍會否比你的刀更硬。」

全場再次肅靜下來。

跋鋒寒尚未有機會說話，傅君瑜的聲音在登樓處響起道：「為甚麼人人都靜了下來，究竟發生了甚麼事？」

她的出現就像忽來忽去的幽靈鬼魅，樓上雖不乏會家子，卻沒人聽到踏上樓梯應發出的足音。

事到臨頭，寇仲和徐子陵反抱著兵來將擋，隨機應變的夷然態度。

跋鋒寒長身而起，笑道：「君瑜終於來了，我等你足有五天哩！」

傅君瑜一邊行來，目光一邊巡視全場。這高麗美女內穿絳紅武士服，外蓋紫紅披風，襯得肌膚勝雪，艷光四射，奪去了花翎子不少風光。不過若商秀珣肯以眞面目示人，即使傅君瑜這麼出衆的美女，亦要略遜顏色。

傅君瑜的目光首先落在花翎子處，接著移往長叔謀，訝道：「竟是鐵勒的長叔謀。」

長叔謀起立施禮道：「原來是奕劍大師傅老的高足君瑜小姐，長叔謀這廂有禮。」

他這麼站起來，擋著了傅君瑜即將要射向寇仲和徐子陵的視線。跋鋒寒趁機對寇徐兩人作了個無奈的攤手姿勢，配合他臉上的苦笑，清楚表示出「我早警告了你們，你們卻偏不知機早走早好，現在可不能怪我。」的訊息。

傅君瑜止步回禮道：「原來是『白衣金盾』長叔謀兄，君瑜失敬。」

兩人這般客氣有禮，更教旁觀者對其中錯綜複雜的關係摸不著頭腦。

傅君瑜禮罷朝恭立迎迓的跋鋒寒走去，眼角到處，驀然見到徐子陵和寇仲兩人，一震停下。

兩人忙離座而起，齊聲叫道：「瑜姨你好，小姪兒向你請安！」

除跋鋒寒仍是一臉苦笑外，其他人更是愕然不解。

傅君瑜鳳目射出森寒的殺機，冷然道：「誰是你們的瑜姨，看劍！」「錚！」寶劍出鞘。此時傅君瑜離最接近她的徐子陵只丈許距離，寶劍一振，立時化作十多道劍影。

就在劍勢欲吐未吐時，徐子陵冷喝一聲，跨前半步，竟一掌切在兩人間的空處。這麼簡單的一記劈切掌法，令目睹過程的每一個人，都生出一種非常怪異但又完美無瑕的感覺。

首先，這一劈彷彿聚集了徐子陵整個人的力量，但偏又似輕飄無力，矛盾得無法解釋。其次，衆人明明白白看到他動作由開始到結束的每一個細節，可是仍感到整個過程渾然天成，既無始又無終，就像穹蒼上星宿的運行，從來沒有開頭，更沒有結尾，似若鳥跡魚落，天馬行空，勾留無痕。第三是當他一掌切在空處的刹那，傅君瑜逼人而來的劍氣像是一下子給他這一掌吸個乾淨，剩下的只餘虛泛的劍影，再不能構成任何殺傷力。大行家如跋鋒寒、長叔謀、商秀珣之輩，更清楚看出徐子陵這一步封死了傅君瑜劍法最強的進攻路線，時間位置拿捏得天衣無縫。旁觀者無不動容。

傅君瑜悶哼一聲，一時竟無法變化劍勢，還要收劍往後退半步，俏臉上血色盡退，駭然道：「奕劍之術？」

衆人更是瞠目結舌。

要知奕劍之術乃高麗奕劍大師傅采林縱橫中外的絕技，身爲傅采林嫡傳弟子的傅君瑜自然是箇中高手。所以這句話若換了是徐子陵向傅君瑜說的，人人只會覺得理所當然，現在卻是掉轉過來，怎不教旁人大惑難解。

徐子陵傲然卓立，低垂雙手，微微一笑，說不盡的儒雅風流，孤傲不群，恭敬地道：「還得請瑜姨指點。」

傅君瑜美眸中殺機更盛。

寇仲心知要糟，人急智生，忽地大喝一聲：「長叔謀看刀！」井中月離鞘而出，劃向站在桌旁的長叔謀。

黃芒打閃，刀氣漫空。商秀珣「啊」的一聲叫起來，想不到此刀到了寇仲手上，竟能生出如此異芒。

長叔謀哪想到寇仲會忽然發難，最要命是對方隨刀帶起一股螺旋的刀勁，使他除了由枱底或枱面退避外，再無他途。

不過這時已無暇研究為何寇仲會功力突飛猛進，又能發出這種聞所未聞比之宇文閥之冰玄勁更為古怪的氣勁。長叔謀冷喝一聲，雙盾來到手中，沉腰坐馬，在剎那間凝聚起全身功力，右盾先行，左盾押後，迎往寇仲這有如神來之筆、妙著天成的一刀。

同桌的庚哥呼兒、花翎子和其他七個鐵勒高手，全被寇仲的刀氣籠罩其中，他們的應變能力均遜於長叔謀，倉卒下自然只有離桌暫避。一時椅翻人閃，雞飛狗走。

這一刀果如寇仲所料，同時震懾了傅君瑜，使她知道若沒有跋鋒寒之助，根本無法獨力對付兩人，自然不會魯莽出手。

跋鋒寒的眼睛亮了起來，剛才徐子陵的一掌固是千古妙著，但純是守式，不但不會惹起人爭勝之心，還隱隱有使人氣燄平靜下來之效，頗有不戰而屈人之兵的感覺。但寇仲這一刀全是進手強攻的招數，激昂排蕩，不可一世，似若不見血絕不會收回來的樣子，登時使這矢志要攀登武道頂峰的高手全身血液沸騰起來。

「噹！」寇仲的井中月劈在長叔謀的右盾上。一股如山洪暴發的螺旋勁氣，像千重渦旋翻滾的暗浪般一下子全注進鐵盾內。長叔謀身子再沉，使出曲傲真傳的「凝眞九變」奇功，把體內先天眞氣在彈指間的時間變化了九次，堪堪擋架了寇仲侵來的螺旋異勁，也阻止了寇仲的眞氣要將鐵盾衝成風車亂轉般的情況。

若換了是他以前的金盾，由於鋼質特異，至剛中含有至柔，這次交鋒必以不分勝負作罷。可是此盾日前才打製成器，鋼粹更遠不符長叔謀的理想，只是臨時的代替品，便是另一回事。

場中只有他和寇仲兩人明白，在刀盾交擊的一刻，鐵盾忽然成了兩人眞勁角力的所在。寇仲的勁力是要把盾子旋飛，而長叔謀卻是要把盾子扭往不同方向，好抵消敵人狂猛的旋力。兩股眞勁交扯下，鐵盾立時四分五裂。

「噹！」長叔謀左手盾迎了上來，擋開了寇仲的井中月。

寇仲收刀回鞘，哈哈笑道：「再碎一個，打鐵舖又有生意了，嘻！」

庚哥呼兒等和另一桌的鐵勒高手全怒立而起，人人掣出兵器。商秀珣一聲令下，飛馬牧場全體人員亦離桌亮出武器，大戰一觸即發。

附近七、八枱的客人見寇仲刀法厲害至此，均恐殃及池魚，紛紛退避到遠處，騰空了靠窗這邊的十多張枱子。

長叔謀伸手阻止己方之人出手，瞧著右手餘下來的鐵盾挽手，隨手拋掉，啞然失笑道：「寇仲你懂不懂江湖規矩，這樣忽然出手偷襲，算哪一門子的好漢？」

寇仲大訝道：「當日我和方莊主閒聊時，長叔兄不也是忽然從天而降，出手偷襲嗎？那長叔兄算是哪門子的好漢，我就是哪門子的好漢。」

商秀珣明知此時不應該笑，仍忍不住「噗哧」一聲，登時大大沖淡了劍拔弩張的緊張氣氛。

寇仲朝商秀珣抱拳道：「多謝場主捧場。」

商秀珣狠狠地白他一眼，配著那兩撇鬍子，實在不倫不類至極。

長叔謀顯是語塞，仰首連說三聲「好」，雙目凶光一閃，冷然道：「未知在下與跋兄那一戰可否暫且押後呢？」

這麼一說，眾人都知他出手在即，故須澄清跋鋒寒的立場。

眼前形勢明顯，只要跋鋒寒和傅君瑜站在哪一方，那一方定可穩操勝券。

寇仲向徐子陵打了個眼色，暗示若跋鋒寒不識相的話，先聯手把他宰掉。此事雖非輕易，卻不能不試。

跋鋒寒眼中閃過複雜的神色，最後朝傅君瑜瞧去。

傅君瑜則神情木然，好一會才道：「長叔兄無論如何解說，總是輸了半招，依江湖規矩，長叔兄與這兩人的恩怨亦應該押後。」

見寇仲和徐子陵朝她瞧來，怒道：「我並非偏幫你們，只是不想你們死在別人手上罷了！還不給我……」

寇仲怕她把「滾」字說了出來，那時才「滾」就太沒威風了，故大聲截斷她道：「瑜姨請保重，我兩兄弟對娘的孝心，蒼天可作見證。」

接著向梁治打個眼色。梁治會意過來，向商秀珣躬身道：「此地不宜久留，場主請上路。」

「啪！」商秀珣把兩錠金子擲在枱上，冷冷道：「今天由我飛馬牧場請客！」說罷在兩堆鐵勒高手間悠然步過，商鵬、梁治等眾人相繼跟隨，在長叔謀等人的凶光注視下揚長去了。

離開家鄉樓，街上滿布鐵勒戰士和襄漢派的人，幸好長叔謀權衡利害下，終沒有下達動手的命令。

但敵人當然不肯就此罷休。

商秀珣下令放棄留在客棧的馬匹行李，立即攀城離開。一路上商秀珣對徐子陵和寇仲不理不睬，但也沒有趕走他們的意思。其他人見商秀珣態度如此，連一向與他們頗有交情的駱方都不敢和他們說話。

許揚早已重金租下一艘貨船，這時再加三錠金子，命船家立即啓航。到船離碼頭，望江而下，衆人終於鬆一口氣，頗有逃出生天之感。

這艘船倒寬敞結實，還有七、八間供人住宿的艙房，在頗爲尷尬的氣氛下，許揚分了尾艙的房子給寇徐兩人，又低聲道：「場主在發你們的脾氣，你兩個最好想點辦法，唉！想不到以二執事的精明，竟看走了眼。」搖頭長嘆後，友善的拍拍兩人肩頭，逕自到船尾吞雲吐霧去也。

寇仲低聲對徐子陵道：「防人之心不可無，我去探探那船家和三個船伕的底子。」

寇仲去找船家說話後，駱方見商秀珣、梁治、商鵬、商鶴等亦全到了艙內，便來到徐子陵旁道：「你們兩個誰是疤面大俠？」

徐子陵正倚欄欣賞月夜下的兩岸景色，迎著拂來的晚風笑道：「疤面是眞的，大俠卻是假的，大家一場兄弟，多餘話不用說了。」

駱方感激地道：「我的小命可是拜徐兄所救。嘿！你的功夫眞厲害，你眞懂奕劍術嗎？爲何那麼一掌劈空，竟可以逼得那婆娘後退呢？」

徐子陵解釋道：「道理其實很簡單，無論任何招式，都有用老了的時刻，只要能捏準時間，先一步封死對方攻擊和運勁的路線，在某一點加以攔截破壞，對方便難以衍生變化，成了綁手綁腳。若再勉力強攻，等於以己之短，迎敵之強。」

駱方咋舌道：「這道理是知易行難，像那高麗女的劍法千變萬化，看都看不清楚。就算看得清楚，亦難攖其凌厲的劍氣。故我縱得知道理也沒有用。」

徐子陵安慰他道：「知道總比不知道好。只要循著這目標苦練眼力和功力，終有一天會成功的。」

駱方似是有悟於心，寇仲回來了，欣然道：「該沒有甚麼問題，艙尾原來有個小膳房，我們乃糕點師傅，自該弄點花樣讓場主開心的。」

徐子陵明白過來，道：「哪來弄糕點的材料呢？」

寇仲湊到他耳旁道：「船家有幾個吃剩的蓮香餅，你明白啦！只要沒有毒就行。」

「叩！叩！叩！」

商秀珣的聲音傳出道：「誰？」

寇仲道：「小仲和小陵送點心來了。」

商秀珣淡淡應道：「我不餓！不要來煩我！」

寇仲向徐子陵作了個「有希望」的表情，陪笑道：「場主剛才只吃了一小點東西，不如讓我把糕餅端進來放好，場主何時想吃，便有上等糕餅可以充飢！」

「咔嚓！」商秀珣拉開木門，露出天仙般的玉容，冷冷打量了兩人一會後，轉身便走。兩人推門入房，商秀珣背著他們立在窗前，雖仍是一身男裝，烏黑閃亮的秀髮卻像一匹精緻的錦緞般垂在香背後，充盈著女性最動人的美態。寇仲把那幾個見不得人的蓮香餅放在簡陋的小木桌上，極為神氣地一屁股坐下來，還招呼徐子陵坐下。

商秀珣輕輕道：「爲何還不走？」

徐子陵把門掩上，苦笑道：「我們確不是有心瞞騙場主，而是……」

商秀珣截斷他道：「那晚殺毛燥的是誰？」

寇仲虎目亮了起來，恭敬答道：「場主明鑑，那個人是小陵。」

商秀珣緩緩轉過嬌軀，跺足嗔道：「眞沒理由的！我明明試過，卻測不出你們體內的眞氣。」

寇仲大喜道：「場主回復正常了。事實上我們用的方法極之簡單，只須把眞氣藏在一個令人意想不到的竅穴內便成。」

商秀珣倚窗皺眉道：「眞氣是循環不休，不斷來往於奇經八脈之間，如何可聚存於某一竅穴呢？」

寇仲抓頭道：「原是這樣的嗎？但我們的確可以辦到，婠妖女就更高明了。」

商秀珣問道：「誰是婠婠？」

徐子陵道：「這正是我們必須與場主詳談的原因，因此事至關重要，甚至牽涉到竟陵的存亡。」

商秀珣緩緩來到桌旁，坐入徐子陵爲她拉開的椅子裏，肅容道：「說吧！」

第三章

天魔大法

黃易 作品集

第三章　天魔大法

翌日正午時分，船抵竟陵之前另一大城漢南，近碼頭處泊滿船隻，卻是只見有船折返，卻沒有船往竟陵的方向駛去。

船家去打聽消息，卻是眾說紛紜。有人說是強盜封河劫船，有人說竟陵城給江淮軍破了，甚至有謂水鬼在河道中鑿船，總之人心惶惶，誰都不敢往前頭開去。這船家當然不會例外，無論許揚等如何利誘，總不肯冒此風險。

最後船家道：「不如我把這條船賣給你們，你們自行到竟陵去吧！」

許揚等面面相覷，皆因無人懂得操舟之技。寇仲這時「挺身而出」，拍胸表示一切包在他身上。交易遂以重金完成。

船家等攜金歡天喜地走後，寇仲道：「我們的行李物資，全留在襄陽，現在既到漢南，不如先入城購備一切，最好能買十來把強弓，千來枝勁箭，一旦有事，不致處於挨打的局面。」

又道：「還有是火油、油布等物。水戰我最在行，以火攻爲上，故不可不備。」

男裝打扮的商秀珣懷疑地道：「你眞的在行嗎？」

寇仲得意洋洋道：「你難道未聽過我大破海沙幫的威猛戰績嗎？若在水戰上沒有一點斤兩，怎能大破海沙幫呢？」

梁治虛心下問道：「究竟還要買些甚麼東西呢？」

寇仲見徐子陵在一旁偷笑，喝了他一聲「有何好笑？」逐一吩咐各人須買的東西。吳言、駱方等洗耳恭聽罷，一哄而去，各自依命入城購物去了。

寇仲見閒著無事，提議先到碼頭旁的酒家吃一頓。

梁治搖頭道：「現在時局不好，這艘船又是得來不易，你們去吧！我負責看守此船。」

商鵬和商鶴亦不肯上岸。商秀珣見到寇仲期待的眼色，心中一軟道：「好吧！」

徐子陵待要說想回房歇歇，卻給寇仲一把扯著去了。

商秀珣步入酒樓，立即眉頭大皺。原來裏面擠滿了三教九流各式人物，把三十多張枱子全坐滿了。

商秀珣掉頭便走。

寇仲扯著她衣袖道：「場主放心，屬下自有妥善安排。」

商秀珣甩開他的手道：「要我和這些人擠坐一桌，怎都不成。要擠你們去擠個夠吧！」

寇仲笑嘻嘻道：「我都說你可以放心的了。場主的脾性我們自是清楚，先給我幾兩銀子吧！我立即變個雅座出來給你看看。」

商秀珣沒好氣道：「你自己沒有錢嗎？」

寇仲嬉皮笑臉道：「算是有一點點，但怎比得上場主富甲天下呢？」

商秀珣忍著笑，抓了三兩銀子出來放到他攤開的大掌上。寇仲取錢後昂然去了。

商秀珣移到負手一旁的徐子陵處，輕柔地道：「我還沒有機會謝你呢！」

徐子陵知她指的是那晚並肩作戰的事，微笑道：「那是一段難忘的回憶，該我謝你才對。」

商秀珣「噗哧」嬌笑道：「你和寇仲根本是截然不同的兩種人，眞不明白你們怎會混在一起的。他可把小事誇成大事來說，你卻愛把大事說成微不足道的小事。」

徐子陵道：「平時他會是你說的那種德性，但遇上眞正的大事時卻絕不胡鬧。或者每一個人都有他的另一面吧！」

商秀珣忽地俏臉微紅，低聲道：「我忽然感到很開心，你想知道原因嗎？」

徐子陵心中升起異樣的感覺，訝道：「場主究竟爲了甚麼事開懷呢？」

商秀珣嬌俏地聳肩灑然道：「根本沒有任何原因。自我當了場主後，還是首次不爲甚麼特別開心的事而開心，這情況在小時候才有過，想不到今天重溫兒時的感覺。」

徐子陵點頭道：「場主這番話發人深省。嘿！那小子成功了！」

在重賞之下，被收買的夥計特別爲他們在靠窗處加開一張小枱子，既不虞有人來搭坐，又可飽覽漢水碼頭的景色。點了飯菜後，夥計打躬應喏的去了。

商秀珣滿意地道：「你倒有點門道，不過以三兩銀子買來一張空枱，卻是昂貴了點。」

寇仲微笑道：「只是一兩銀子。」

商秀珣愕然道：「另外的二兩銀呢？」

寇仲想也不想，答道：「留待一會用來結賬吧！你現在扮得像個身嬌肉貴、臉白無鬚的貴介公子，這類付賬粗活自該由我們這些隨從來做。看！又有好那道兒的盯著你垂涎欲滴了。」

商秀珣整塊俏臉燒起來，狠狠道：「你眞是狗嘴吐不出象牙來，能不能說話正經和斯文一點？」

徐子陵失笑道：「場主中計了！他是故意說這些話來分你心神，好讓你不會逼他把中飽私囊的銀兩吐出來，剛叫的酒菜何需二兩銀子那麼多呢？」

商秀珣欣然道：「眞好！小陵在幫我哩！」

轉向寇仲攤大手掌嬌嗔道：「拿回來！」

寇仲一把抓住她嬌貴的玉掌，低頭研究道：「掌起三峰，名利俱全！」

商秀珣赧然縮手，大嗔道：「你怎可如此無禮？」

寇仲嚷道：「不公平啊！剛才場主讓小陵拉著手兒談心，現在我看看掌相都不行嗎？」

商秀珣大窘道：「人家哪有啊！」眼角掃處，見徐子陵啞然失笑，醒悟過來，跺足道：「休想我再中你的奸計，快把侵吞的銀兩吐出來。」

言罷自己卻掩嘴笑個不停，惹得更多人朝她這俊秀無倫的公子哥兒瞧來。

寇仲虎目寒芒亮起，掃視全場，嚇得那些人忙又收回目光。

商秀珣笑得喘著氣道：「若你寇大爺急需銀兩，十錠八錠金子我絕不吝嗇，何須偷搶拐騙地去謀取區區二兩銀子呢？」

寇仲吁了一口氣，伸個懶腰微笑道：「攤大手掌討錢的男人最沒出息，用心用力賺回來的才最有種。」

徐子陵聽得心中一動。

這兩句話最能總括寇仲爭霸天下的心境，唾手可得的他不屑爲之，愈艱難愈有挑戰性的事他卻愈是興致勃勃。否則當年他已接受了杜伏威令人難以拒絕的提議。

商秀珣顯是心情大佳，再不和寇仲計較。這時夥計端上飯菜，兩人伏案大嚼，她卻瀏覽窗外，瞧著從漢水那邊折返的船隻道：「誰能告訴我竟陵發生了甚麼事呢？」

寇仲嘴中塞滿食物，卻仍含糊不清的道：「一錠金子！」

商秀珣失聲道：「甚麼？剛才那二兩銀我還未和你計算，現在又想做沒有出息的討錢鬼嗎？」

寇仲一本正經的道：「重賞之下，必有勇夫，你要消息，人家要金子，很公平啊！」

商秀珣見他怪模怪樣的，忍俊不住下橫他一眼，掏出一錠金子來，嘴上惡兮兮地道：「你倒說得輕鬆，一兩銀子買張空枱，一錠金子買個鬼消息，還不知想賺金子的人是否胡說八道。」

寇仲吞下食物，舒服地長嘆道：「錢是用來花的，不花的銀兩只是廢物。這是一個以錢易物的社會，假設用得其所，不但能使你舒服地享用一切，生活得多姿多采，還可為你賺得到名利和權勢，甚至皇帝小兒的寶座。」

商秀珣動容道：「原來你想學人爭做皇帝，不過你現在花的是我的錢哩！」

徐子陵旁觀者清，見寇仲施展渾身解數，逗得商秀珣樂不可支，大大減少了與兩人間的距離，正是他爭取這美女他日支持他的手段。

寇仲忽然出人意表地長身而起，高舉金子，大喝道：「誰能告訴我竟陵究竟發生了甚麼事，這錠金子就是他的。」

他的聲音含勁說出，立即把囂嘩吵鬧得像墟市的所有聲音壓下去。人人目光射來，當見到他舉在半空那黃澄澄的金子後，七成的人嚷著「知道」，且轟然起立，場面哄動。

「錚！」寇仲拔出井中月，輕輕一揮，寶刀閃電般沖天而起，刀鋒深嵌入橫樑處。

刀子露在樑外的部分仍在顫震不休，寇仲大喝道：「我就是割掉任少名鳥頭的寇仲，若有人敢以胡言亂語來騙我，又或說的是人人知道的消息，我就踢爆他娘的卵蛋。」

這幾句話說出後，登時所有人又坐了回去，再不吭聲，就在此時，一個書生打扮的中年漢油然站起來，說不盡的從容自若。

寇仲喝道：「你們繼續吃飯，大爺不喜歡給人望著！」

衆座客噤若寒蟬，各自埋首飯桌，談笑的聲音也大大降低。

寇仲指著那中年儒生道：「你過來！」接著大馬金刀地坐下，向笑得花枝亂顫的商秀珣道：「有趣吧！這就是金子配合刀子的威力。」

商秀珣白了他嬌媚的一眼，低罵道：「滿身銅臭的死惡霸。」芳心同時昇起異樣的感覺。

一向以來，她在飛馬牧場都是高高在上，不要說被人捉弄或逗玩，連想吐句心事話的人都找不到。偏是眼前這小子，每能逗得自己心花怒放，兼又羞嗔難分，確是新鮮動人的感覺。禁不住瞥了徐子陵一眼，他正露出深思的神色，又是另一番扣動她心弦的滋味。

中年儒生來到枱旁，夥計慌忙爲他加設椅子，還寇爺前寇爺後的惟恐侍候不周。

夥計退下後，寇仲將金子放在儒生眼前，淡淡一笑道：「先聽聽你憑甚麼資格來賺金子。」

儒生微笑道：「在下虛行之，乃竟陵人士，原於獨霸山莊右先鋒方道原下任職文書，今早乘船來此，請問寇爺，這資格還可以嗎？」此人說話雍容淡定，不卑不亢，三人不由對他重新打量。

虛行之大約是三十許歲的年紀，雙目藏神不露，顯是精通武功，還有相當的功底。長得眼正鼻直，還蓄著五綹長鬚，配合他的眉清目秀，頗有幾分仙風道骨的氣度。

寇仲點頭道：「資格全無問題，請說下去吧！」

虛行之仰首望往橫樑的井中月，油然道：「用兵之要，軍情爲先。寇爺可否多添一錠金子？」

寇仲和徐子陵愕然相望，商秀珣再掏出一錠金子，重重放在他身前枱上，冷哼道：「若你說的不值兩錠金子，我會割掉你一隻耳朵。」

虛行之哈哈一笑，把兩錠金子納入懷內，夷然不懼道：「諸位放心，這兩錠金子我是賺定的了。」

寇仲有點不耐煩地道：「還不快說！」

虛行之仍是好整以暇，徐徐道：「竟陵現在是外憂內患，外則有江淮軍枕重兵於城外，截斷水陸交通；內則有傾城妖女，弄至兄弟鬩牆，互相殘殺。」

寇仲等立時色變，同時感到兩錠金子花得物有所值。

徐子陵沉聲道：「妖女是否叫婠婠？」

這回輪到虛行之大訝道：「這位是徐爺吧！怎會知道婠婠此女呢？」

商秀珣道：「這些事容後再說，你給我詳細報上竟陵的事，一點莫要遺漏。」

虛行之道：「若在下猜得不錯，小姐當是飛馬牧場場主商秀珣，才會這麼關心竟陵，出手更是如此闊綽。」

三人再次動容，感到這個虛行之絕不簡單。當然商秀珣頤指氣使的態度亦洩漏出她慣於發號施令的身分，只是虛行之不好意思說出來而已。

寇仲道：「竟陵究竟發生了甚麼事。又爲何你竟知婠婠是妖女？因爲表面看她卻是個仙子呢。」

虛行之苦笑道：「打從她裝睡不醒，我已提醒方爺說此女來歷奇怪，不合情理，可是方爺把我的話當作耳邊風，只沉迷於她的美色。」

徐子陵奇道：「方道原難道不知婠婠是方莊主的人嗎？」

虛行之嘆道：「這正是我要提醒方爺的原因。妖女和方爺間發生過甚麼事誰都不清楚，但結果方爺卻被方澤滔所殺。幸好我知大禍難免，早有準備，才能及時隻身逃離竟陵。現在方澤滔手下再無可用之將，兼且軍心動搖。若我是商場主，現在最上之策是立時折返牧場，整軍備戰，同時聯繫各方勢力，以抗江淮軍的入侵。」

三人聽得你眼望我眼，想不到竟陵勢劣至此。原本穩如鐵桶的堅城，卻給婠婠弄得一塌糊塗，危如纍卵。

寇仲道：「杜伏威那邊的情況又如何？」

虛行之答道：「杜伏威親率七萬大軍，把竟陵重重圍困，卻偏開放了東南官道，以動搖竟陵軍民之心，粉碎其死守之志，確是高明。竟陵現在大勢已去，城破只是早晚間事。」

商秀珣冷冷道：「金子是你的了。」

虛行之知她在下逐客令，正要起身離開，寇仲虎目射出銳利的寒芒，微笑道：「虛先生今後有何打算？」

虛行之苦笑道：「我本想到廣東避難，但又心有不甘，目前仍未作決定。」

寇仲試探道：「像先生這等人才，各路義軍又正值用人之時，先生何不四處碰碰運氣？」

虛行之嘆道：「若論聲勢，現今當以李密爲最；但以長遠計，則該以李閥憑關中之險最有利。可是我卻不喜歡李密的反骨失義，又不喜高門大族的一貫官派作風。其他的不說也罷。」

商秀珣訝道：「李淵次子李世民雄才大略，更喜廣交天下英豪，任人惟才，一洗門閥頹風，爲何竟得先生如此劣評？」

虛行之道：「李閥若能由李世民當家，一統可期。問題是李淵怯懦胡塗，竟捨李世民而立長子建成爲儲君。李建成此人武功雖高，人卻剛愎自用，多疑善妒。罷了，看來我還是找處清靜之地，作個看熱鬧的旁觀者好了！」

寇仲眼睛更亮了，哈哈一笑道：「先生生於此世，若不轟轟烈烈地創一番事業，豈非有負胸中之學。若換了是我，與其屈志一生，不如由無到有地興創新局，縱使馬革裹屍，也勝過鬱鬱悶悶、逐月逐年地捱下去。」

虛行之愕然道：「原來寇爺胸懷壯志，但天下大勢已成，還有何可爲呢？」

寇仲笑道：「其中妙處，容後再談。假若我寇仲命不該絕於竟陵，就和先生在洛陽再見。」

虛行之色變道：「你們仍要到竟陵去嗎？」

商秀珣正容道：「畏難而退，豈是我等所爲。」

虛行之沉吟片晌，又仔細打量寇仲好一會後，斷然道：「就憑寇徐兩位大爺刺殺任少名的膽色，我在洛陽等兩位三個月的時間。」

當下約好相會的暗記，欣然道別。

取回樑上的井中月後，寇仲等匆匆趕回船上，待所有人相繼歸後立即啓碇開航，望竟陵放流而去。

茫茫細雨中，船兒彎彎曲曲地在河道上迅急地往下游開去。漢水靜若鬼域，就像天地間只剩下這艘無比孤獨的船兒。徐子陵、梁治、駱方、吳言四人，每人手持長達三丈的撐桿，每遇船兒驚險萬狀要撞往岸旁去時，四桿齊出，硬是把船兒改朝往安全的方向。另外一眾戰士則在寇仲的大呼小叫下協力搖櫓，操控風帆，忙個不亦樂乎。商鵬、商鶴兩個亦到了甲板來，準備若船翻時可早一步逃生。

商秀珣站在船面的望台之上，狠狠盯著正手忙腳亂在把舵的寇仲，沒好氣道：「你不是誇耀自己把舵技術了得嗎？甚麼包在我身上。你看吧！若不是有人專責救船，這條船早撞翻十次了。」

寇仲陪笑道：「美人兒場主息怒，我的情況是跑慣大海，所以一時未能習慣這種九轉十八彎的小河兒，看！」

商秀珣瞧往前方，一個急彎迎面而來。寇仲叱喝連聲下，帆船拐彎，無驚無險地轉入筆直的河道，就像經過了漫長的崎嶇山道後，踏上康莊坦途的動人感覺。眼前河段豁然開朗，漫天細雨飄飄。眾人抹了一額汗後，齊聲歡呼，連商鵬、商鶴都難得地露出如釋重負的歡容。

寇仲嘆道：「終於出師了，以後無論汪洋巨海，大河小川，休想再難倒我哩。」

商秀珣仍是背對著他，面對風雨淡淡道：「剛才你喚我作甚麼呢？」

寇仲愕然想想，醒悟道：「啊！那是你的外號，『美人兒場主』這稱號雖長了點，但既順口又貼切，嘻！」

商秀珣低聲道：「你覺得我很美？」

寇仲大爲錯愕，奇道：「場主你難道不知自己長得美若天仙，實乃人間絕色嗎？」

商秀珣聳肩道：「會有誰來告訴我？」

寇仲第一次感到商秀珣的孤獨。她在牧場的情況類似楊廣在舊隋的情形，沒有人敢對他說任何眞話。明明吃了敗仗仍當自己可比擬秦皇漢武。而商秀珣則不知自己的美麗。牧場中的人當然只能暗地裏對她評頭品足，卻不敢宣之於口。

商秀珣有點羞澀地求教道：「我美在甚麼地方呢？」

寇仲嘆道：「你的美麗是十全十美的。我和小陵最愛看你吃東西時的嬌姿妙態，無論輕輕一咬，又或狠狠大嚼，仍是那麼使人心神皆醉。」

商秀珣轉過嬌軀，歡喜地道：「你說得眞好聽，像你弄的酥餅那麼好吃。」

寇仲還是首次見到她這種神態，看得說不出半句話來。

商秀珣忽又回復平時的冷漠，淡淡道：「尚有個許時辰抵達竟陵，假若敵人以鐵索把河道封鎖，我們怎辦好呢？」

寇仲第一次感受到商秀珣對他的信任和倚賴；更覺察到兩人的距離拉近了許多，心中禁不住湧起異樣的感受。

若論艷色，商秀珣絕無疑問可勝過李秀寧一籌，但為何總不能像李秀寧般可觸動他的心弦？無可否認美人兒場主對他有龐大的吸引力，卻未強大到能使他不顧一切地投進去，把甚麼都忘掉了的去追求她，得到她。他會以一種權衡利害的態度，來調整自己與她的距離，不希望因她而破壞了他與宋玉致間的微妙關係。

商秀珣有點不耐煩地道：「你在想甚麼呢？」

寇仲驚醒過來，迎上她如花玉容和期待的眼神，豪氣陡生道：「若我寇仲出來爭霸天下，場主可否賣戰馬裝備給我呢？」

商秀珣想也不想地皺眉道：「人家當然要幫你！但你這麼窮困，何來銀兩向我買馬兒？即使我是場主，亦要恪守祖宗家法，不能做賠本生意，更不能捲入江湖的紛爭去。」

寇仲正容道：「那美人兒場主可否暫停所有買賣，並給我三個月的時間，我便可携帶足夠的金子來見你。」

商秀珣沒好氣道：「你和我有命離開竟陵再說吧！」

寇仲見她沒有斷然拒絕，心中大喜。

商秀珣別過頭去，在甲板處找到正和駱方、梁治說話的徐子陵高挺瀟灑的背影，芳心生出另一種沒法說出來的感覺。

風帆不斷加速，往下游衝去。綿綿雨絲中，兩艘戰船在前方水道並列排開，守在一條橫過河面的攔江鐵索之後。把舵者已換了徐子陵，寇仲則傲立船首，頗有不可一世的霸主氣概。商秀珣一衆人等，散立在他身後的甲板上，人人手提大弓勁箭，簇頭包紮了油布，隨時可探進布在四方的火爐中，燃點後即成火箭。

商秀珣離寇仲最近，道：「你眞有把握嗎？」

寇仲正瞧著敵船上因他們突然來臨而慌忙應變和移動的敵人，聞言回頭露出一個充滿強大信心的笑容，拍拍背上的井中月道：「別忘了這是通靈的神刀，這一著包保沒人想到，就算親眼目睹亦不敢相信自己的眼睛。」

頓了頓又哈哈笑道：「你看他們現在連風帆都未及升起，我們眼下便衝破封鎖，直抵竟陵，讓他們連尾巴都摸不著，那才有趣。」

梁治擔心地道：「若你斬不斷鐵索又如何呢？」

寇仲搖頭道：「不會的！我定可斬斷鐵索。」

這時離攔江鐵索只有丈許，是眨眼即至的距離，二十多丈外兩艘敵船上的情況已清晰可見。兩艦上的江淮軍全進入戰鬥的位置，勁箭石機，全部蓄勢待發。但這均非眾人心繫之處。看著那條粗若兒臂的鐵索，眾人頭皮發麻，想像著寇仲失手後，船兒撞上鐵索的可怕後果。只有寇仲冷靜如常，似乎一點想不到會有失手的可能性。

四丈、三丈……寇仲衣衫無風自動，獵獵作響。一股無形的渦旋氣勁，繞著他翻騰滾動。

立在望台處把舵的徐子陵雙目神光閃閃，凝視有如天神下凡傲立船首的寇仲，心中湧起滔天豪情。這鐵索或者正代表寇仲爭霸天下的過程中至關重要的一步。只要能衝破封鎖，駛抵竟陵，必能大振城內軍民之心，激勵士氣。

他更隱隱覺得寇仲若能完成此一壯舉，將可把飛馬牧場上下人等爭取過來，支持寇仲爭霸天下的大計。

此一刀只可成不可失。不但可顯示出他驚人的實力，更重要的是申明了他對自己準確無誤的判斷。

敵艦開始升帆。三丈！寇仲狂喝一聲，衝天而起，朝鐵索撲去。這出人意表的一著，連敵人都被震懾，人人瞪目靜觀，忘了發石投箭。

商秀珣猛咬銀牙，嬌叱道：「點火！」

寇仲橫過虛空，背上井中月離鞘而出，化作厲芒，往下方鐵索狂劈而下。

在這一刻，寇仲像完全變了與平時不同的兩個人。「噹！」井中月化成的黃芒像一道閃電般打在鐵索上。粗如兒臂的鐵索似乎全不受刀劈影響的當兒，卻倏地中分斷開，墜入江水去。商秀珣嬌叱道：「放箭！」火箭沖天而起，照亮了河道，分往兩艘敵艦射去。飛馬牧場人人士氣大振，充滿信心鬥志。

船兒疾若奔馬地衝過剛才鐵索攔江處，往下游衝去。

到火箭臨身，敵人如夢初醒，吶喊還擊。

寇仲在空中一個翻騰，穩如泰山地落回剛才所立船頭的原位處，一副睥睨天下的氣概。刀回鞘內。

恰好此時兩塊巨石橫空投來，寇仲哈哈一笑，豹子般竄起，乘著餘威硬以拳頭迎上巨石。「砰！砰！」石頭頓成碎粉，散落河面。

寇仲亦被反震之力，撞得跌回甲板上，剛好倒在商秀珣立足之旁。

商秀珣見他拳頭全是鮮血，駭然道：「你沒事吧？」

寇仲爬不起來，全身虛脫的樣子，仍大笑道：「痛快！痛快！」

「轟！」船身劇震。眾人阻截不及下，一塊巨石擊中左舷甲板，登時木屑橫飛，甲板斷裂。船兒側了一側，又再回復平衡。

徐子陵大喝道：「諸位兄弟，我們過關了！」眾人齊聲歡呼。

回頭瞧去，兩艘敵艦起了數處火頭，不要說追來，連自己都顧不了。

商秀珣和寇仲來到在看台上掌舵的徐子陵身旁，徐子陵從容一笑道：「商場主，尚有五里水路可抵竟陵，這是探看敵情的千載良機，看！那山丘上有數十個軍營。」

兩人循他指示瞧去，果然見到左岸數里外一座山丘上，布滿了軍營，至少有七、八十個之多。

寇仲裝作大吃一驚地抓著徐子陵肩頭，故意顫聲道：「你該知道自己還是徒弟級的舵手，竟不集中精神，卻在左顧右盼，萬一撞翻了船，豈非教揚州雙雄英名盡喪。」

商秀珣啞然失笑道：「人人此時緊張得要命，你卻還有心情開玩笑，小心如此託大會壞事呢。」

蹄聲在右岸驟然響起，七、八名江淮軍的騎兵沿岸追來，對他們戟指喝罵，使本已繃緊的氣氛更見緊張。

徐子陵的目光由船上嚴陣以待的梁治、許揚等人身上，移往兩岸，見到農田荒棄，村鎮只餘下瓦礫殘片，焦林處處，一片荒涼景象，心中不由湧起強烈的傷感。

貨船轉了一個急彎，敵騎被一座密林擋住去路，拋在後方。待再駛進筆直的河道，竟陵城赫然出現前方。入目的情景，連正趾高氣揚的寇仲也為之呼吸頓止。

城外大江的上游處，泊了三十多艘比他們所乘貨船大上一半的戰船，船上旗幟飄揚，戈矛耀目，氣勢逼人。而岸上則營寨處處，把竟陵東南面一帶圍個水洩不通，陣容鼎盛，令人望之生畏。

商秀珣嬌呼道：「還不泊岸！」

徐子陵搖頭道：「若在這裏泊岸，只會陷入苦戰和被殲之局，眼前之計，只有冒險穿過敵方船陣，直抵城外碼頭，方有一線生機。」

寇仲掃視敵艦上的情況，點頭道：「這叫出其不意，看似凶險，其實卻是最可行的方法。」

剛好一陣狂風刮來，貨船快似奔馬，滑過水面，往敵方船陣衝去。

商秀珣嬌喝道：「準備火箭！」

寇仲見敵艦上人人彎弓搭箭，瞄準己船，而他們卻像送進虎口的肥羊，心中一動，不禁狂叫道：「放火燒船！」

眾人聽得愕然以對時，他已飛身撲下看台，提腳踢翻載有火油的罈子。駱方首先醒悟過來，忙舉起另一罈子，投往船頭處。罈子破裂，火油傾瀉。「蓬！」烈燄熊熊而起，整個船頭騰起一片火幕，並吐出大股濃煙，隨著風勢，往敵人船陣罩去。梁治等這才醒覺，忙把雜物往船頭拋去，增長火勢，連商鵬兩個老傢伙，也加入放火燒船的行動中。

戰鼓聲響，漫天箭雨，朝他們灑來。

寇仲振臂叫道：「弟兄們，布盾陣。」

「砰！砰！砰！」貨船左傾右側，木屑四濺，不知消受了多少塊由敵船擲來的巨石。眾人此時全避到盾陣後，以盾牌迎擋敵箭。「咔喇」聲中，帆桅斷折，整片帆朝前傾倒，壓往船頭的沖天大火去。火屑漫天揚起，接著帆檣亦燃燒起來，更添火勢濃煙，往敵陣捲去，情況混亂至極點。「轟！」濃煙烈燄中，也不知撞上對方哪一艘戰船，貨船像瘋狂了的奔馬般突然打了一個轉，船尾又撞在另一艘敵艦處，這才繼續滑進敵方船陣之中。三名牧場戰士被震得倒在甲板上，另兩人則被驟箭貫胸而過，跌下江中。江面上濃煙密布，火屑騰空，船翻人倒，景物難辨。徐子陵卻是一片平靜，憑著早前的印象，控制著前半部全陷進烈燄中的火船，往下游直闖過去。

寇仲揮動井中月爲商秀珣挑開由煙霧裏投來的一枝鋼矛後，大叫道：「船尾著火了！」

商秀珣往船尾方向瞧去，果見兩處火頭沖天而起，人聲震天。

「轟！」整艘貨船往側傾斜，差點沉往江底。

當貨船再次回復平衡，已衝出了敵人船陣，來到竟陵城外寬闊的江面處。徐子陵把火船朝江岸駛去，大喝道：「準備逃生！」

「砰！」船尾被巨石擊中，木屑激濺，本已百孔千瘡的貨船哪堪摧殘，終頹然傾側。商秀珣一聲嬌叱，領頭往岸上掠去，其他人豈敢遲疑，同時躍離貨船。箭矢像暴雨般往他們灑來，由於凌空飛躍而致身形暴露，即使以寇仲、徐子陵、商秀珣等超卓的身手，亦只能保住自身，登時又有五名戰士中箭墜江，令人不忍目睹慘況。

商鵬、商鶴兩大牧場元老高手，在這個時刻顯露出他們的眞功夫，與大執事梁治在空中排成一品字陣形的把商秀珣護在中心處，爲她擋住所有射來的箭矢，安然落到岸上。

連同先前折損的戰士，他們只剩下十一人，足踏實地後立即往竟陵城門飛掠而去。一戰鼓聲起，兩批各約三百人的江淮軍從布在城外靠江的兩個營寨策馬殺出，由兩側朝他們衝來。一時蹄聲震天，殺氣騰空。敵騎未到，勁箭破空射至。

若憑寇徐兩人以螺旋勁發動的鳥渡術，雖不一定可超越商秀珣的提縱身法，要脫離險境卻非難事。但兩人均是英雄了得之輩，早已越衆而出，迎往兩邊擁來的敵人，以免去路被敵人抄截，陷進苦戰的重圍中。

碼頭和竟陵城間，是一片廣闊達數百丈的曠地。杜伏威於靠江的碼頭兩側處，設置了兩座堅固的木寨，圍以木柵陷坑、箭壕等防禦設施，截斷了竟陵城的水陸交通。

竟陵城牆上守城的軍士，見他們只憑一艘又爛又破的貨船，硬是闖入敵人的船陣，又能成功登岸，登時爆起一陣直衝霄漢的喝采聲，令人血液沸騰。不過雖是人人彎弓搭箭，引弩待發，但因交戰處遠在射程之外，故只能以吶喊助威，爲他們打氣，並點燃烽火，通知帥府的方澤滔趕來主持大局。

商秀珣見寇、徐兩人奮身禦敵，便要回頭助陣，給梁治等死命阻止，一向不愛說話的商鵬大喝道：「場主若掉頭回去，我們將沒有一人能活著登上牆頭。」

商鶴接口道：「若只由寇徐兩位英雄斷後，我們尚有一線生機。」

商秀珣知是實情，只好強忍熱淚，繼續朝城門掠去。

寇仲和徐子陵這時冒著箭雨，同時截著兩股敵人的先頭隊伍。

寇仲首先騰空而起，井中月化作一道閃電似的黃芒，朝四、五枝朝他刺來的長矛劈砍過去。寶刃反映著頭頂的太陽灑下的光輝，更添其不可抗禦的聲勢。

領頭的七、八名江淮軍，本是人人悍勇如虎豹，可是當井中月往他們疾劈而至時，不但眼睛全被井中月的厲芒所蔽，耳鼓更貫滿井中月破空而來的呼嘯聲，再難以把握敵人的來勢位置。接著手中一輕，待發覺手中只剩下半截長矛，大駭欲退，已紛紛濺血墜地，死時連傷在甚麼地方都弄不清楚。一時人仰馬翻，原來氣勢如虹的雄師，登時亂作一團。後方衝來的騎士撞上前方受驚狂躍的馬兒，又有多匹戰馬失蹄翻跌，把背上的主人拋往地上。寇仲就像把沖來的洪水硬生生截斷了般，然後抽身急退。

徐子陵那邊更是精采。他到了離敵騎丈許的距離，整個人仆往地面，然後兩腳猛撐，似箭矢般筆直射進敵人陣中，兩掌在瞬眼間拍出了十多掌。每一掌均拍在馬兒身上。掌勁透馬體而入，攻擊的卻是馬背上的敵人，只見他所到之處，騎士無不噴血掉下馬背，令敵人的先鋒隊伍潰不成軍。十多人掉往地上，徐子陵一口眞氣已盡，驟感無以爲繼，忙一個倒翻離開敵陣，往已掠至城門處的商秀珣追去。

守城的乃方澤滔麾下的將領錢雲，此時早命人放下吊橋，讓商秀珣等越過護城河入城。城牆上的戰士見寇仲和徐子陵如此豪勇不凡，士氣大振，人人吶喊助威，聲震竟陵城內外，令人熱血沸騰。

商秀珣首先登上牆頭，恰見兩人分別阻截了敵人的攻勢，還殺得對方人仰馬翻，亦忘情喝采，芳心中湧起前所未有的關切情懷。

這時寇仲和徐子陵已在城門外百丈許處會合，由於剛才耗力過甚，均是心跳力竭，忙齊朝城門方向逃走。敵騎重整陣腳，又狂追而來，戰馬奔騰加進竟陵城頭的吶喊助威聲，頓使天地爲之色變。兩人肩頭互碰，頓時眞氣互補，新力又生，倏地與敵人的距離從十丈許拉遠至二十丈外。

啣尾追來的江淮軍在馬上彎弓搭箭，十多枝勁箭像閃電般向他們背後射來。城上的商秀珣等駭然大叫「小心」，寇仲和徐子陵像背後長了眼睛般，往兩邊斜移開去，勁箭只能射在空處。

敵人還待追來，卻給城牆上發射的勁箭和投出的石頭擊得人仰馬翻，硬生生被逼得退了回去。就是這眨眼間的功夫，兩人越過數十丈的距離，登上吊橋，奔入城門，又再惹來震天的吶喊喝采。

終於抵達竟陵。

衆人立在城頭，居高臨下瞧著江淮軍退回木寨去，鬆了一口氣。江上仍冒起幾股黑煙火燄，但遠不及剛才的濃密猛烈，兩艘戰船底部朝天，另一艘緩緩傾側沉沒。

錢雲仍未知道兩人身分，只以爲他們是商秀珣手下的猛將，恭敬地道：「想不到場主忽然鳳駕光臨。當日聞知四大寇聯手攻打牧場，敝莊主還想出兵往援，卻因江淮軍犯境，被迫打消此意。」

商秀珣等聽得面面相覷，明明是獨霸山莊遣人求援，爲何會有此言？

梁治皺眉道：「錢將軍難道不知貴莊主派了一位叫賈良的人到我處要求援兵嗎？他還持有貴莊主畫押蓋印的親筆信呢？」

錢雲色變道：「竟有此事？末將從沒聽莊主提過，更不識有一個叫賈良的人，何況我們一向慣以飛鴿傳書互通信息，何須遣人求援？」

寇仲和徐子陵交換了個眼色，心知定是婠婠從中弄鬼。

商秀珣淡淡道：「方莊主呢？」

錢雲道：「末將已遣人知會敝莊主，該快來了。」

寇仲插入道：「我們立即去拜會方莊主，請錢兄派人領路。」

錢雲有點不好意思地抱拳道：「還未請教兩位大名。」

商秀珣壓低聲音道：「他是寇仲，另一位是徐子陵，是莊主的朋友。」

錢雲臉色驟變，往後疾退兩步，拔出佩劍大喝道：「原來是你們兩人，莊主有令，立殺無赦！」

商秀珣等無不愕然以對。

錢雲身旁十多名親隨將領中，有一半人掣出兵器，另一半人則猶豫未決。

商秀珣亦「錚」的一聲拔劍在手，怒叱道：「誰敢動手，我就殺誰！」

商鵬、商鶴左右把商秀珣護著，梁治、許揚等紛紛取出兵器，結陣把寇仲、徐子陵護在中心處。

其他守城兵士均被這情況弄得一頭霧水，不知如何是好。

一陣震耳長笑，出自寇仲之口，登時把所有人的注意力扯到他身上去。

寇仲一手捧腹，一手搭在徐子陵的寬肩上，大聲笑道：「小陵啊！眞是笑死我呢！方莊主不知是否另有一個綽號叫糊塗蟲，竟給陰癸派的妖女婠婠弄了手腳，先是斷送了自己親弟的性命，又殺了自己手下頭號猛將，更給她盜得符印冒名寫信布下陷阱，現在還要視友爲敵，硬要殺死我們兩個大好人，你說好不好笑呢？」

錢雲本已難看的臉色變得一陣紅，又一陣白，雙目厲芒閃動，暴喝道：「竟敢誣陷婠婠夫人……我……」

商秀珣長劍指向他的胸膛，截斷他的話嬌叱道：「閉嘴！現今杜伏威枕軍城外，內則有妖女當道，你這糊塗蟲不但不曉得忠言諫主，還要和我們先來個自相殘殺。哼！若我們拂袖而去，看你們如何收場。」

寇仲移到商秀珣嬌背之後，從她肩旁探頭出去笑道：「錢將軍不是也迷上那陰癸派的妖女吧！」

錢雲無言以對，他身後的人中走出一個年約六十的老將，肅容道：「寇爺口口聲聲說婠婠夫人乃陰癸派的妖女，不知有何憑據？」

徐子陵從容道：「只要讓我們與婠婠對質，自可眞相大白，錢將軍不是連這亦辦不到吧！」

梁治冷笑道：「若妄動干戈，徒令親者痛仇者快，錢將軍該好好三思這是否智者所爲。」

錢雲左右人等，大多點頭表示贊同。城外遠方號角聲仍此起彼落，更添危機之感。

錢雲頹然垂下長劍，嘆道：「既有場主爲他兩人出頭，小將難以作主，惟有待莊主定奪好了。」

他正要派人再請方澤滔，商秀珣不悅道：「錢雲你何時變得如此畏首畏尾？且睜開你的眼睛往城外瞧瞧，竟陵城破在即，仍不懂當機立斷。立即給我滾到一旁，我要親手把妖女宰掉。」

寇仲振臂大叫道：「若非那妖女，竟陵怎會落到這等風雨飄搖的境況。竟陵存亡，決於爾等一念之間。」

那老將斷然跨前一步，躬身道：「各位請隨老夫走吧！」

錢雲大怒道：「馮歌你……你造反了……」

錢雲尚未把話說完，一刀兩劍，抵在他背脊處，腰斬了他的說話。商鵬由側閃至，一指戳在他頸側要穴，錢雲應指倒地。

商秀珣不再理會錢雲，率先往下城的石階走去，衆人慌忙隨去。

二十多騎在馮歌領路下，沿大街朝城心的獨霸山莊馳去。街上一片蕭條，店鋪大多停止營業，間有行人，亦是匆匆而過，一派城破在即，人心惶惶的末日景象。

寇仲快馬加鞭，與馮歌並排而馳，讚道：「馮老確是了得，當機立斷，否則大家自己人先來一場火併，多麼不值哩！」

馮歌毫無得色，神情凝重的道：「自老夫第一天見到婠婠夫人，便感到她是條禍根。試問有哪一種點穴手法能令人內息全消，長眠不醒的。這回她忽然像個沒事人般被莊主帶回來，又誣指寇爺和徐爺對她意圖不軌，事情更是可疑。只恨忠言逆耳，沒有人肯聽老夫的話。」

寇仲點頭道：「這叫衆人皆醉，惟馮老獨醒。我還有一事請教，只不知我的四位同伴情況如何呢？」

馮歌答道：「聽說當時莊主信了那妖女的話後，勃然大怒，立即與寇爺的四位兄弟畫清界線，分道揚鏢，之後沒有聽過他們的消息。」

寇仲一聲「多謝」，落後少許，把事情告訴徐子陵。

另一邊的商秀珣道：「你們打算怎樣對付妖女？若她來個一概不認，我們能拿她怎樣呢？」

徐子陵微微一笑道：「文的不成來武的，難道她肯任我們把她幹掉嗎？」

商秀珣欣然道：「陰癸派的所作所為，人神共憤，此趟若能把妖女消滅，對天下有利無害，所以下手不須容情。」

梁治等轟然應諾。

此時馮歌一馬當先衝入大門，把門者認得是他，不敢攔阻，任各人長驅直進。

這支由飛馬牧場精銳，竟陵將領和寇徐二人組成的聯軍，馳到主府前的台階處甩蹬下馬，浩浩蕩蕩地擁上石階，朝府門衝去。

十多名衛士從府門迎出，守在台階頂上，帶頭的年輕將領暴喝道：「未得莊主之命，強闖府門者死，你們還不退下。」

馮歌反喝道：「飛馬牧場商場主千辛萬苦率眾來援，莊主在情在理好該立即親自歡迎，共商大事。現在不但屢催不應，還閉門拒納，這是莊主主意，還是你馬群自作主張呢？」

馬群大怒道：「馮歌你莫要倚老賣老，莊主既把護衛山莊之責交給我馬群，我便要執行莊主的嚴命。你們若要求見莊主，好好的給我留在這裏，由我報告莊主，看他如何決定。否則休怪我不念同僚之情。」

馮歌後面的寇仲忍不住問身旁的另一竟陵將領道：「這小子是甚麼人？」

那將領不屑道：「他算甚麼東西，若非因婠婠夫人欣賞他，何時輪到他坐上府領的位置。」

兩人說話時，商秀珣排眾而出，嬌叱道：「即使方莊主見到我商秀珣，亦要恭恭敬敬，哪裏輪到你這狗奴才狂妄說話，滾開！」

馬群見自己背後再擁出十多名手下，登時膽氣大壯。反而把守外門的衛士卻遠遠站著，一副袖手旁觀的神態。可知方澤滔沉迷婠婠一事，早令不少人生出反感。何況竟陵城內無人不知他們與飛馬牧場的關係，此時目睹馬群目中無人的囂張神態，心中不生出惡感反爲怪事。

馬群横刀而立，大喝道：「我馬群奉莊主之命把守莊門，誰敢叫我滾開？」

商秀珣負手油然道：「人來！給我把他拿下，押到方莊主跟前再作處置。」

馬群尚未有機會說話，商鵬、商鶴兩大牧場元老高手閃電掠出，兩對枯瘦的手掌幻出千變萬化的掌影，把馬群罩於其中。狂飆驟起，馬群就像站在暴風平靜的風眼裏，半點感受不到風暴的威力，而他的手下卻給驚人的掌勁掃得東歪西倒，踉蹌跌退。

寇仲和徐子陵也爲之動容，其他不知兩老虛實的人更不用說了。

哪想得到横看豎看都像一對老糊塗的老傢伙，手底下的功夫如此厲害。而且他們顯然精通一套奇異的聯手搏擊之術，令他們合起來時威力倍增。其實單憑他們個別修煉得來的功夫，比起李子通、宇文智及那些級數的高手亦是不遑多讓。

寇仲和徐子陵交換個眼色，暗呼僥倖，倘若當日和商秀珣鬧翻了，縱能離開怕亦要付出若干代價。現在自然是精神大振，因爲更有收拾婠婠的把握。

「砰！砰！」馬群左右劈出的兩刀連他自己都不知劈在甚麼地方去，身上早中了兩掌，倒在地上。

馮歌等竟陵諸將卻是看得心中難過，皆因馬群丟足了他們的面子。

此時兩老不再理馬群，撲入衛士陣中，有似虎入羊群般打得衆衛士兵器脫手，前仰後翻。在寇仲和徐子陵左右伴護下，商秀珣傲然負手，悠閒地跨進府門。寬敞的主廳空無一人。

馮歌叫道：「隨我來！」領頭穿過後門，踏上通往後院的迴廊。

迎面而來的兩名婢女見他們來勢洶洶，嚇得花容失色，瑟縮一旁，只懂抖顫。

馮歌指住其中一婢問道：「莊主在哪裏？」

婢子俏臉煞白，軟倒地上，顫聲道：「在……在怡情園裏。」

另一將領問道：「婠婠夫人呢？」

婢子答道：「也在那裏！」

衆人精神大振，空群而去。

經過數重屋宇，放倒十多名府衛，他們來到一個幽美的大花園中。箏音隱隱從一片竹林後傳來，抑揚頓挫中，說不盡的纏綿悱惻，令人魂銷意軟，衆人的殺氣亦不由得減了數分。

寇仲湊到商秀珣耳旁道：「待會場主纏著方澤滔，由我和小陵對付妖女，其他人則守在四方，防止她逃走。」

商秀珣秀眉揚起，沉聲道：「哪有這樣分派的，到時見機行事吧！」

說話時，衆人掠過竹林間的小徑，眼前豁然開朗，又是另一個幽深雅靜的大花園。園內不見婢僕府衛，惟只園心的一座小亭裏坐著一男一女。男的自是方澤滔，他閉上雙目，完全沉醉在箏音的天地中，對此之外的事一概不聞不問。女的背對他們，雙手撫箏，只是那無限優美的背影已足可扣動任何人的心弦。

縱使她化作灰燼，寇仲和徐子陵依然認得她是婠婠。

她的箏音比之石青璇的簫音又是另一番不同的味道。後者總有一種似近實遠、遺世獨立的味道。但婠婠卻予人纏綿不捨，無以排遣的傷感；愈聽愈難捨割，心頭像給千斤重石壓著，令人要仰天長嘯，或能宣洩一二。

「錚！」寇仲拔出了他的井中月。離鞘的鳴響，把方澤滔驚醒過來。

方澤滔雙目猛睜，除商秀珣、馮歌、商鵬、商鶴和寇徐六人外，其他人已魚網般撒開，把小亭團團圍著。

「錚、錚、錚！」古箏傳出幾響充滿殺伐味道的強音，倏然收止。方澤滔「霍」地立起，環視眾人，臉現怒容。

商秀珣冷笑道：「戰士在外拋頭顱、灑熱血，莊主卻在這裏安享溫柔，樂而忘返，不覺心中有愧嗎？」眾人眼中無不露出鄙夷之色。

方澤滔老臉一紅，不悅道：「竟陵的事，我自有主張，不用場主來教訓我。」

婠婠靜如止水地安坐亭內，似對眾人視而不見，聽而不聞，令人莫測高深。

寇仲哈哈一笑道：「該說莊主怎麼還會有臉見我們才對。想你只憑陰癸派婠妖女的片面之詞，便和我兩兄弟割斷情義。更不管外間風雨，只知和婠妖女調箏作樂，學足楊廣那昏君的作爲，似這般所爲還敢說不勞別人教訓呢！」

方澤滔厲聲道：「婠婠性情溫婉，又不懂武功，怎會是陰癸派的妖女，你兩個幹了壞事，還要含血噴人。」

馮歌沉聲道：「若婠婠夫人乃平常女子，怎能於這劍拔刀揚的時刻，仍鎮定得像個沒事人似的。莊主精明一世，何會糊塗至此？」

方澤滔雙目閃過殺機，手握劍柄，鐵青著臉道：「馮歌你是否要造反了？」

另一將領道：「我們只是不想陪你一起送命還落得做隻糊塗鬼罷了！」

商秀珣嬌叱道：「方澤滔你若仍沉迷不返，休怪我商秀珣劍下無情。」

徐子陵淡淡道：「方莊主何不問尊夫人一聲，看她如何答你？」

方澤滔呆了一呆，瞧往婠婠，眼神立刻變得無比溫柔，輕輕道：「他們是冤枉你的，對嗎？」眾人看得心中暗嘆。

婠婠輕搖螓首，柔聲道：「不！他們並沒有冤枉我，莊主確是條糊塗蟲！」

方澤滔雄軀劇震，像是不能相信她說出來的話而致呆若木雞，異變已起。

「錚！」古箏上一條弦線突然崩斷，然後像一條毒蛇般彈起，閃電間貫進方澤滔胸膛去，再由背後鑽出來。方澤滔發出一聲驚天動地的狂叫，往後疾退，「砰」的一聲撞在亭欄處，仰身翻跌亭外的草地上，臉上血色盡退，鮮血隨弦線射出，點點滴滴地灑在亭欄與地上，可怖之極。

眾人看得頭皮發麻，如此厲害得令人防不勝防的魔功，還是初次得見，一時間竟沒有人敢撲上去跟她動手。

眾人中自以商秀珣、寇仲、徐子陵、商鵬、商鶴和梁治六人的武功最是高明，但他們自問亦難以先運功震斷箏弦，再從心所欲地以弦線貫胸傷人至死。

方澤滔一手捧胸，另一手指著仍安坐亭上的婠婠駭然道：「你……你……你好……」

婠婠柔聲道：「我從沒有逼你喜歡我，更沒逼你去殺任何人，一切是你心甘情願的，能怪得了誰呢？」

方澤滔氣得猛噴鮮血，眼中射出悔恨莫及的神色，仰後翻倒，橫死當場。

婠婠緩緩站起來，左手挽起烏亮的秀髮，右手不知何時多了個梳子，無限溫柔地梳理起來。說不盡的軟柔乏力，顧影自憐。

眾人全神戒備，呼吸屏止。

寇仲踏前一步，超越了商秀珣，井中月遙指婠婠，登時生起一股螺旋勁氣，朝這千嬌百媚的魔女衝去。

婠婠恰於此時像發自天然地別轉嬌軀，變得面向商秀珣這一組人，並且帶起了一股難以形容的奇異氣場，竟像一下子吸乾了寇仲的眞勁。

寇仲尚是首次遇上如此怪異的武功，難過得差點要狂吐鮮血，尤其是那種令他的眞勁無處著力的感覺，更令他銳氣全消，駭然退了一步。

眾人無不色變。

婠婠的目光落到商秀珣的臉上，眼睛立時亮了起來。

徐子陵知道寇仲吃了暗虧，猛地踏前一步，隔空一拳往婠婠擊去。空氣立即灼熱起來，殺氣漫空。

婠婠放下秀髮，輕搖螓首，秀髮揚起。圍著她的眾人都生出要向前傾跌的可怕感覺，更覺得婠婠立身處似變成一個無底深洞，若掉進去的話，休想能有命再爬出來。

如此厲害的魔功，眾人連在夢中也沒有想過。身在局中的徐子陵只覺擊出的勁氣有如石沉大海，一去無回，又不能影響敵人分毫，駭然下亦學寇仲般退了一步。

婠婠訝然瞧著徐子陵，皺眉道：「想不到你兩個竟因禍得福，功力大進，否則這一下已足可教你受到內傷了！」

眾人來時，本下定決心，見到婠婠立即痛下殺手。可是現在婠婠俏立眼前，連一向心高氣傲的商秀珣亦不敢輕舉妄動。

寇仲深吸一口氣，微笑道：「婠妖女你既不能令我們受傷，那是否表示你已惡貫滿盈，命該一死呢？」

婠婠美得可令任何人屏息的俏臉飄出一絲笑意，旋又被傷感的神色替代，幽幽嘆道：「你們兩人能得脫大難，最聰明的做法是找個地方躲起來，永遠不要給我找到，現在偏要送上門來，我縱有惜才之意，奈何曾對人許下諾言，只好狠心取爾二人之命。」

商秀珣哪還忍耐得住，嬌叱道：「動手！」劍化千百點寒芒，閃電前移，帶起漫天劍氣，往婠婠捲去。

其他人同時發動，一時刀光劍影，全向核心處的婠婠狂攻過去。

婠婠美目淒迷，似絲毫不覺身在險境中，而眾人眼前一花，她已來到兩名竟陵將領中間，他們的兵器竟半點攔截的作用都起不了。

高手如商秀珣、寇仲和徐子陵，卻清楚看到她是仗著鬼魅般飄忽難測的絕世身法，穿行於兵器的間隙中，同時心叫不好。

「呀！」兩名竟陵將領往橫拋跌，印堂處分別嵌著半截梳子。衆人連她用甚麼手法殺人尚弄不清楚。

徐子陵看得義憤塡膺，騰身穿亭而出，飛臨婠婠頭上，雙掌下按。吳言的刀，梁治的劍，另一飛馬牧場戰士的長矛，同時向她的後背、前胸和腰脅攻去。眼看她難逃大難，她卻急旋了一圈，衣袂飄揚，纖指往上點去。刀、劍、矛全給她奇異的魔功帶得滑往一旁，刺劈在空虛處。徐子陵則掌化爲指，與婠婠指尖交觸。螺旋熱勁狂鑽而下。

婠婠渾身一震，仰臉朝徐子陵瞧來，神色幽怨迷人，檀口微張，吐出一股勁氣。

徐子陵的驚人旋勁剛鑽入婠婠的肩井穴，立即化爲烏有，再不能對她的經脈生出任何破壞作用。而最要命的是對方指尖射出兩道似無還有魔幻似的怪勁，刺入自己的經脈去，怪勁到處，經脈欲裂，難受得一對手臂立時麻木不仁，不要說反擊，一時連化解都不知如何著手。

他的苦況尚不止此，婠婠張口吐出那股勁氣，到了他面門尺許處竟沒有可能地一分爲二，左右刺向他雙目，若給擊中，不變成瞎子才是奇事。在如此惡劣危急的情況下，徐子陵心頭仍是靜若井中水月，嘴角逸出一絲瀟脫不群又孤傲無比的冷笑，右足湧泉穴生出一股完全出自天然的火熱，以電光石火的速度走遍全身，剎那之間再長新勁，不但解去了手臂的僵麻和痛苦，還飛退半空，堪堪避過眼盲之禍，只噴出小半口鮮血。

婠婠雖佔盡上風，心中的震駭卻絕不下於徐子陵。她的天魔功雖仍未大成，但已到了收發由心的境界，可剛可柔，千變萬化。除了恩師陰后祝玉妍外，古往今來陰癸派雖能人輩出，從沒有人在她這樣年紀修至這種境界。兼之因先前的接觸，大致把握到寇、徐兩人來自《長生訣》的奇異眞氣，不但使她功力更爲精進，更令她有把握一舉擊殺徐子陵。豈知天魔眞氣甫戳進徐子陵的雙臂，便給他的螺旋勁硬生生抵著，過不了肩井穴，使她要直攻其心脈的大計好夢成空。逼得她不惜損耗眞元，吐氣刺戳徐子陵雙目，哪知徐子陵竟能及時避開，她怎能不大吃一驚。

此時吳言等三人抽身後撤，黃芒電閃，寇仲的井中月當頭劈到，掀起的螺旋勁氣，刮得她全 身衣衫獵獵作響。

以婠婠之能，自問雖能擋開寇仲全力的一刀，仍沒有把握應付商秀珣、商鵬、商鶴和梁治四人接踵而來的聯手攻擊。這時她腦海中仍盤旋著徐子陵剛才冷笑的動人印象，猛提天魔功，往後朝吳言疾退過去。雙袖揚起。

「蓬！」寇仲目射奇光，一刀劈在婠婠交叉架起的雙袖處，但覺對方雙袖似實還虛，使他不但無法著力催勁，還感到有一股吸啜拖拉的怪勁，令他覺得若繼續強攻，會掉進一個不可測知的險境裏。以寇仲過人的膽色，竟不敢留進，駭然抽刀後退，狼狽之極。

此時商秀珣等四人從四面八方攻至。商鵬、商鶴兩大元老高手聯手攻向婠婠右側，四手撮掌成刀，便如一個長有四條手臂的人，水銀瀉地般向她發動強大無比的攻勢。商秀珣則從後退的寇仲身旁竄出，寶刃織起一片劍網，從正面往婠婠罩去，劍氣嗤嗤，不比寇仲剛才的一刀遜色。梁治的劍從另一側於重整陣腳後攻至，似拙實巧，沉雄中見輕逸，吞吐不定地封閉了她這方面的退路。

婠婠的粉背此時離後撤的吳言只有半丈許的距離，驀地增速。吳言還以爲有機可乘，反退爲進，全力一刀往她後腦疾劈，眼看劈中，只見婠婠迅速無倫地晃了一下，刀子劈在她芳肩上。吳言正心中大喜，駭然發覺刀子全無劈上實物的感覺，還滑往肩膀之外，魂飛魄散間，鼻裏香氣滿溢，這具有絕世姿容的魔女已撞入他懷內。商秀珣等大叫不好，骨折肉裂的聲音驟響不絕，吳言眼耳口鼻同時溢出鮮血，當場斃命。

婠婠一個旋身，避開三方而來的攻擊，轉到吳言的屍身之後，背貼尚未倒地的吳言，兩袖疾揮。一位牧場戰士和另一竟陵將領，同時應袖拋跌，兵器離手，鮮血猛噴，生機被奪。

婠婠頂著吳言的屍身往後急退，來到了銳氣已竭的商秀珣四人之間，運勁震得屍身往商秀珣飛去，還夾著兩袖左右揮擊。

接戰至此，雖只是眨幾眼的功夫，已給她殺掉五人，可知她厲害至何等驚世駭俗的地步。

商秀珣雖恨得她要命，但亦知吳言屍身深蘊著她的天魔眞勁，又不想損毀手下屍身，無奈下收劍橫移。「蓬！蓬！」勁氣交擊。梁治被她拂得打著轉橫跌開去，撞入正要衝上來的馮歌的老懷內去。馮歌慘哼一聲，栽倒地上，竟爬不起來。

婠婠看似簡單的一拂，暗含天魔妙勁，先把梁治的刀勁吸得一滴不淨，再反以其勁氣還諸梁治，並暗藏旋勁，假若梁治沒碰上馮歌，多少也要受點內傷，現在卻是把勁氣轉嫁到馮歌身上。馮歌哪想得到婠婠有此妙著，登時領招傷倒地上。

圍攻婠婠的由二十四人驟減到十八人，五死一傷，可是仍未有人能傷婠婠半根毫毛。

婠婠拂向商鵬、商鶴的一袖，更使人嘆爲觀止。她尚未觸及對方的兩雙手掌，忽地化爲漫空袖影，虛實難分。兩老的勁風有如投石入海，只能帶起一個小漣漪，然後四手一緊，竟是給她的衣袖纏個結實，扯得兩老撞作一團。

仍在空中的徐子陵看得最是清楚，目睹婠婠衣袖忽地長了半丈，原來是自她衣袖裏飛出一條白絲帶，先穿行於兩老四掌之間，再收緊時，已將他們兩對手縛在一起。徐子陵心知不妙，再度加速淩空下撲。

婠婠仰起美絕人寰的俏臉，似嗔非嗔地橫他一眼，接著橫移開去，拖得兩老踉蹌急跌，全無反擊之力。

商秀珣嬌叱一聲，提劍撲上搶救，驀地發覺兩老被婠婠以絲帶遙控著向自己撞來，嚇得駭然後移。

「砰！砰！」駱方和另一牧場戰士的兵刃同時被婠婠拂中，噴血倒地，再無反擊能力。

寇仲亦知不好，游魚般晃了幾下，閃到婠婠後側，橫刀揮斬她腰肢。

一道接一道的天魔眞勁，透過絲帶攻往兩老，硬生生衝擊得他們一口口鮮血噴出來，人又像傀儡般身不由己，橫移直撞，全由婠婠作主，情景淒厲至極，令人不忍卒睹。

「呀！」一名牧場戰士走避不及，給兩老撞得飛跌尋丈，命喪當場。

許揚此時從左側攻向婠婠，勉強以煙桿擋著她的香袖，底下給她飛起一腳踢在小腹處，登時拋跌開去。幸好寇仲井中月劈至，逼得婠婠要留下餘力應付，否則此腳包可要了許揚的老命。

絲帶像有生命的毒蛇般甩開兩老，倒捲而回，拂在寇仲的井中月上。「霍！」的一聲，井中月往外盪開。

商鵬、商鶴兩大元老高手噴出了他們最後一口鮮血，隨絲帶甩脫，拋往兩旁，又撞得另兩個想攻上來的竟陵將領和牧場戰士傷跌地上。

絲帶繞空轉了一圈，朝寇仲頸項纏來。

寇仲自出道以來，歷經大小數百戰，從未想過有人的武功能如婠婠一般出神入化，變幻莫測。難怪當日魯妙子說若他們現在遇上祝玉妍，只有送死的份兒。

事實上天魔功最厲害處，就是能隨心所欲，在任何情況下也能傷人，教人防不勝防。試問若完全不知道她的招數變化，如何定得進攻退守的方法。

商鵬、商鶴既精於聯擊之術，本身又是不可多得的高手，可是只一個照面便因摸不清她的手段，一子錯滿盤皆輸，被她以精妙絕倫的手法一舉束縛四手，致完全發揮不出功力，挨打致死。此念既生，寇仲狂喝一聲，旋身避過往他頸項纏來的絲帶，大叫「小陵」時連續劈了三刀。每一刀均劈在空處。

這實是一場賭博，賭的是徐子陵能及時趕至，在自己限制了婠婠活動的空間時，由徐子陵予她致命的一擊。

商秀珣見兩老慘死，亦是了得，猛提一口眞氣，把激蕩波動的情緒完全壓了下去，電掣而前，就在此刻，寇仲剛劈出了他妙至毫巔的第三刀，一直迅如鬼魅變幻，令人把握不到位置的婠婠，忽地窒了一窒。商秀珣哪還不知機，寶刃立刻化巧爲拙，挑往她像毒龍翻滾、似要往寇仲拂去的絲帶一端處。徐子陵這時剛飛臨婠婠的上空，不用寇仲呼叫提醒，也知此乃千載一時的良機，雙掌全力下擊，螺旋勁發。

直到剛才一刻，婠婠均能操控全局，利用各人強弱參差，巧妙地逐一擊破，可是當寇仲劈出了這悟自「奕劍大師」傅采林奕劍之術的三刀後，婠婠首次發現她再不能像先前般要風得風，要雨得雨了。

這時亭旁的戰場中，衆人或死或傷，又或根本接近不了婠婠，只餘下武功最高強的寇仲、徐子陵和商秀珣三人，仍有反擊之力。

婠婠乃狡猾多智的人，否則怎能成爲祝玉妍的嫡傳愛徒。故意以最狠辣的手法擊斃方澤滔，再採雷霆手段，逐一擊殺諸人，那時竟陵和飛馬牧場便唾手可得。但寇仲這出乎她意想之外的三刀，卻使她首次真正陷入被圍攻的劣勢中。

寇仲第一刀劈在她身後，形成一股螺旋剛勁，斷她後路。第二和第三刀，分別劈在她前方和右側，完全把這兩方封閉了。

假若她是和寇仲單打獨鬥，此刻只要以天魔功裏的「吸納法」，可把三股旋勁據爲己有，趁著寇仲提氣當兒，要殺他有如探囊取物般輕而易舉。如要退避，也可往左移開，又或騰身而起。可是現在這兩個方向分別給商秀珣和徐子陵封擋了。餘下只有憑眞功夫硬拚一途。由此可見寇仲的眼力和手段是多麼高明。

婠婠秀眸射出前所未見的異芒，兩把短刃從袖內滑到掌心處，幻起兩道激芒，分別迎向商秀珣和徐子陵。

她終於使出壓箱底的本領。這對長只尺二的短刃，名爲「天魔雙斬」，乃陰癸派鎭派三寶之一，專破內家眞氣，能令天魔功更是如虎添翼，威勢難擋。

寇仲的氣勁以比婠婠猜想中的速度快了一線回復過來，黃芒閃打，攔腰斬至。

三方面來的壓力，換了別的人，保證要立即身首分家。可惜卻是遇上了精通邪教無上奇技「天魔功」的婠婠。天魔功在剎那間提升至極限，以婠婠爲中心的方圓一丈之內，像忽然凹陷下去成了一個無底深潭。這變化在表面上一點看不出來，純粹是一種氣勁的形成。陰寒之氣緊鎖三人。「叮！」接著是一連串劍刃交擊的鳴響，可比擬驟雨打在芭蕉葉上的急遽和疾快。

商秀珣首先與婠婠正面交鋒。她使出了商家傳下來最凌厲的獨門劍法，每刺一劍，都綻出一個劍花，飄忽無定，卻全是進手拚命的招數，務要使婠婠應接不暇，製造寇徐兩人撲殺婠婠的機會。若讓婠婠活著，以後必睡難安寢。

婠婠一直避免與商秀珣正面交鋒，是知她劍法凌厲，擅於纏戰。不過既無可再避，惟有施出祝玉妍自創的「搜心劍法」，迅速無倫地刺出十多劍，每一劍都刺在商秀珣振起的劍花的花心處。

劍氣交擊。商秀珣感到對手每次擊中己劍，均有一道像至寒至毒的眞氣隨劍破進她的經脈裏，使她應付起來極爲吃力。最駭人是無論自己招式如何變化，婠婠都像能洞悉先機似的早一步等待自己送上去給她刺個正著。

攻到第十二劍，婠婠已突破了她的護身眞氣，此時徐子陵雙掌到了。「叮叮叮叮！」徐子陵雙掌像鮮花般盛開，右手五指以奇奧無比的方式運動著，或曲彈、或揮掃，總能擋格婠婠往他疾刺而來的天魔刃。左手則一拳重擊婠婠正攻向商秀珣的左臂。寇仲的井中月也和徐子陵配合得天衣無縫地攔腰劈至。際此生死關頭，婠婠一對能勾魂攝魄的艷眸亮起藍澄澄的奇異光芒，倏地收回攻向商秀珣的天魔邪勁。

商秀珣本自忖重傷難免，見對方竟然鳴金收兵，猛運眞氣，把殘餘經脈內的天魔勁氣悉數逼出體外，同時劍芒暴張，狂風般往婠婠捲去。

三大高手，在佔盡上風下全力出手。即使換了寧道奇來，怕亦要應付得非常吃力，動輒落敗身亡。全憑寇仲的三刀，把整個戰局扭轉過來。其他人只能眼睜睜的旁觀情況的發展，誰都無能插手其中。

就在這使人呼吸頓止的時刻，婠婠整個人似是縮小了，然後再暴張開去。

婠婠先收起四肢，蜷縮作一團，延長了敵人攻擊及身的少許時間，然後雪白的長袍像被充了氣勁般離體擴張，迎上三人凌厲的攻勢，她身上只剩下白色的褻衣，玉臂粉腿，全暴露在衆人眼下，曼妙的線條，美得教人屏息。

「蓬！蓬！蓬！」商秀珣的寶劍，徐子陵的拳掌，寇仲的井中月，只能擊在她金蟬脫殼般卸出來的白袍上。「砰！」白袍在三股氣勁夾擊下，化成碎粉。三人同時被白袍蘊含的強大天魔功震得往外跌退。

婠婠「嘩」地一聲噴出一口鮮血，臉色轉青，像一片雲般貼地平飛，剎時間到了牆頭處。

明月高掛天上。她完美無瑕的半裸嬌軀俏立牆頭，回眸微笑道：「七天後當妾身復元，將是寇兄和徐兄命喪之日。」倏地消失不見。

眾人面面相覷，無言以對。

一名戰士此時奔進園裏，見到死傷遍地的駭人情景，雙腿一軟，跪倒地上。

馮歌勉強掙扎坐起，啞聲叫道：「甚麼事？」

戰士揚起手中的信函，顫聲道：「牧場來的飛鴿傳書，四大寇二度攻打牧場，配合江淮軍向竟陵攻擊。」

眾人無不色變。梁治搶前接過傳書，遞給商秀珣。寇仲和徐子陵你眼望我眼，心中想的是假若牧場大軍不能來援，竟陵的將領又死的死傷的傷，這場仗還能打嗎？

商秀珣看罷傳書，遞給梁治，斷然道：「我們立即回去，你兩人去向如何？」

最後一句，當然是對寇徐兩人說的話。

寇仲目光落到商鵬、商鶴的屍身上，嘆了一口氣道：「我眞的不知道，小陵你呢？」

馮歌慘然道：「你們絕不能走，竟陵的存亡，全賴你們了！」

第四章

竟陵之戰

黃易 作品集

第四章　竟陵之戰

戰鼓震天。晨曦的曙光照耀在竟陵城頭，江淮軍從四方八面發動一波接一波的攻擊，喊殺震天。不但截斷護城河的源頭，還以沙石填平了主城門外的一大截護城河。

寇仲、徐子陵和負傷的馮歌登上城樓，敵人大軍正緩緩注到城牆和漢水間的平原中，書有「杜」字的大旗在中軍處隨風飄揚，軍容鼎盛，威勢逼人。

當矢石勁箭像雨點般投下，粉碎了江淮軍的另一次攻勢後，敵人重整陣腳。

寇仲和徐子陵頭腦發脹地瞧著布在城外由三萬人組成的龐大兵陣，茫然不知所措。他們雖是智計過人，但面對這種千軍萬馬，對壘沙場的局面，卻是不知該如何應付。

馮歌在兩人間頹然坐下。若非經兩人出手替他療傷，他恐怕仍要躺在床上。但現在還是氣虛力怯，只是勉強支持，俾能在參酌權宜下把指揮權交到兩人手中。

七名守城將領來到三人身旁，均是滿臉疑慮。這批將官是獨霸山莊次一級的頭目，無論經驗實力，均遜於命喪剛才與婠婠血戰的將領。可是現在蜀中無大將，廖化亦要拿來充數。就如同在一般情況下，怎輪得到寇仲和徐子陵來作守護竟陵的總指揮。

四周全是馮歌的親信將兵，以免祕密外洩。

馮歌沉聲對七人道：「你們聽到現在我要說的話，絕不許大驚小叫，以免驚動軍心，明白嗎？」眾將點頭應是。

馮歌原是竟陵城的隋朝將官，德高望重，頗得人心，此時惟他能鎮壓大局。

馮歌勉強挺直腰板，輕描淡寫道：「莊主已被陰癸妖女婠婠殺了。」眾將登時色變。

馮歌把情況簡單說了一遍，手掌翻開，露出從方澤滔屍身處解下的軍符，正容道：「莊主臨危授命，由老夫主掌山莊，但值此兩軍相對的時刻，莊主的噩耗，絕不可洩出，否則軍心難穩。」

眾將悲憤交集，卻又無可奈何。

寇仲和徐子陵心中暗忖，方澤滔之死，首先已動搖了這七名將官的心。

馮歌勉強振起精神，道：「由於我也受了點傷，所以難以親自主持這關係到竟陵存亡的一戰，只能從旁策畫，有關一切攻守事宜，全由寇兄弟和徐兄弟負責，他們的命令，如老夫親發，違令者斬，明白嗎？」

眾將心亂如麻，六神無主，又知兩人智計超群，神勇蓋世，無不點頭答應。

有人問道：「錢將軍方面如何發落呢？」錢雲本是馮歌的頂頭上司，但若論才能德望，均在馮歌之下。馮歌眼中閃過殺機，淡淡道：「這事我自會處置，你們立即返回崗位，等候命令！」眾將領命去了。

馮歌臉色由青轉黑，駭得兩人忙推動真氣相助，片刻他才回復過來，但比之剛才更爲虛弱。一陣晨風吹來，馮歌打了個寒噤，嚇得兩人忙把他攙進城樓去。

馮歌把一名叫馮漢的將校召進樓內，此人是馮歌的親姪，可以信任。揮退其他手下後，又命馮漢關上木門，對寇徐兩人嘆道：「只要莊主噩耗傳出，整個竟陵將會亂成一團，人人爭相逃命，竟陵將不攻自破，兩位可有良法？」

寇仲沉聲問道：「竟陵究竟有多少可用之兵？」

馮漢代答道：「山莊本身兵力達三萬之衆，若加上臨時編整入伍的壯丁，足有五萬人。」

徐子陵奇道：「那豈非比城外的江淮軍還多出兩萬人？」

馮歌辛苦地嚥了一口氣，道：「剛才所見，只是江淮軍的主力部隊，他們尚有數支隊伍，在攻打其他城門，合起來兵力達七至八萬之多，且他們的士卒無論訓練、武器和經驗各方面，都優於我們。」

馮漢接口道：「我們山莊部隊共分七軍，以莊主的親衛部隊人數最多，兵力在八千人間，其他每軍各四千人，大叔和我各領一軍，其他領軍的都給那妖女宰了，必須重新委任才成。」

寇仲和徐子陵聽得頭大如斗，面對的是於群雄爭霸中縱橫無敵的杜伏威，而己方則人心惶惶，亂成一團，此仗不用打已輸了。

馮漢嘆道：「若大叔沒有受傷，尚可穩定全局，跟敵人打上幾場硬仗，但現在嘛，唉……」

馮歌待要說話，忽然強烈咳嗽起來，噴出點點鮮血，怵目驚心。寇仲和徐子陵忙助他行氣運血，豈知他兩眼一翻，就那麼昏倒椅內。三人你眼望我眼，亂了手腳。好一會後，寇仲斷然道：「馮兄你立即持此軍符出去，任命各軍將領，然後再回這裏共商對策，馮老交由我們照顧好了。」馮漢欲言又止，最後仍是依命去了。

寇仲爲躺在椅內的馮歌把脈後，放下他的手，鬆了一口氣道：「他已能自行運氣，在這情況昏迷下要比清醒少受點苦。唉！妖女眞厲害，說不定寧道奇都殺不了她。」

徐子陵惻然道：「他們死得眞慘。」

寇仲默然片晌，細聽從城樓外傳來的馬嘶戰鼓之聲，低聲道：「不知飛馬牧場的人能否安然離開呢？」

徐子陵移到狹長的垛孔處，往外窺探，背對他道：「理該沒有問題。因杜老爹故意留出缺口，好逼竟陵城民由那個方向逃生，正好方便了他們。哼！除非老爹親自出手，否則以商場主和梁治的功夫，應可安全帶同駱方和許揚離去。唉！」

寇仲來到他身旁，從另一放箭的垛孔往外瞧去，見到江淮軍仍在遣軍布陣，心中泛起無能爲力的感覺，苦笑道：「不知是否以前我們太過順利呢，所以今天得到了這麼個報應，現在我痛苦得想自殺，甚至有點憎恨自己的無能。」

徐子陵默然半晌，忽地哈哈一笑道：「你想知道原因嗎？」

寇仲愕然道：「你指的是哪方面呢？」

徐子陵淡然道：「我指的是你的失去信心。皆因是從沒有想過世上竟有像婠婠那麼狠毒厲害和狡猾的對手，眼巴巴瞧著她殺掉我們的戰友，偏又毫無辦法去阻止，於是連自己都恨起來，深怨自己的無能。假設你不能回復鬥志，我們休想有命離開這裏。」

寇仲苦笑道：「你有鬥志嗎？」

徐子陵虎目電芒一閃，點頭道：「當然有！大不了不過一死。還記得白老夫子教下的『天將降大任於斯人也，必先苦其心志，勞其筋骨，餓其體膚，空乏其身，行拂亂其所爲嗎』？」

寇仲立時挺起胸膛，肅然聽著。

徐子陵神光電閃的眼睛往他瞧來，續道：「現在我們正在生命的轉捩點上。試用你仲少的大腦袋想想，我們剛與天下第一妖女眞刀眞槍打了一場硬仗……」

接著指著垜孔外滿山遍野的江淮軍道：「而外面則是有機會統一天下的老爹杜伏威，我們能與這些睥睨天下的高手對抗，再非以前的市井流氓，又或一般江湖低手。」

寇仲立時大眼放光，精神抖擻道：「哈！我明白了，就以剛才婠婠不但殺不了我們，還落得負傷逃走，我們已經很了不起。不過以人多勝人少，並非那麼光采。」

徐子陵搖頭道：「爭霸天下，哪同江湖爭鬥，豈有甚麼公平可言！還要千方百計製造不公平的形勢呢。婠婠自幼受訓，又有明師指點。而我們則是半途出家，還要盲目摸索，這便是不公平之極。現在我們要爭取的是時間，在婠婠殺我們前把她殺掉，明白嗎？」

寇仲一聲「明白」，旋又有些兒洩氣地道：「無論我們多麼有信心，但現在擺明是敵強我弱之局，只要方澤滔的死訊漏了出去，竟陵便不攻自潰。唉！你教我怎辦呢？」

徐子陵皺眉道：「你定要改掉這容易興奮，又容易沮喪的缺點，才有望能成就大事。男兒身處亂世，大不了是戰死沙場，馬革裹屍，還有甚麼令人害怕的。」

寇仲沉默不語，一對虎目卻逐漸亮起來。

徐子陵伸手抓著他肩頭道：「在戰場上，雖千萬人衝鋒陷陣，但每一個人都是孤獨的，死亡更是無比的孤獨！想想那種在千萬人中獨自奮身廝殺的寂寥感覺，你便不會再爲外面千軍萬馬的場面所惑。仲少你不是要爭霸天下嗎？眼前的城外正有塊試金石，我爲的是竟陵無辜的子民，你爲的卻是要鋪出爭霸的路途。」

寇仲哈哈一笑道：「果然是我的好兄弟，每句話如暮鼓晨鐘般直敲進我的心坎裏。不過我對竟陵子民的憐憫心和你並無二致。」

此時馮漢旋風般衝進來，叫道：「不好！錢雲被他的手下救走了，莊主的死訊隨時會洩漏。」

寇仲完全回復了往昔的決斷和自信，冷然道：「你的委任使命完成了沒有？」

馮漢被他的鎮定感染，平靜下來，答道：「這個已沒有問題。」

寇仲仰天一陣長笑道：「好！讓我和老爹來打一場硬仗，看看我們誰的拳頭硬。」

馮漢愕然道：「誰是老爹！」

徐子陵答道：「就是杜伏威。馮漢你立即派人將你大叔送往牧場，還要派兵疏散城內婦孺到城外安全地點，若城破的話，就命他們投靠飛馬牧場，商秀珣絕不會見死不救的。」

接著瞧往寇仲。寇仲仰天再一陣長笑，透露出鋼鐵般的鬥志和信心，領頭走出城樓，到城牆去了。

寇仲和徐子陵並肩站立牆頭，城外是軍容鼎盛，旌旗似海的江淮軍，人數增至四萬人。

杜伏威的中軍布在一個小丘上，以騎兵為主，重裝備的盔甲軍為副。前鋒軍由盾牌兵、箭手、刀斧手和工事兵組成，配備了檑木、雲梯、樓車等攻城的必須工具。左右側翼軍每軍五千人，清一式騎兵。中軍的後方尚有兩枝部隊，既可防禦後路，又可作增援的兵員。

此時太陽昇上中天，普照大地，映得兵器爍爍生輝，更添殺伐的氣氛。戰鼓敲響。七十多輛專擋箭矢的鐵牌豎車，開始朝竟陵方向移動，每輛車後隱著十多名箭手，只要抵達適當距離，可以從豎高達兩丈的大鐵板後往城頭發箭，掩護其他人的進攻。只要想想江淮軍可攻克歷陽那種堅城，便知這些看來全無美感只像一塊塊墓碑般的鐵牌車不是鬧著玩的。

樓車開始推進，像一座座高塔般往他們移來。在樓車上的戰士，由於高度與牆頭相彷，故不但可以把整個城頭籠罩在箭矢的射程內，當靠近城牆時，戰士還可直接跨上牆頭，攻入城內去。號角聲大起。數以百計的投石車在以千計的工事兵的推動下，後發先至，越過樓車，追在擋箭鐵牌車之後。四萬江淮軍一齊發喊，戰馬狂嘶，令竟陵城外風雲變色。

寇仲與徐子陵交換個眼色後，提氣高叫道：「寇仲在此，杜伏威你敢否和我單獨鬥上一場！」

他的聲音遠遠傳開，千萬人的發喊聲仍不能將其蓋過。

守城的竟陵軍民正被對方有系統和組織嚴密的大舉進攻嚇得心膽俱寒，聞聲均士氣大振，齊聲吶喊，震天動地。

以徐子陵淡泊的胸懷，也感熱血沸騰。

杜伏威拍馬而出，現身山丘之上，冷喝道：「若方莊主能保證在仲兒你輸後，竟陵城便拱手讓我，則杜某不吝一戰。小兒無知，竟把萬軍對壘的沙場，看成兒輩戲耍之地，可笑啊可笑！」

聲音高而不亢，傳遍丘陵山野，城外城內，仍餘音裊裊，可見其功力之精湛，實在寇仲之上。最厲害是他把握機會運用心理戰術，強調薑是老的辣，經驗淺薄的寇仲絕不會是他的對手。挺進的江淮軍一齊爲主帥的豪言壯語喝采，登時又把竟陵軍民的吶喊聲壓下去。

徐子陵心中一動道：「婠妖女定是受傷甚重，故必須就近覓地療傷，來不及通知杜伏威一聲。若我們能在她復元前找上她，說不定可把她除掉。」

寇仲遙望杜伏威，像聽不到他的說話般低聲道：「這下糟了，小陵快想辦法。」

徐子陵怔了一怔，明白過來。

足音響起，馮漢和十多名親兵來至身後，馮漢道：「撤退的事辦妥！」

果然杜伏威的聲音傳來道：「方澤滔你是否啞了？」

徐子陵、寇仲和馮漢同時色變。

寇仲朝山丘上的杜伏威喝道：「當老爹你被擒到莊主駕前時，莊主自會和你談心事的。哈！」一陣長笑，不讓杜伏威說下去。

推著雲梯的工事兵和盾牌兵開始移動，後面跟著的是衝撞城牆城門的檑木戰車。徐子陵和寇仲交換了個眼色，暗忖以杜伏威的精明老練，不對方澤滔的生死起疑才怪。

馮漢低聲道：「護城河已被塡平，敵人可直接衝擊城牆，我們能捱過今晚，戰果已相當不錯。」

寇仲道：「要多久才可把所有人撤往牧場，我只要留下最精銳的山莊戰士就成了。」

馮漢道：「杜伏威的目的只在攻陷竟陵，再以之爲據點從水陸兩路攻打漢水沿岸的城市，以作進軍洛陽的捷徑。現在既塡平了這邊的護城河，其他軍隊都會調過來，俾能日夜攻城，所以百姓可在其他城門安然出城，只要有三天時間，所有無關人等都可遠撤至安全地域。」

寇仲道：「那我們就守他娘的三天，看看江淮軍厲害至甚麼程度。」

馮漢臉現難色道：「只怕軍心不穩，錢雲一向與大叔不和，定會借此機會奪取兵權。更怕是莊主死訊傳出，人人無心戀戰，那時要守上一個時辰都有問題。」

寇仲斷然道：「人望高處，水望低流。現在竟陵城百姓的唯一希望是能撤往飛馬牧場，而只有我們才可在這方面爲他們作出保證，而非是錢雲這種小人。讓我們先和老杜狠拚一場，增強衆將士的信心，再曉以利害，我不相信大家蠢得不肯團結一致，爲自己的生命和親族的生命奮戰。嘿！我怎樣才可發出命令呢？」

馮漢大叫道：「馮青何在？」

一名年輕大漢搶到三人前下跪敬禮，答道：「馮青在！」

馮漢道：「這是我親弟馮青，寇帥有甚麼指示，通知他便可執行。」

寇仲首次被人喚作寇帥，大感飄飄然，一名衛士倉皇奔上城牆，報告道：「不好了！錢雲將軍領著數百親兵，正朝這裏走來。」

徐子陵哈哈一笑道：「守城的重任由寇帥負責，錢雲由我應付便成。」說罷扯著馮漢去了。

寇仲的目光回到城外去，擋箭車正逐漸接近投石機的投程內。

馮青提醒他道：「寇帥，快可以發石放箭呢！」

寇仲冷然道：「讓他們再走近一點，石頭箭矢會更有勁道。」

馮青忙吹響號角，以訊號通知守城軍士不可輕舉妄動。

寇仲大喝一聲道：「隨我來！」

大步沿城牆而行，馮青和一衆親兵慌忙追隨其後。

寇仲邊行邊撫慰衆守城士卒並爲他們打氣，衆人知他神勇無匹，雖弄不清楚爲何他會忽然代替了方澤滔的位置。但是見他雙目電閃，身形筆挺雄偉，走起路來龍行虎步，聲音透出強烈的鬥志和信心，一副不可一世的氣派，故所到處引起陣陣致敬和喝采聲，士氣爲之大振。

走了近半里的城牆，寇仲又掉頭往回走，並大聲喝道：「你們聽著，竟陵軍必勝，江淮軍必敗。」眾將士隨他一起喊叫，聲衝霄漢，把敵人的衝刺喊殺聲全蓋過去。

馮青佩服道：「莊主從來不懂學寇帥般激勵我們。噢！可以投石放箭了。」

寇仲從容不迫地朝江淮軍瞧去，果然其先鋒隊伍已進入百丈的範圍內，微笑道：「還可以等一下。」

馮青還想勸說，寇仲停在一座投石機旁，凝立不動。

敵人繼續挺進。

錢雲領著三百名支持他的衛兵，氣沖沖地沿著城門大道往主門趕來。現在竟陵城的主力均集中在這裏，只要他能殺死馮歌，控制權將會落到他手上去，那時再收拾寇仲和徐子陵也不遲。正想得心花怒放時，勁氣壓頂而來。戰馬首先失蹄跪地，把錢雲拋擲往前。

錢雲墜地時往上瞧去，只見徐子陵從附近的樓房頂往自己撲來，想拔劍時，胸口劇痛，慘叫一聲，當場畢命。

徐子陵落到眾兵之間，又騰躍而起。四周衝出過百箭手，把隨錢雲來的士兵包圍起來。馮漢高舉軍符攔著前路，大喝道：「棄械者生，反抗者死。」徐子陵落到他身旁，威武若天神。眾兵見錢雲連還手的機會都沒有之下就此了賬，知大勢已去，紛紛投降歸順，一場內戰，就這麼化解了。

寇仲撿起一塊重若百斤的大石，大叫道：「杜伏威，看看你的擋箭車成甚麼樣子？」再暴喝一聲，運足全力，把大石往衝到離城牆只有十七丈許的擋箭車擲去。大石先升高丈許，接著急旋起來，疾往擋箭車的豎板投去。城外城內的人都瞪眼看著，但若如此可以用一塊石頭把擋箭車砸毀，則誰都不肯相信。但寇仲的確表現出驚人的神力和準度。「轟！」大石正中豎板，還把豎板砸成粉碎。出乎眾人意料之外，擋箭車不往後退，反往旁傾跌，「蓬」的一聲頹然傾倒，壓傷了十幾個人。眾人均看呆了眼。守城將士爆出震天采聲。寇仲知時機成熟，狂喝道：「投石放箭！」

吶喊聲中，分布在長達一里的牆頭上，以百計的投石機彈起的巨石，與無數勁箭，雨點般往攻來的近萬敵人投去，一時車仰人翻，慘烈之極。攻防戰展開了新的一頁。

寇仲低聲對馮青道：「成了！現在就算他們知道你的莊主已死，都不會有問題。」馮青眼中毫無保留地射出尊敬的神色。

當徐子陵趕返牆頭，竟陵軍粉碎了敵人的第一波攻勢，留下以百計的屍骸，十多具破爛的擋箭車、樓車、無數弓箭和兵器。由城民組成的工事兵不斷把矢石滾油等運往牆頭，補充剛才的消耗，牆頭滿是來回奔走的軍民。寇仲發出的每一道命令，將領毫不猶豫地遵行。江淮軍戰鼓交鳴，殘兵才退，另一組五千人的軍隊又開始往城樓推進，務使他們應接不暇。

徐子陵來到寇仲身旁，望往城外道：「錢雲已解決了！」

寇仲卻像沒有聽到般，指著百多架正往城牆移來的投石車道：「這些笨傢伙很厲害，剛才撞塌了我們幾處牆頭，還砸死了數百人，若這麼下去，我們恐捱不到明天。你有甚麼辦法呢？」

徐子陵想了一會，道：「不如由我帶人出去衝殺一陣如何？」

寇仲皺眉道：「那會有甚麼作用？若讓人截斷退路，恐怕除你外誰都不能活著回來。況且這些笨東西又不是可以輕易毀壞的。」

徐子陵道：「只要我們時間掌握得好，一批人負責斬殺和驅散敵人，另一批人負責往這些甚麼樓車、擋箭車、投石車淋上火油，而牆頭上的人則負責發射火箭，保證老爹只有乾瞪眼的份兒。」

寇仲拍牆叫絕，當下忙命人點起五千精兵，交由徐子陵調度，到城門處作準備。

「轟！」

石碎激濺，一塊大石落在寇仲身旁的牆頭處。寇仲大喝道：「放箭！」牆頭箭垛發出數千勁箭，朝蜂擁而來的敵人射去。

兩輛樓車，直衝過來。車未至，十多人騰身躍起，凌空掠至。寇仲知對方高手來了，幸而見不到老爹杜伏威，大喝一聲，跳上牆頭，井中月化作一股厲芒，朝來敵捲去。兩人應刀拋飛。

寇仲井中月左右劈出，另兩個踏足牆頭的敵人立即濺血墜下城牆去。但仍有七名敵人成功登上城牆，殺得守城兵士人仰馬翻。

寇仲游魚般閃到正與敵人交手的馮青身旁，井中月閃電般朝那以雙斧往馮青砍劈的五短身材的壯漢劃去。螺旋勁起。「噹！」井中月破入雙斧之間，倏又收回。那矮漢雙斧墜地，額際現出血痕，寇仲井中月又往另一掄刀的敵人揮斬。「叮」的一聲，那人的大刀被井中月摧枯拉朽地硬生生切斷，駭然退後，寇仲底下飛出一腳，把那漢子踢往城外去。寇仲再撲入另三名敵人中間時，矮漢的屍身才剛著地面，可見他的行動如何迅快。

眾守城兵將精神大振，劍矛齊出，把尚餘下的五名敵人逼往牆角處。

寇仲殺得興起，刀刀均似是與敵偕亡的招數，見敵殺敵，鮮血飛濺中，餘下兩人見情勢不對，就那麼躍下牆頭，落荒而逃。

寇仲跳到牆頭上，舉刀狂呼道：「竟陵軍必勝！江淮軍必敗！」

眾戰士齊聲響應，一時天搖地動。

寇仲高喝道：「開城！」吊橋降下，徐子陵領著三千戰士，策騎衝出，見人殺敵。敵人的攻城隊伍哪想到竟陵城竟敢開城，登時亂作一團，四散逃開。

另有二千人持著裝滿火油的罎子，將火油傾灑在敵人的攻城戰車上，又忙即放火點燃，更添聲勢。

寇仲瞧著城下火頭處處，心中卻是冷若冰霜，一絲不漏地察看敵我形勢。

戰鼓聲起。江淮軍兩翼的騎兵隊伍從左右兩方殺來增援，一時蹄響震天。

寇仲卓立牆頭處，狀若天神，舉劍叫道：「收軍！」馮青忙鳴鑼和吹響號角。徐子陵衝散了敵方一組近千人的盾牌步軍後，押著陣腳退返城內去。牆頭萬箭齊發，射得對方的騎兵一排排倒往地上，難作寸進。「砰！」吊橋關閉。不再待寇仲吩咐，城牆上軍民同聲高呼「竟陵軍必勝！江淮軍必敗！」歡聲雷動。

寇仲看到對方至少有一半攻城樓車、擋箭車和投石車陷在火海裏，舒了一口氣後下令道：「我們輪班休息，怎都可以捱過這三天的。」

馮青等此時對他已是心服口服，同聲答應。

「轟！」檑木像怒龍撞擊在城門處，發出震耳欲聾的一下巨響。敵人又猝然發動另一次狂攻。在牆頭一角倦極而眠的徐子陵醒了過來，睜眼一看，睡前本是完整的牆頭露出一個塌陷的缺口，城外漫山遍野火把光，耳內貫滿喊殺聲、投石機的機括聲、車輪與地面摩擦發出的尖響、石頭撞到地上或牆上的隆然震聲。

「嘩啦啦！」徐子陵不用看也知這一聲是滾熱的油傾倒到城牆下的聲音。長身而起，左手一揮，撈著一枝不知由哪裏射來的冷箭，沿牆頭朝主城門方向走去。

守城軍民正在來回奔走抗敵，人人眼睛血紅，腦中似是只有一個簡單的目的，就是以任何手段把來進犯的敵人堵住和殺死。牆頭上伏屍處處，殷紅的鮮血不斷添加在變得焦黑的血跡上，但誰都沒空閒去理會。天上密雲重重，星月無光。牆頭火把獵獵高燃，染得一片血紅，眼前所見有如人間地獄。

假若沒有記錯的話，現在該是江淮軍大舉攻城後的第八天。敵人的兵力不斷增加，又對其他城門假作佯攻，以分散他們的兵力。他和寇仲不眠不休地指揮著這場慘烈的護城之戰，到剛才實在支持不下，假寢半刻，豈知一下子就睡著了。

戰鼓驟響，他已有點分不清楚來自何方。「轟！」這次又是檑木撞在城牆的聲音，腳下似是搖晃了一下。「砰！」一座樓車剛在前方被推得傾跌開去，連著上面的江淮軍倒在城外地上，也不知跌傷壓傷多少人。

他終於看到寇仲。

這位好兄弟筆挺地傲立牆頭，俯視城外遠近形勢，不斷通過傳訊兵發出各種命令，一派指揮若定的統帥氣度。他身上染滿鮮血，恐怕連他自己也分不清楚哪些血是自己的，哪些是來自敵人的。

箭矢雨點般交射著。

徐子陵來到寇仲身旁，寇仲朝他瞧來，眼內滿布紅筋，把他扯往一旁道：「這次糟了，恐怕捱不過今晚。」

指著遠處道：「那邊的城牆被撞破了一個缺口，我們全賴沙石堵塞著，犧牲了很多兄弟，我看老爹快要親自出手。」

徐子陵皺眉道：「婦孺不是全離城了嗎？我們爲何還不撤走？」

寇仲苦笑道：「城中仍有這麼多軍人你說要走便走得成嗎？不要看現在人人奮不顧身，只要撤退命令發出去，包保他們爭相逃命，亂成一團。更何況我們和江淮軍已結下解不開的血仇。在他們乘勝追擊下，我們只有全軍覆沒的份兒。現在只有比比韌力，看誰捱不下去，唉！怎麼看都是我們捱不下去居多呢！」

徐子陵縱目四望，守城的竟陵軍民，在對方日以繼夜的猛烈攻勢下，已變成傷疲之師，若一旦被敵人突破缺口，攻入城內，由於雙方仇怨甚深，敵人勢必見人便殺。在這種情況下，以自己和寇仲的性格，怎都做不出捨他們而逃的事來，最後結局是一起壯烈殉城。寇仲的話正是這麼個意思。

寇仲再湊到他耳旁低聲道：「這大概是命中注定了呢！第一次當統帥便完蛋大吉。哈……噢……」

接著咳個不停。

徐子陵助他搓揉著背脊道：「你受了內傷？」

寇仲狠狠道：「剛才又來了幾個高手，給其中一個抽冷子打了一拳，不過他的臭頭卻給我割掉。」

此時有人倉皇來報：杜伏威的主力大軍移動了。兩人心中叫苦，硬著頭皮登上哨樓，馮漢、馮青都在那裏，人人臉色凝重，像是預見到末日的來臨。攻城的往後撤開，讓新力軍作新一波的強大攻勢。城牆外的原野屍骸遍地，似在細訴著這八天八夜來慘烈的攻城戰。廣闊的城野火光點點，漫無邊際。戰鼓號角齊鳴，馬蹄車輪聲，響徹天地。

寇仲見所有人的目光都集中在他身上，暗自苦笑，到今天他才明白到統帥的不易爲。

徐子陵陪他來到缺了一角的外牆處，馮漢沉聲道：「杜伏威現在把所有軍力均集中到這邊來，估計兵力達八萬人。而目下我們的人全加起來也不過一萬人間。敵人以八倍的兵力攻打我們，以眼前的形勢，我們很難捱過今夜。」

哨樓頂忽地刮起一陣狂風，吹得各人衣衫飄揚。

寇仲仰首望天，只見烏雲疾走，徐徐道：「假若天公作美，下一場大雨，究竟對哪一方有利。」

衆人同時劇震，學他般望向夜空。

馮漢道：「那我們就有救了！」

話猶未已，一道電光劃破天空，照得各人睜目如盲，又再一聲驚雷，把戰場上所有聲音全遮蓋過去。豆大的雨點照頭打來，由疏轉密，不片刻化作傾盆大雨，千萬火把逐一熄滅。

寇仲仰天長笑道：「感謝老天爺，因爲你老人家尚未要亡我寇仲，只要我能躲過杜伏威的親身追殺，終有一天竟陵會回到我寇仲手裏來！」

接著大喝道：「這場仗我們已輸了，立即分批撤退，我和徐爺押後，拚死保護你們安全離去。」

衆將見兩人義薄雲天至此，無不心頭激動。

徐子陵冷喝道：「還不即走，誰有把握去接杜伏威的袖裏乾坤。」

衆將全體跪下，拜了三拜，領命去了。

雷雨交加下，寇仲和徐子陵衣衫盡濕，卻仍對視長笑，說不盡的豪情壯氣。

雷雨交加下的竟陵城有如鬼域，寇仲和徐子陵兩人目送一批批的竟陵軍士匆匆從北門撤走。到最後一批包括馮漢、馮青在內的戰士撤退時，衆人均感依依不捨。

寇仲硬著心腸喝道：「走吧！遲些恐不及哩！」馮漢也分不清楚臉上的水滴是雨還是淚，悲叫道：「我們一起走吧！」徐子陵堅決搖頭道：「只有我們兩人才可引杜伏威追來，你們快走！」馮漢大叫道：「他日只要聽到兩位爺們舉義的消息，而我馮漢尚有一口氣在，定必來投附兩位。」說罷策馬追著隊尾而去，轉瞬沒入雨電交擊的茫茫暗黑處。

寇仲和徐子陵兩人策騎並肩緩緩而行，任由風雨打在身上馬上。每當電光閃爍，長街兩旁的店舖樓房都像透明了似的，有種說不出的詭異氣氛。

寇仲苦笑道：「想不到第一次眞正上戰場便吃個大敗仗，把整座竟陵城賠出去。哈！眞是好笑！我現在整個人麻木了，你曾見過這麼多人在你眼前死去嗎？」

徐子陵仰臉任由大雨傾盆洩注，像是要讓雨水洗去戰袍染上的鮮血和身上十多處大小傷口的血污，吁出一口氣道：「得得失失，怎能計較得那麼多？你和我只可盡力而爲，在任何情況下做好本分罷了！今天若是你大獲全勝，令你以爲得來容易，說不定會種下他日更大的敗因。哈！所以這回算是敗得好。」

寇仲捧腹狂笑，牽動了各處傷口，旋又變成慘哼，喘著氣道：「對成敗得失，我總不能像陵少你般瞧得那麼瀟脫，或許我是天生的俗人吧！他娘的！咦！」

兩人猛地勒馬停定。漫天風雨的長街前方，就在閃電裂破上空，照得天地一片煞白時，現出一道頎長的人影，就算此人化了灰，他們也能從他的高冠認出是杜伏威。他終於來了！

杜伏威發出一陣震耳狂笑，充滿了殺伐的味道，忽又收止笑聲，冷哼道：「人說虎毒不食子，但我杜伏威今晚必須在這雷雨之夜，出手收拾你這兩個不肖子，造化弄人，莫過於此。」

寇仲敬了一個禮後，「鏘」的拔出井中月，高舉頭上大笑道：「爲了爭霸天下，父子相殘、兄弟鬩牆，乃平常不過之事，老爹你何用介懷。」

破風聲從後面隱約傳來。寇仲和徐子陵交換個眼色，均知來的是杜伏威方面的高手。只是一個杜伏威已教他們難以應付，若陷進江淮軍高手的重圍內，哪還有命逃出生天。

徐子陵微笑道：「老爹請恕孩兒無禮！」猛夾馬腹，朝杜伏威衝去。

寇仲亦策馬前衝，井中月化作厲芒，破開風雨，朝杜伏威劈去。螺旋勁發，風雨被刀勢帶起，化成一束狂飆，隨刀先至，聲勢驚人之極。

徐子陵比寇仲快了半個馬位，到離杜伏威只有丈許，全力一拳擊出，掀起了另一股雨水，朝這縱橫江淮的霸主擊去。杜伏威哪想得到兩人進步了這麼多，更是首次遇上螺旋勁，不過他身經百戰，一個旋身，卸開徐子陵挾著風雨轟擊及身的怪勁，同時騰身而起，兩袖飛揚。

這兩袖乃他畢生功力所聚，實是非同小可。

「轟隆！」一道閃電，就在不遠處晝過。雷聲震響，長街明如白晝。

徐子陵猛勒馬韁，戰馬人立而起，朝杜伏威踢去。杜伏威微一愕然，徐子陵已滑貼馬側，腳尖踢中他的左袖。寇仲的井中月同時擊中他右袖。

徐子陵此著，其中實包含著極奧妙的道理。要知杜伏威本以爲會先擊上徐子陵，然後輪到寇仲，故此兩袖左重右輕，定計先把徐子陵拂下馬背，再全力對付寇仲。高手相搏，時間與招數的拿揑實有決定性的關鍵作用。豈知徐子陵利用戰馬，不但逼得杜伏威要臨時改變攻擊的角度，還遲緩了一線，無奈下急把左袖部分功力撤往右袖，以應付寇仲雷霆萬鈞的一刀，再打不響他本是天衣無縫的如意算盤。

「霍！霍！」兩聲後，接著是「叮」的一聲清響。

徐子陵有如觸電，整個人連著慘嘶的戰馬往後拋跌，駭人之極。

寇仲的井中月疾劈在杜伏威袖內乾坤的護臂處，立時被震得全身傷口迸裂，滲出鮮血。胯下戰馬被兩人交擊的氣勁撞得橫移時，他已騰身而起，井中月化作千萬刀影氣旋，把退了一步的杜伏威捲在其中。以杜伏威之能，亦不得不放過徐子陵，運起雙袖，全力應付神勇無比的寇仲捨命的一擊。

徐子陵承受了杜伏威絕大部分的內勁，在和馬兒一起背脊觸地前，噴出一口鮮血，功行全身，元氣又回復過來。

此時後面的伏兵已逼至三十丈之內，正全速趕來。徐子陵知此乃生死關頭，猛提一口眞氣，輕按墜地慘嘶的馬肚側處，借力滾地，直朝杜寇兩人交戰處急滾過去。十指勁發，十道螺旋勁氣像箭矢般射向杜伏威的雙腳。

杜伏威的第二個失誤，是想不到徐子陵能這麼快作出反攻，故雖心切撲殺寇仲，此時仍不得不先顧著老命，暴喝一聲，騰躍閃躲。

氣勢如虹的寇仲怎會錯過這千載難達的機會，井中月急攔腰掃去，卻任得臉門空門大露，完全是一派進手拚命的招數。

杜伏威提氣升起，變成頭下腳上，右手箕張如爪，抓往寇仲的天靈蓋。另一手戟指點出，勁氣直刺徐子陵背心。

這幾下交手快如電閃，三方面絞盡心思，各出奇謀妙著，令人嘆為觀止。

寇仲大笑道：「爹中計了！」倏地橫移，來到杜伏威下方，雙手握著井中月，往上疾砍，取的是杜伏威的咽喉。

徐子陵兩手撐地，借力斜竄，兩拳齊出，發出一股狂大無比的螺旋勁氣，夾著風雨朝寇仲頭頂上的杜伏威擊去，威猛無儔。

杜伏威的手下最近者已逼至十丈之內，只要杜伏威能多撐片刻，寇徐兩人休想有命離開。

以杜伏威的城府之深，仍禁不住生出悔意。當他得到竟陵軍棄城逃走的消息後，由於心切殺死兩人，故只帶著少數高手全速趕來，把其他手下均拋在後方，又想不到兩人的武功進步了這麼多，這是第一個失誤。第二個失誤是躍空閃躲，變得無法以巧勁應付兩人怪異無比的螺旋勁氣。即使以他的功力，亦難以同時硬拚兩人的全力一擊。

「轟！」

電光乍起，驚雷轟鳴之際，杜伏威使出壓箱底的本領，左袖掃向寇仲的井中月，而右袖則迎上徐子陵的雙拳。勁氣交擊。杜伏威噴出一口鮮血，拋飛遠處。徐子陵則墜往地面，也噴出一口鮮血。

寇仲一手把徐子陵扯起來，斜飛而起，躍上道旁一座樓房瓦頂處。兩名江淮軍的高手追撲而至，給寇仲反手一刀，硬生生砍回地上。杜伏威落在長街另一邊處，凝立不動。徐子陵這時給寇仲輸入眞氣，回復過來，一拳擊出，另一人亦應拳拋跌，「蓬！」的一聲掉在泥淖裏。

「轟！」天地一片煞白。回復黑暗時，兩人早不知所蹤。杜伏威大喝道：「不要追！」

杜伏威長長吁出一口氣，搖頭嘆道：「不愧是我的好兒子，你們追上去也沒有用。」

兩人滾下斜坡，掉在一潭泥淖裏，再無力爬起來。大雨仍是照頭照臉灑下來，雷電卻漸趨稀疏。

離開竟陵後，他們往北逃了三十多里路，到現在已是油盡燈枯，提不起眞氣。身上的大小傷口疼痛難當，兩人並排躺著，不住喘息。

寇仲辛苦地道：「你還休息過一會，我卻是連續八日八夜沒像現在般躺得四平八穩，哈！終究死不了，老爹竟奈何不了我們！」

徐子陵呻吟道：「不要那麼快自誇自讚好嗎？現在只要遇上個小賊，可要了我們的命。」

寇仲喘著氣笑道：「老天爺不會那麼不近人情的，嗯！若婠妖女在附近養傷可眞個有趣哩！」

徐子陵不再說話，調氣運息。寇仲闔起眼後再睜不開來，進入天人交感的深沉睡眠裏。大雨在黎明前終於停下，晴空驅散了烏雲，暮春的晨光灑在兩人身上。

到太陽昇上中天，寇仲首先醒來，睜眼一看，才知躺在一道小溪之旁，溪旁林木婆娑，景色極美。另一邊是座小山丘，斜坡長滿嫩綠的青草，坡頂林木茂密，果實纍纍。

寇仲挺腰坐起，昨夜的痛楚不翼而飛，傷口均癒合結疤，哈哈一笑，彈了起來，舒展四肢。

徐子陵被他驚醒過來，見他一身破衣，滿臉血污泥漬，卻仍是一臉歡容，坐起身抱膝奇道：「仲少爲何這麼開心呢？」

寇仲盤膝在他對面坐下，嘆道：「我從未感到生命像這一刻般寶貴。當你見到這麼多人在你眼前死去，便知道當時能活著實在是個天大的奇蹟。我並不是開心，而是享受活著的喜悅。嘿！你明白我的意思嗎？」

徐子陵點頭道：「說得好，至少我們仍有幾天生命去享受。」

寇仲虎目寒芒一閃道：「婠妖女雖然比老爹還厲害，但想殺我們仍非易事。最怕是她召來陰癸派的高手，甚至『陰后』祝玉妍，那我們肯定要完蛋大吉。你有甚麼好提議？」

徐子陵哂道：「瞧你成竹在胸的樣子，不如爽快點說出來吧！」

寇仲微笑道：「我的計畫可分作兩部分，首先隱藏起來，教婠妖女找不到我們。」

徐子陵恍然道：「你是指利用魯先生的面具扮成別人嗎？不過若我們走在一起，以婠妖女的精明，說不定仍可認出是我們改扮的。」

寇仲道：「路上這麼多發戰爭財的人，隨便找一檔加入同行，該不會那麼惹眼，而且還順便找尋玉成他們，希望他們沒有把私鹽丟掉就好了！」

徐子陵道：「另一部分又如何？」

寇仲眼中殺機大盛，狠狠道：「不是她死，就是我亡，我要盡一切手段，把陰癸派上上下下殺個清光，否則寇仲兩個字掉轉頭來寫。你反對嗎？」

徐子陵想起商鵬、商鶴等慘死的情況，點頭道：「完全同意！」

寇仲俯近少許，壓低聲音道：「婠妖女定然猜到我們會北上洛陽，更會設法與玉成他們會合。所以……哈……你該明白了……哈！」

徐子陵愕然道：「你不是想以玉成他們為釣餌把陰癸派的人釣出來吧！這樣等於拿玉成四人的生命

來玩耍。」

寇仲搖頭道：「這叫置之死地而後生，由今天此刻開始，我們要全心鑽研我們的奕劍之道，否則再碰上婠妖女也都是白搭，徒惹她恥笑。」

徐子陵哈哈一笑，站了起來，道：「上路前先洗個澡如何？」

天上灑著毛毛細雨，道上泥濘處處，濕滑難行。兩人在竟陵北五十里的一座小鄉鎮買得莊稼人的粗布麻衣，戴上面具，搖身一變，成了一老一少兩個採草藥的鄉下人，沿漢水重返襄陽。徐子陵變成個五十歲許，留著一撮山羊鬚，眼角額際滿布皺紋，一臉淒苦的老人家，加上佝僂著身體，寇仲都差點認不出他來，感覺怪有趣的。寇仲則變成年約三十，一面痲皮的醜漢子，還一副似乎頗懂武功的樣兒。井中月給他以油布包紮起來，以免洩露出底子。

他們在山野裏全速飛馳了兩日，到離襄陽三里許截入通往襄陽的官道，雜在行旅間朝襄陽前進。驀地蹄聲轟鳴，十多名壯漢策騎奔至，駭得路上行人紛紛讓路，待他們過後卻是破口大罵。

寇仲和徐子陵回到路上，繼續行程，前者道：「剛才那批人憑衣飾該是錢獨關的手下，看他們神色匆匆的樣子，說不定是得到竟陵失陷在老爹手上的消息，趕著飛報錢獨關。老錢這傢伙怕要沒幾晚好睡哩！」

徐子陵道：「長叔謀不是與錢獨關有勾結的嗎？而長叔謀則是老爹的祕密盟友，由此引伸，說不定錢獨關不用怕老爹也說不定呢？」

寇仲仰臉感受著毛毛細雨灑下的舒服感覺，道：「我看錢獨關只是不想開罪鐵勒人，故任得長叔謀胡為罷了！否則那回他就該聯合長叔謀來對付我們。老爹現在雖把竟陵奪到手中，卻是傷亡慘重，元氣大傷，暫時無力北上，錢獨關應該還有一段風流快活的日子可過。」

此時兩人登上一座小丘，襄陽城出現在遠方的迷茫細雨中，有種說不出淒清孤苦的味兒。尤其當想起竟陵的陷落，更使人感到它好景不長。

寇仲笑道：「入城後第一件事幹甚麼好呢？」

徐子陵聳肩道：「往南的水路被截，定有很多人滯留襄陽，想找個落腳的地方應是非常困難，我們看過城內有沒有玉成他們留下的標記後，立即離城，免得浪費寶貴的光陰。」

寇仲拍拍背上的井中月，伸個懶腰道：「我忽然有點手癢，很想大鬧一場。」

徐子陵失聲道：「甚麼？」

寇仲微笑道：「沒有甚麼，入城再說吧！」

快抵城門，只見城門口外堆滿了人，更有人悵然離開，原來自今午開始，錢獨關下令不許外來人入城。

兩人當然不放在心上，憑他們現在的鳥渡術，只要有根繩索，可輕易登上高逾十多丈的城牆。

正要找個攀城的好位置，一名僕人裝束，四十來歲的男子把他們截著，以充滿期待焦急的眼神瞧著他們道：「請問兩位是不是懂得治病的呢？」

徐子陵沙啞著嗓子道：「究竟是甚麼事呢，我們是懂得點醫術的。」

男子喜道：「我叫沙福，若老先生懂得治病，請隨我來，我們定不會薄待先生。」

兩人見他說得客氣，交換個眼色，寇仲粗聲粗氣道：「引路吧！」

沙福領路朝碼頭方向走去，邊行邊咕噥道：「我們本以爲到襄陽可找到大夫，哪知卻不准入城，幸好見到兩位背著山草藥囊，故試問一聲，豈知眞碰對了，兩位高姓大名。」

徐子陵捋著鬚子老聲老氣地道：「我叫莫爲，他是我姪兒兼徒弟莫一心，專以推拿穴位配藥治病，包醫奇難雜症，手到病除。」

寇仲聽得差點大笑，幸好及時忍住。

沙福喜道：「那就好了，我家小公子不知如何忽然陣寒陣熱，神智不清。唉！少夫人這麼好心腸的人，卻偏要受到這種折磨。」

兩人嚇了一跳。他們本以爲病的是成年人，只要運氣打通他的經脈，怎都該會有些好轉，當是做件好事。若是小孩患病，就沒有太大把握。

碼頭處更是人潮洶湧，不少是來自竟陵的難民，沙福帶著他們登上泊在岸邊的一艘小艇，艇上的健僕立即鬆脫繫索，把小艇駛往對岸停泊的一艘中型帆舟。雨粉仍灑個不休，天色逐漸暗沉下來，河道上不斷有船隻開出，趁入黑前離開襄陽。在這群雄割據，你爭我奪的時代裏，能安然擁有船舶的人，頗不簡單。寇仲和徐子陵裝作好奇地朝那艘帆船瞧去，只見甲板上站了幾名大漢，正居高臨下地盯著他們，神情木然。

不片刻小艇靠泊帆船左舷，沙福首先登上甲板，叫道：「大夫到了！」

寇仲和徐子陵交換個眼色，都看出對方擔心甚麼；若治不好小公子的病，會令那少夫人失望。但事已至此，只好跨步登船。

五名護院保鑣模樣的人迎上來，領頭的是個身形高頎的中年漢子，比寇仲矮了寸許，但已比沙福高出半個頭。此人臉孔窄長，眼細鼻歪，賣相令人不敢恭維。且神態傲慢，拿眼斜兜著兩人，頗不友善。

沙福介紹了兩人的姓名身分，向兩人道：「這位是馬許然老師……」

馬許然正朝寇仲打量，冷然打斷沙福道：「這位兄台須先留下佩刀，才可入艙爲公子診治。」

寇仲和徐子陵愕然互望，均感奇怪，爲何此人會故意刁難呢？

一把雄壯的聲音在艙門處傳來道：「規矩是死的，兩位朋友請進來，少夫人等得急呢！」

馬許然臉色微變，狠狠盯著那在艙門處說話的漢子，卻沒有作聲，顯是對他頗爲忌憚。沙福忙領兩人朝艙門走去。

那人走出艙口，原來是個胖子，膚色很白，有點像養尊處優的大商家，但眼神銳利，且胖得來卻能予人扎實靈活的感覺。朝兩人抱拳道：「在下陳來滿，不知老丈和這位仁兄如何稱呼？」

徐子陵沙啞著聲音道：「老夫莫爲，這是老夫的徒弟兼姪兒莫一心。救人如救火，可否立即領老夫去見小公子？」

陳來滿先狠狠盯了馬許然一眼，接著施禮道：「兩位請隨陳某來！」

兩人和沙福隨他步入艙房，馬許然一言不發地跟在背後，氣氛異常。

「叩！叩！」

艙門「咿呀」一聲打了開來，露出一張秀氣的臉龐。

陳來滿道：「小鳳，告訴少夫人，大夫來了！」

小鳳把門拉開，喜道：「大夫請進，少夫人等得心焦了。」

陳來滿向沙福使了個眼色，後者立即道：「我和馬老師在外邊等候吧！莫大夫請進！」

寇仲和徐子陵到現在仍弄不清楚馬許然的身分情況，但肯定這傢伙和少夫人的關係很有點問題，而陳來滿和沙福則是站在少夫人一方的。

不過這時他們擔心的卻是能否治好小公子的病，只好隨著陳來滿的胖軀跨入房內。

艙房頗爲寬敞，布置得古色古香，透出書香與富貴兼備的氣派，入門處擺置一組酸枝桌椅，靠窗處放著一張桃木造的大床，垂下羅帳。一位本坐在床沿的華服女子起立相迎，除婢女小鳳外，還有另一俏婢，室內充滿草藥的氣味。

寇仲和徐子陵定睛一看，均是眼前一亮。只見此女年約雙十，長得清秀可人，嬌小玲瓏，雖及不上婠婠近乎奇蹟的詭艷，比不上商秀珣孤傲的清麗，但卻另有一股媚在骨子裏且楚楚可憐的迷人風姿，令人心動。

陳來滿對少夫人異常敬重，搶前一步躬身柔聲道：「少夫人！大夫請來了。這位是莫大夫，另一位是莫大夫的徒兒。」

少夫人秀眸亮了起來，透出期待的神色，躬身道：「麻煩兩位先生，小兒……唉……」

她的聲音溫婉清柔，與她的風姿配合得天衣無縫，尤其此時語帶淒酸，欲語還休，誰能不爲之心生憐意。

徐子陵卻聯想到當年揚州賣饅頭包子的貞嫂，她亦常露出像少夫人般的神態，總似在默默控訴著生命的不公平和委屈，心中一軟道：「請問小公子如何發病的？」

少夫人一對秀眸隱泛淚光，垂下螓首道：「今早起來，小珠侍候進兒時，進兒就是這樣子呢！」

她身旁的侍婢小珠立即淚下如雨，泣不成聲，激動得有點過了分。

陳來滿指示小鳳把小珠扶出房去，道：「莫大夫請過來，不用拘禮。」

寇仲暗裏推了徐子陵一把，後者只好收拾情懷，硬著頭皮移到床旁。一位三、四歲許的稚童，正閉目而臥，俊秀的臉龐蒼白得嚇人，呼吸短而促，令人看得好生憐愛。

徐子陵坐到床沿，探手棉被內，找到他的小手。剎那之間他的眞氣已游遍了他的奇經八脈，一種難以形容的連他自己都難以解釋的直覺湧上心頭，心中劇震道：「小公子是中了毒！」

包括寇仲在內，床旁的三個人同時一震。

寇仲吃驚的原因卻與少夫人和陳來滿不盡相同。因爲三人中只有他清楚徐子陵並沒有如此把脈診症的本領。

少夫人臉上血色褪盡，差點昏倒地上，嚇得陳來滿和寇仲兩人扶又不是，不扶則更不是。

陳來滿焦急地道：「夫人小心！」

幸好少夫人很快回復過來，熱淚奪眶如出，淒然道：「怎會是這樣呢？莫大夫有辦法救他嗎？」

寇仲忙作安慰，衝口而出道：「少夫人放心，家叔乃行走江湖，嘗盡百草的妙手神醫，必可……嘿……」

陳來滿踏前一步，來到徐子陵的一側，眉頭深鎖道：「莫大夫有多少成把握？我也曾爲小公子探脈，他確是經脈紊亂，急促疲弱，但看氣色卻沒有絲毫中毒的現象。」

徐子陵手往下移，掌貼小公子的右腳心，閉上眼睛，以夢囈般的語調道：「這是一種奇怪的熱毒，深藏臟腑之內，破壞小公子的生機，老夫有十成把握可斷實情如此。」

少夫人終立足不穩，纖手按到徐子陵肩膀上，勉強站穩，飲泣著道：「大夫能治好他嗎？」

徐子陵雙目猛睜，神光一閃即逝，幸好背著陳來滿這會家子，否則早露出馬腳，沉聲道：「一心！你給我按著小公子的天靈穴。」

寇仲暗忖哪有這種治病的方式，但當然也明白這是他們驅毒的唯一方法，移到床頭坐下，左掌緊貼在小公子頭蓋上。

陳來滿首先感到不妥，疑惑地道：「莫大夫懂得運氣驅毒之法嗎？」

要知除非是內行高手，能把眞氣控運自如，始有資格把眞氣送入別人體內經脈去，不致出岔子。至於以眞氣爲別人療傷，則難度會大幅增加，還須對經脈穴位有明確的認識才成。而以眞氣驅除藏在五臟六腑，與血脈成爲一體的毒素，則只有頂尖級的高手或能辦到。陳來滿便自認沒有這種本領，故有此問。卻不知寇仲和徐子陵來自《長生訣》的先天眞氣，不但全賴摸索學成，而且本身自具療傷驅毒的作用。所以當日沈落雁毒他們不倒，此自非陳來滿所能明白。

寇仲把眞氣貫頂而下，與徐子陵的眞氣在小公子的丹田氣海處匯合，徐子陵把心神從少夫人按在他肩頭的冰冷小手處收回來，淡淡道：「這是傳自先祖的家傳驅毒大法，能根除任何奇毒，陳老師請忍耐片刻，便知究竟。」

寇仲爲了分他心神，使他不再對他們的來歷深究，接口道：「究竟是誰下的毒呢？」

少夫人站直嬌軀，挪開按在徐子陵肩頭的纖手，朝陳來滿瞧去。兩人目光相觸，均露出驚懼神色，卻都欲語還休，沒有把心中想到的話說出來。寇仲何等精明，不再追問。

兩人寒熱兩股螺旋眞氣已然形成，在眨眼的高速下，掠過小公子全身。小公子頓時渾身劇震，竟

「啊」的一聲坐了起來，睜開漂亮的大眼睛。寇徐兩人也想不到自己的驅毒神功靈驗至此，愕然以對。少夫人喜叫一聲，不顧一切地把茫然不知發生了甚麼事的寶貝兒子摟個結實，流露出感人至極的母子眞情。

徐子陵像給千萬根銀針刺在手掌般，一陣痲痛，心知毒素全收到掌內，暗叫厲害，想了一想，運功化去。

兩人長身而起，扯著佩服得五體投地，感動得熱淚盈眶的陳來滿到了靠門的房角處。

寇仲道：「究竟是誰下此毒手，需否我們再出手幫忙？」

陳來滿似有難言之隱，猶豫半晌後，才道：「可能是給不知甚麼毒蚊毒蟲叮了一口吧，兩位大恩大德，我陳來滿和少夫人永誌不忘……」

少夫人摟著小公子來到兩人身前，著小公子叩謝大恩，打斷了他們的對話。

沙福、馬許然、小鳳、小珠四人聞聲擁進房來，其中馬許然和小珠的神色有點不自然，寇徐兩人看在眼內，心中開始明白必是家庭內的鬥爭。

小公子看到小珠，露出惶然神色，躲在母親懷裏，指著她叫道：「娘！小珠姐拿針刺進兒。」

衆人的目光同時射在小珠身上。小珠臉色倏地轉白，雙目凶光閃過。徐子陵和寇仲心知不妥，有意無意地移到小珠和少夫人母子之間。陳來滿冷哼一聲，待要出手，馬許然已先他一步，往小珠撲去，恰好阻截了陳來滿的前進路線。

此時小珠正和小鳳並肩立在入門處，見馬許然探手抓過來，夷然不懼，閃電般退出門外，顯示出高明的身手。馬許然和陳來滿先後追了出去，風聲遠去。

徐子陵和寇仲面面相覷，憑小珠的身手，竟肯屈身為婢，又毒害稚兒，可推知少夫人的夫家必不是一般富貴人家，且更牽涉到甚麼惹人垂涎的利益。

小鳳和沙福驚魂甫定，侍候少夫人和小公子到一旁坐下，陳來滿和馬許然兩手空空的回來，自是讓小珠成功逃去。

陳來滿帶著慚愧之色報告道：「來滿辦事不力，請少夫人降罪。」

少夫人搖了搖頭，道：「誰都料不到會有這種事情，責不在陳老師，何罪之有？」

寇仲見馬許然毫無愧色，忍不住冷笑道：「馬老師剛才暗助小珠逃走，卻又該當何罪？」

此語一出，人人臉上變色，變得最難看的當然是馬許然，雙目殺機閃現，瞪著寇仲道：「你這兩句話是甚麼意思？」

寇仲不屑道：「明人不作暗事，只有卑鄙之徒才會扮作明是出手，暗中卻在放那害人精逃走。馬老師該知江湖規矩，有膽子做這種事便該有膽子承認。」

馬許然提起雙手，凝聚功力，冷笑道：「我的規矩卻是出口傷人者死，胡言亂語者必惹大禍，待我看看你這兩個江湖郎中有甚麼斤兩。」

沙福和小鳳駭得避在少夫人和小公子兩旁，陳來滿則是心中一動，沒有說話，只移到少夫人身前，護著她們。

勁氣鼓盪。徐子陵像不知馬許然要出手般，逕自佝僂著身體攔在出門處，截斷了馬許然這方向的逃路。寇仲同時橫跨兩步，封死對方由艙窗逃走的路線，與徐子陵把馬許然夾在中間，冷笑道：「我的規矩則是你若能擋我三刀，又肯跪地認錯，任你離開。」

少夫人把小公子摟入懷裏，不讓他觀看即將發生的惡鬥。

馬許然雙目亂轉，心中叫苦。剛才寇仲和徐子陵移動時，身法步法均使他有種無隙可乘的奇異感覺，一時無法出手，且剎那間便使他陷進前後受敵的劣境。而和他功力相若的陳來滿卻在旁虎視眈眈，這場仗如何能打？心念猛轉，忽然垂下雙手，面向少夫人道：「許然清清白白，請少夫人爲許然作主。」

衆人想不到他如此窩囊，均愕然以對。

少夫人嘆了一口氣道：「這種事哪輪到婦道人家來管呢？」

馬許然臉色劇變時，寇仲閃到他身後，一指戳往他背心。馬許然應指倒地。

寇仲哈哈笑道：「快將馬老師紮個結實，再嚴刑侍候，保證可查出誰在背後指使。哼！眞窩囊。」

少夫人擁緊愛兒，目光落在地上的馬許然處，正要說話，襄陽城那方傳來一陣陣的喊叫聲。衆人盡皆愕然。

第五章

血戰長街

黃易作品集

第五章　血戰長街

靠襄陽城那邊的江岸亂成一團，泊在碼頭的船有三、四艘著火焚燒，送出大量的火屑濃煙往本是晴朗的夜空竄去。碼頭的十多個用竹木搭成的貨棚，無一倖免地燒得劈啪作響。

哭叫呼喝的聲音震天響起，火光映照下，數千候在城門外的難民和商旅狼奔鼠突，任誰瞧過去都分不清楚誰是強徒，誰是受害者。趕到甲板上的徐子陵和寇仲看呆了眼，暗忖縱是十個寧道奇恐怕也控制不了目下混亂的場面。

陳來滿色變道：「定是馬賊來搶掠財貨，立即起錨開船。」眾手下應命而去。

寇仲向徐子陵道：「叔叔！我們還要入城探親呢！」

徐子陵早忘了自己的身分，驟然聽到他喚自己作叔叔，差點笑了出來，強忍著點頭道：「一心說得對，陳先生請代告知夫人，我們要走了！」

另一邊的沙福急道：「我們尚未給兩位酬金啊！」

寇仲伸手拍拍他肩頭，嘻嘻笑道：「幸好得沙管家提醒，不瞞你說！我們一向只知行俠仗義，時常忘了討取酬金訟費，哈！管家眞是明白人！」

陳來滿醒悟過來，道：「兩位請稍待片刻。」隨即掠進艙裏。

徐子陵瞧著對岸的人影火光，心中泛起有心無力的無奈感覺。不論自己的武功練得如何高明，但在眼前這種情況下，根本起不了任何作用。只有當天下歸於一統，政令可以確切執行，使一切重上正軌。自己應否助寇仲達到這一個目標呢？

寇仲絕對會是個愛民如子的好皇帝，不會變成另一個楊廣。

在陳來滿的陪同下，少夫人來到甲板上，盈盈步至兩人身前，福身道：「兩位先生既身有要事，碧素知難以挽留，他日若有機會到洛陽去，務請到城南石湖街沙府，碧素必竭誠款待。」

徐子陵與她清澈的眼睛相觸，心中掠過一種難以形容的感覺，那並非甚麼男女之情，因爲少夫人的眼神純淨無瑕，但卻透出深切的孺慕與感激，甚至渴望得到自己的保護和長輩的愛寵。

壓下心中奇異的波盪後，徐子陵淡淡道：「少夫人眞客氣，假設我們到洛陽去，必會到貴府拜候少夫人。」

少夫人與他眼神接觸，亦是芳心一顫，她從未見過一個老人家有雙像徐子陵那樣的眼神。並不是對方的眼神明亮銳利，也不是深邃莫測，而是其中包含著深刻引人的智慧和深情，令她生出對長輩倚賴孺慕的微妙情緒。立時駭得她低垂螓首，把手中沉甸甸的錢袋奉上道：「些微薄酬，實不足表示碧素對先生的感激，請先生收下吧！」

寇仲立時兩眼放光，撞了徐子陵一把。徐子陵心中暗罵，伸手接過，指尖觸到少夫人的纖手時，以他的涵養，亦不由心中一蕩。而少夫人被他的指尖碰到，立感一股火熱傳遍嬌軀，這是從沒有想像過的感覺，全身一顫，差點叫了起來。

寇仲猛扯徐子陵，兩人一聲多謝，騰身而起，先落在河心的一艘船上，再往對岸掠去，沒進火光人影裏去。少夫人芳心湧起從未有過的失落感覺，像他們這般的奇人異士，她還是首次遇上。這一老一少兩個人，容貌並不討好，但在少夫人眼中，卻是救回她愛兒的大恩人，且和他們相處時間愈多，愈感受到他們善良率眞的性格、英雄俠義又深藏不露的風儀。何時可再見到他們呢？

寇仲和徐子陵踏足岸旁實地，四周全是逃難的人遺下的衣貨雜物，地上伏屍處處，令人不忍目睹。能逃走的人均已散去，泊在碼頭旁的幾條船仍陷在烈焰濃煙中。

襄陽城火把通明，顯示錢獨關正密切監視城外的動靜。東南方一片樹林後仍有喊殺聲傳來，兩人放開腳程，全速奔去。

直到此刻，他們仍摸不清楚剛才究竟發生了甚麼事。片晌後，他們急趕近三里路，把襄陽城的燈火拋在後方，喊殺聲更接近了。兩人提氣增速，不一會穿林而出，來到林外的曠野處，劍氣刀光立時映入眼簾，似是十多簇人正交手拚鬥。再定睛一看，登時看呆了眼睛，原來十多簇加起來達三百多的武林人物，只在圍攻一個人，此君正是跋鋒寒。

寇仲拉著徐子陵退回林內，往外瞧過去，吁出一口涼氣道：「風濕寒這回死定了，爲何卻不見他的紅顏知己瑜姨呢？」

徐子陵也給弄糊塗，更不明白眼前事件與早先城外那場殺人搶掠放火有甚麼關係。

在高舉的火炬下，林外曠野中十多簇顯是分屬不同幫會門派的人，井然有序地分布在四方，把跋鋒寒圍在中心處，正以車輪戰術不斷派人出手加入圍攻的戰圈去。跋鋒寒身上有兩三片血漬，神情雖略見疲倦，但仍是行動如風，在七、八人圍攻下進退自如，手上寶劍反映著火炬的光芒，閃跳不已，劍鋒到處，總有人要吃虧。地上已伏了十多條屍體，當然是他的傑作。不過敵人後援無窮，若他不能突圍逃走，始終會力竭身亡。

「噹！噹！噹！」跋鋒寒劍光忽盛，揮劍進擊，聲勢暴張，旋飛一匝，兩名與他對手的灰衣大漢，凌空拋飛，又爲地上添加兩具死狀可怖的屍骸。

有把嬌滴滴的女子聲音道：「宜春派二當家請派人出手！」其中一組立即撲出四個人，兩矛兩斧，展開一套綿密柔韌的聯手招數，把正要逃走的跋鋒寒硬是困在原處。

徐子陵和寇仲循聲望去，發號施令的是位秀髮垂肩的白衣女子，身形勻稱，風姿綽約，在熊熊火光下，雙眉細長入鬢，膚色如玉，顏容如畫，煞是好看。她身旁盡是女將，八名年輕女子英氣凜凜，都是黃色勁裝，背掛長劍，把她護在中間。而她顯是策畫這次圍攻跋鋒寒的總指揮，看她調動人馬，恰到好處地攔截著跋鋒寒，知她是個厲害人物。

女子又發話道：「清江派、蒼梧派退下，江南會、明陽幫補上。」

圍攻跋鋒寒的立時大部分退下來，剩下四名宜春派的高手纏死跋鋒寒，而另兩組人立即加入戰圈，殺得跋鋒寒沒有喘一口氣的時間。跋鋒寒顯因剛才力斃二敵，耗用眞元，竟無法趁機脫出戰圈，重陷苦戰之中。「啊呀！」跋鋒寒寶劍掣動一下，飆茫倏隱，宜春派一名使矛高手應劍送命。不過好景只像曇花一現，衆新力軍刀劍齊施，人人奮不顧身，把戰圈收窄，跋鋒寒能活動的空間更小了，險象橫生。

女子叫道：「巴東派陳當家請親自出手！」

話聲才落，一名持杖大漢騰躍而起，飛臨跋鋒寒上方，照頭一杖打下去，時間拿捏得恰到好處。

寇仲和徐子陵爲白衣女高明的眼光咋舌，跋鋒寒冷哼一聲，幻出重重劍浪，硬把圍攻的人逼開，接著往上反擊。「嗆！」巴東派的陳當家連人帶杖，給他震得拋飛開去，還噴出一口鮮血。

不過跋鋒寒亦是好景不長，圍攻他的人趁機合攏過來，一陣刀兵交擊的聲音後，兩人中劍跌斃，跋鋒寒亦一個踉蹌，給人在肩背處打了一記軟棍。三刀一劍，分由四個角度朝失了勢子的跋鋒寒劈去，均是功力十足，勁道凌厲。眼看跋鋒寒命喪當場，這小子忽然雄軀一挺，畫出一圈虹芒，護著全身，敵人的兵器只能劈中劍光，隨即踉蹌後退。另六人立即補上，不給他任何休息的機會。

白衣女指示其他人退下，接著點了四個人的名字，不是派主就是龍頭當家的身分，殺得跋鋒寒失去了叱叫怒喝的氣力。

寇仲湊到徐子陵耳旁道：「總算是一場朋友，上次在襄陽這小子又對我們相當不錯，要不要救他呢？」

徐子陵奇道：「仲少你不是一向對他沒甚麼好感嗎？」

寇仲有點尷尬道：「當是爲瑜姨做點好事吧！」

徐子陵微微一笑，點頭道：「你是怕沒有了跋鋒寒，武林會失色不少吧！哈！出手吧！人多欺人少，算甚麼英雄好漢。」

外面的跋鋒寒此時一改先前硬拚搶攻的打法，劍法變得精微奧妙，緊密防守，覷隙而進，不片刻再有兩人濺血倒地，可是明眼人都知道他沒有餘力突圍，不得不轉採守勢，希冀延長被擊倒的時間。

寇仲壓低聲音道：「我們最好先脫下面具，否則人人曉得我們懂得易容改裝，以後大大不妙。」

兩人立即脫下面具，收好後對視一笑，疾奔而出。

寇仲一聲大喝，拔出井中月，搶先撲上。那些圍攻跋鋒寒的人像早知會有人來救援般，在白衣女一聲令下，最接近樹林的兩組人各分出四人，迎了上來。寇仲健腕一翻，井中月化作漫天刀光黃芒，怒潮般往敵人捲去，氣勢如虹。

徐子陵則大叫一聲「小弟來了！」縱身斜沖天上，向戰圈投去。跋鋒寒聞聲精神大振，劍光驟盛，把四周的敵人逼得慌忙跌退，進手一劈，又一人應劍拋跌，死於非命。

迎往寇仲那八個人面對寇仲的井中月，無不泛起自己全被對方刀勢籠罩，沒法進攻的可怖感覺。最使他們吃驚的是對手的刀氣帶著一股螺旋急轉的勁道，極之難測難禦，嚇得紛紛退避。

寇仲飛起一腳，踢翻一個敵人，已深入敵陣內。敵人再也不能保持先前的從容姿態，亂作一團，毫無法度地朝寇仲殺過來。

徐子陵這時已抵達圍攻跋鋒寒的戰圈外圍處，雙拳擊出，「蓬蓬」兩聲，兩名敵人被他的螺旋氣勁轟得打著轉橫跌開去。他足踏實地，踢開了貼地掃來的一根鐵棍，左掌似是飄忽無力地拍在一面盾牌上，持盾者立即噴血倒退。

跋鋒寒是何等人物，壓力驟鬆下，倒撞往後，寶劍若風雷迸發，先磕飛一把大斧，接著切入另一人刀光裏，以劍背把一名黑衣中年漢掃跌於尋丈開外，長笑道：「兩位果然是跋鋒寒的朋友。」

圍攻他的戰圈登時冰消瓦解。

徐子陵格擋著四方八面攻來的刀矛劍戟，大叫道：「不宜久留，我們找個地方喝茶去。」跋鋒寒一聲應命，殺得四周的敵手人仰馬翻，剎那間和徐子陵會合一起，往寇仲方面衝殺過去。

整個戰場亂作一團，由先前的井井有條，變得各自爲戰，白衣女的嬌叱發令再沒人有閒情去聽。

徐子陵和跋鋒寒並肩作戰，眞是所向披靡，何況他們是全心逃走，誰能阻止。和寇仲會合後，聲勢陡增，倏忽間突破包圍，從容逃去。

襄陽城西十五里一座山谷裏，跋鋒寒、徐子陵、寇仲在一道從山壁隙縫飛瀉而下所形成的小潭旁喝水休息。

跋鋒寒累得半死，緩緩解下上衣，露出精壯隆起的肌肉和三處傷口，忽地搖頭嘆道：「丌那婆娘眞厲害，使我一時疏神，幾乎栽在她手上。」

寇仲正跪在小潭旁，掬水洗臉，冷水流進頭項裏，痛快之極，聞言道：「跋兄說的是否那白衣婆娘，生得挺美的，究竟她是何方神聖，能讓這麼多不同幫派的人聽她指揮？」

跋鋒寒這時脫得只剩短褲，雄偉如山的軀體移進潭內，往飛瀑涉水走去，漫不經意地答道：「這婆娘叫鄭淑明，乃前大江聯盟主江霸遺孀，你們聽過大江聯嗎？那是結合了大江附近十多個大小門派的一個聯盟，自江霸給我宰了後，鄭淑明暫時代替江霸的位置。其實一向以來大江聯的事務都是由這婆娘打點的。」

徐子陵卓立潭邊，瞧著任由水瀑照頭沖在身上的跋鋒寒，皺眉道：「跋兄爲何殺死江霸呢？」

跋鋒寒聳肩道：「實在沒有甚麼道理可說的，他代人出頭，找上了我，又技不如我以致掉了性命，就是如此而已。」

寇仲躺了下來，閉上虎目，舒服地吁出一口氣道：「跋兄的仇家，恐怕比我們還要多！」

跋鋒寒微微一笑道：「寇仲你最好學徐兄般多站一會。每逢力戰之後，最好不要這麼躺下休息，對修練有損無益。像我現在累得要死，也要強撐下去，不讓勞累把我征服。哈！剛才殺得眞痛快。」

寇仲嚇得跳了起來，道：「眞是這樣嗎？」

跋鋒寒啞然失笑道：「你倒受教聽話。」接著指著左臂一道長約三吋的刀傷，嘆道：「這刀是明陽幫副幫主謝厚畫的，他的刀法專走險奇，在群戰中每生奇效，若我當時不那麼心切殺人，劍勢不去得那麼盡，謝厚肯定傷不了我，也不用因我的反擊而身亡。生死只是那麼一線之判。」

徐子陵仰首望天，谷上的夜空已是殘星欲斂，天將破曉，淡淡問道：「跋兄此次來中原，究竟是否只為了惹事生非，妄逞意氣，大開殺戒呢？」

跋鋒寒離開水瀑，立在潭心，一派威壓天下的氣勢，哈哈笑道：「寇仲絕不會問這種問題，可見徐兄的英雄氣概下，實有一顆婦人柔弱的心。這或可討娘兒歡喜，卻非大丈夫的行藏。」

頓了一頓，雙目寒芒閃閃地盯著朝他看來的徐子陵昂然道：「大丈夫立身處世，最重要是放手而為，邁向自己立下的目標；凡擋在這條路上的，任他是武林至尊、天皇老子，都要一劍劈開。我跋鋒寒豈會無聊得去惹事生非，更不屑與凡夫俗子打交道。劍道只能從磨練中成長，我到中原來是本著以武會友的精神，可是敗於我劍下者總不肯心服，遂變成糾纏不清、不擇手段的仇殺，但我跋鋒寒又何懼之有呢？」

「噗通！」脫得赤條條的寇仲一頭栽進深只及胸的潭水裏，水花濺得潭邊的徐子陵衣衫盡濕，再在跋鋒寒旁冒出頭來，喘著氣笑道：「跋小子你說話倒漂亮，甚麼我跋鋒寒何懼之有，不要忘記剛才差點給人剁成肉醬，虧你還擺出這麼不可一世的可笑樣兒。」

跋鋒寒啼笑皆非道：「你對我愈來愈不客氣呢！不過我卻感到挺新鮮的。因為從沒有人以這種朋友和不客氣的語調和我說話。」

接著冷哼一聲道：「不妨告訴你，我有一套催發功力的霸道心法，倘一經施展，當時必可闖出重圍，但事後必須調息六個月方能復元。所以我仍然很感激你們出手幫忙，縱使你們冷嘲熱諷，亦不介懷。」

潭旁的徐子陵蹲了下來，抹著臉上的水珠道：「你的武功究竟是怎樣學來的？爲何會開罪畢玄？」

寇仲奇道：「小陵你爲何被人說得這麼寒磣不堪，仍一點不動氣，且不反駁？」

徐子陵瀟灑地聳聳肩道：「每個人有他的看法，婦人之心若代表的是善良和溫柔，也沒甚麼不妥。對嗎？」

跋鋒寒露出一絲笑意道：「徐子陵確是徐子陵，難怪琬晶會對你那麼欲捨難離。」

接著整個人浸進潭水裏，冒出來時，一雙虎目射出緬懷的神色，緩緩道：「我自懂人事以來，便是在馬賊群中長大，只知誰的刀子鋒利，就不用受別人的氣，唉！我已很久沒想起以前的事。」

旁邊的寇仲長身而起，只比他矮上寸許，體型氣魄卻是毫不遜色，道：「那就不說好了。對了！你不是和瑜姨一道的嗎？爲何現在只剩下你一個人？」

跋鋒寒苦笑道：「我和她失散了！」

兩人失聲道：「甚麼？」

三人坐在潭旁，跋鋒寒道：「當日我和君瑜離開襄陽，從陸路北上洛陽，趕了三天路後，抵達南陽郡。」

寇仲問道：「南陽郡是誰在主事？」

跋鋒寒正以衣袖抹拭擱在膝上的長劍，答道：「南陽屬於王世充，由他手下大將『無量劍』向思仁把守，這傢伙頗有兩下子，與王世充像有點親屬關係。」

徐子陵有感而發道：「你倒清楚中原的情況，我們對這種誰是誰的仇家，誰是誰的親戚，便一塌糊塗！」

跋鋒寒微笑道：「只是我肯用心留意吧！況且很多事是君瑜告訴我的，聽過就不會忘記。」

寇仲插入道：「之後究竟發生甚麼事？」

跋鋒寒道：「本來只是小事，給一批來自塞外的仇家盯上我們，打了場硬仗，殺傷對方幾個人後，我們連夜離開南陽，繼續北上，豈知在途中又遭到伏擊。」

他說來輕描淡寫，但兩人可想像到當時戰鬥的激烈，否則跋鋒寒和傅君瑜不用落荒而逃。哪一方面的人有此實力呢？

寇仲心中一動道：「是否遇上畢玄那陰陽怪氣的徒弟拓跋玉和他浪蕩風流的俏師妹？」

跋鋒寒愕然道：「你們怎會認識他們的？」

寇仲道：「這事說來話長，究竟是不是他們？」

跋鋒寒奇道：「寇仲你今晚是怎麼了，似乎很沒有耐性的樣子。」

寇仲呆了半晌，同意道：「我的確有點異乎尋常，很容易生出不耐煩的情緒。究竟是甚麼原因？」

徐子陵道：「定是預感到會有某些事情發生，偏又說不出來，對嗎？因爲我也有少許不祥的感覺。」

跋鋒寒笑道：「不要疑神疑鬼了！總言之當我們三個人在一起，即使畢玄要來惹事生非，也要考慮換個日子，你們有甚麼好擔心的。」

寇仲拍腿道：「說得好！老跋你有沒有覺得自己是個很難相處的人呢？問你事情，你總是吞吞吐吐，不是顧左右而言他，便是答非所問，究竟你是怎樣和瑜姨走散的？我關心的是我娘的師妹的安危啊！」

跋鋒寒莞爾笑道：「是你自己岔到別處去吧！你是不是看上拓跋玉的俏師妹淳于薇呢？」

這次輪到徐子陵不耐煩道：「跋兄快說吧！」

跋鋒寒忽地收起笑容，雙目生寒，露出一個冷酷得令人心寒的笑容，沉聲道：「我們在一座古廟內遭陰癸派的第二號人物邊不負截擊，他一句話不說立即動手，我獨力架著他，讓君瑜先溜走，但當脫身到指定地點會她，卻沒有等到她。我怕她是給陰癸派的人算倒了。所以搜遍附近數十里的範圍，最後根據一些蛛絲馬跡，尋回襄陽來，豈知遇上鄭淑明那賤貨。」

兩人聽得面面相覷。

寇仲抓頭道：「邊不負是哪裏鑽出來的傢伙，為何從未聽人提過他的名字。」

跋鋒寒道：「邊不負是祝玉妍的師弟，此人武功之高，實我平生僅見，隨便舉手投足，我的劍也要變化幾次才能封擋得住，打得我非常吃力。不過他輸在智計遜我半籌，否則現在就不能和你們一起等待黎明的來臨。」

兩人抬頭望天，第一道曙光出現在東邊的天際處。

跋鋒寒漫不經意地道：「他是琬晶的生父。」

兩人失聲道：「甚麼？」

跋鋒寒微笑道：「若不是琬晶長得像他，我怎能一眼把他認出來。邊不負乃魔教裏的隱士，他的外號是『魔隱』，是否又嫌我把話岔遠了？」

寇仲哂道：「我理他是魔隱還是屁隱，卻可肯定他頂多是陰癸派的第三號人物，若你遇的是眞正的第二號人物婠妖女，包保待會的太陽光沒有你照上的份兒。」

跋鋒寒神色凝重地道：「陰癸派的傳人終於踏足江湖了嗎？可否告知詳情呢？」

兩人遂你一言我一語，把與婠婠的轇轕說出來。

跋鋒寒沉聲道：「想不到陰癸派新一代的傳人厲害至此，跋某倒要見識一下。假設能把她拿著，可向陰癸派作任何交易。不過你們的計畫過於被動，首先還要找到你們的四位兄弟，而這一切尚是未知之數。」

徐子陵淡淡道：「陰癸派爲何要勞師動衆來對付跋兄？」

跋鋒寒露出一絲笑意，掃了兩人一眼道：「你們理該最清楚，婠妖女既和長叔謀、杜伏威聯成一氣，奪得竟陵，當然代表了祝玉妍和曲傲有携手借老杜打天下的協議。而我和君瑜竟然於無意間破壞了他們要對付你們和飛馬牧場的行動。魔教專講以血還血，有仇必報，只是這點，足可使陰癸派不惜一切來殺死我。」

寇仲和徐子陵同時色變。

跋鋒寒明白他們擔心的原因，冷哼道：「兩位不必過分擔心，你們的瑜姨乃奕劍大師傅采林的嫡傳弟子，無論祝玉妍如何不把天下人放在眼內，也不會蠢得結下這種動輒可傾覆陰癸派的大敵。他們要對付的只是跋某人，假若我們能擒下婠妖女，便可和祝玉妍談判換人。」

寇仲倒抽一口涼氣道：「過了這麼多天，婠妖女說不定已完全復元，若加上個甚麼邊不負和幾個陰癸派的嘍囉，我們能否逃生頓成問題，何況還要生擒她，跋兄定是在說笑。」

跋鋒寒露出一絲充滿自信的笑意道：「假若我們能在短期內武功突飛猛進，以靜制動，然後突然出擊，專揀敵方的重要人物不擇手段施以暗算，你們認爲又是如何呢？」

寇仲和徐子陵聽得面面相覷，連忙請教。

跋鋒寒一對銳目閃動著冷酷得教人心寒的殺機，緩緩道：「一向以來，我之所以要四處找高手挑戰，皆因苦無夠斤兩的對手，若兩位仁兄肯和我對拆鑽研，以己之長，補彼之短，只要有十天八天的功夫，可勝過其他人十年八年的努力。這一著任誰也不會想到。我們勝在年輕，又在不斷的進步中，缺乏的只是新的刺激。」

寇仲拍腿叫絕道：「虧你想得到，不過我卻有一事不明，你和我們的關係一向不大妥當，爲何卻肯這麼推誠與我兩兄弟合作？其實陰癸派的主要目標是我們而非跋兄，但這麼一來，跋兄將會與陰癸派和曲傲結下不可解的深仇。」

跋鋒寒仰臉迎接第一道灑入谷內的陽光，微笑道：「我慣了獨來獨往，與你們合作只是權宜之計；只爲了這對大家都有說不盡的天大益處，也是我們邁向武道最高峰的修練過程裏無比重要的一步。說不定有一天我會和你們劍鋒相對，但在眼前這段日子裏，我們唯一求存之法，是拋開過去的一切恩怨，共抗大敵。哼！誰想要我跋鋒寒的命，都不會有甚麼好日子過的。」

寇仲點頭道：「跋兄的口才眞厲害，我聽得非常心動。不過我們總不能整天打來打去，閒時還得出動去探聽消息，看看敵人有甚麼動靜。」

徐子陵反對道：「這就不算以靜制動。我們昨晚已露行藏，婠妖女誇下海口要殺我們，魔門既講有仇必報，所以亦該是有誓必踐。只要他們動員找尋我們，我們會給她可乘之機。唯一要擔心的，還是玉成他們的安危，若可把他們找到，可放下這方面的心事了哩！」

跋鋒寒點頭贊同，道：「徐兄說得好。這十天我們必須拋開一切，專志武道，與時間競賽。其他一切，須留待這十天之後再說，否則出去也只是白搭，徒自取辱。且以後只能東躲西逃，惶惶不可終日，做人還有甚麼意思？」

寇仲伸出右手，正容道：「說得好！我們躲他娘的十天，然後發動雷霆萬鈞的反擊，讓祝玉妍知道天下並不是任他們橫行無忌的。」

跋鋒寒亦伸出右掌，與他緊握在一起，肅容道：「若我猜得不錯，當敵人尋不著我們，定會在洛陽布下天羅地網待我們投進去，那就是我們反擊的最佳時機。」

徐子陵把手按在跋鋒寒掌背處，道：「所以目前最重要的，是如何祕密地躲起來，若是藏在這裏，只是兵刀與掌風聲響，便會把敵人引來。」

跋鋒寒胸有成竹道：「襄陽東南方有座大洪山，連綿數百里，只要在那裏隨便找處深山窮谷，保證能避過任何人的耳目，兩位意下如何？」

寇仲和徐子陵欣然同意。

就是這麼一個突如其來的決定，不但使他們避過殺身之厄，還令他們三人同時在武道上再跨出關鍵性的一步。

明月照射下，漢水在重山外遠處蜿蜒奔流，光波點點，蔚爲奇觀。徐子陵盤膝坐在一處高崖之上，緩緩睜開虎目。

經過近四個時辰的默坐冥修，眼前的景象煥然一變，充盈著新鮮的動人感覺。徐子陵環目一掃，高聳峭立的峰嶽在左右兩方如大鵬展翅，延伸開去，岩壁千重，令人生出飛鳥難渡的感覺。事實上憑他們的輕功，在攀援上來時亦費了一番功夫。對面矮了一截的山巒則林木鬱盛，奇花異草，數不勝數，其中石隙流泉，仞壁飛瀑，更爲深山窮谷平添不少生趣。

風聲響起，不片刻寇仲來到他身旁，就那麼在崖沿坐下，雙腳伸出孤崖外，搖搖晃晃的，說不盡的逍遙寫意。

徐子陵道：「老跋呢？」

寇仲答道：「這小子不知躲到哪裏練功，唉！坦白說，這回雖說是互利互助，可是由於風濕寒在武功底子和識見上比我們扎實，天分才情亦不下於我們，所以說不定是養虎爲患。」

徐子陵微笑道：「仲少很少這麼長他人的志氣，滅自己威風的，爲甚麼會忽然有這種感慨？」

寇仲嘆道：「你和風濕寒相處多了，愈會感到他是天性冷酷薄情的人，不要看我們現在大家稱兄道弟，將來絕不會有甚麼好結果的。」

徐子陵奇道：「聽你的語氣，似乎對他頗有顧忌。」

寇仲沉聲道：「我這幾天無時無刻不在和他交手鑽研，接觸多了，只能以深不可測來形容這個人。他在關鍵處更有所保留，所以他的得益當會比我們更大。」

徐子陵道：「我卻認爲是兩下扯平，無論他如何留上一手，但我們總在他處學得很多以前想也沒想過的東西，更聽聞到許多域外奇異的風土人情。對了！這幾天你不時看魯先生遺下的歷史書和兵法書，究竟學到了甚麼呢？」

寇仲眉飛色舞道：「當然是獲益匪淺，兵法要比兩人對仗複雜上千百倍，萬千變化，怎都說不完。不過照我看魯先生的想像力仍未夠豐富，立論有時更是太保守了。」

徐子陵警告道：「先謙虛地掌握人家的心得再說吧！」

寇仲道：「我比你更尊敬他老人家，魯先生用心最多是陣法的變化，甚麼三角陣、梅花陣，奇正虛實的運用，均能發前人所未發，他傳我兵法，定是要我把他研究出來的東西用在現實的戰場上，我必不會令他失望的。」

接著低聲道：「你說風濕寒是否眞的對瑜姨好呢？」

徐子陵嘆道：「這個難說得很，跋小子這人很有城府，從不表露內心的感情，照我看，他還是愛自己多一點。」

尖嘯從山頂傳來，練功的時間又到了。

一輪明月，斜照山巔。跋鋒寒揮劍猛劈三下，破空之聲，尖銳刺耳，凶猛狠毒，有使人心寒膽裂的威勢。

「錚！」劍回鞘內，跋鋒寒氣定神閒道：「徐兄寇兄覺得這三劍如何？請給點意見。」

寇仲笑道：「這三劍最厲害處是無論力道、速度均整齊劃一，最難得是氣勢一劍比一劍強，任誰遇上跋兄這三劍，須待三劍過後方能反擊。」

跋鋒寒點點頭，不置可否地問徐子陵的意見。

徐子陵若有所思地道：「跋兄這三劍有一處奇怪的地方，是落劍間看似一氣呵成，其實卻非如此，似乎中間仍有可乘之隙，若對方是高手，定會利用這點覷隙反擊。」

跋鋒寒讚嘆道：「這看法精到之極，若我要三劍力道平均，速度相同，必須分三次發力運劍，於是出現徐兄所說的情況。當日我決戰獨孤鳳，就是給她找到這破綻，只使一劍便給她破了，這女人美得驚人，手底更是硬得可怕。」

寇仲和徐子陵聽得面面相覷，兩人自問縱然有此眼力，但能否利用來破跋鋒寒的劍法，卻是另一回事。而且這還是以旁觀者清的安詳心態才把握得到。換了三劍是迎頭劈來，能擋得住已是謝天謝地。由此可知獨孤鳳是如何高明。

寇仲吁出一口涼氣道：「你是否輸給了她呢？」

跋鋒寒傲然道：「她勝在劍法精微，我卻勝在實戰經驗豐富，故意自斷佩劍，騙了她半招，硬是把她氣走。不過下次遇上，我便不能那麼容易脫身，這婆娘比我還要好鬥。」

徐子陵恍然道：「難怪跋兄提議我們入山修練，這該是其中一個原因吧？」

跋鋒寒冷哼道：「若只是對付這婆娘，我自己一人獨練便足夠。但我的目標卻是寧道奇、祝玉妍之輩，將來我返回故土，第一個挑戰的會是畢玄那傢伙，讓他知道誰才是突厥第一高手。」

寇仲忍不住問道：「究竟你和畢玄有沒有交過手呢？」

跋鋒寒苦笑道：「若眞交過手，我哪還有命在這裏和你們研究武道。但也等於交過了手，因爲他的大弟子顏回風被我宰了，明白了嗎？」

兩人暗忖難怪畢玄要殺你。

跋鋒寒回復一貫冷漠，道：「徐兄寇兄請準備。」

寇仲愕然道：「你要同時應付我們兩個人嗎？」

跋鋒寒微笑道：「有何不可？」

徐子陵笑道：「跋兄經四個時辰靜思後，必有所悟，讓我們一開眼界吧！」

跋鋒寒緩緩拔出寶劍，迎著吹過山巔的一陣長風，衣衫獵獵飛揚，由於他背後是崖沿，整個人像嵌在星羅棋布的夜空裏，望之直如神人，確有不可一世的霸道氣概。撫劍沉吟道：「這劍是我採深海鋼母，窮七天七夜親手打製而成，剛中帶柔，堅硬而韌，遠勝我另一把已折之刀，一直以來我都想不到恰當的名字，今夜卻忽然意到，就名之爲『斬玄』，兩位請作個見證。」

斬玄劍要斬的自是畢玄，正是跋鋒寒刻下追求的目標。

寇仲腰板一挺，掣出井中月，笑道：「井中月之名恰是來自一個玄奧的意念，倒要看看跋兄的斬玄劍能否眞的斬玄。」

跋鋒寒雙目射出寒芒，凝定在因寇仲催發內勁而黃芒閃閃的井中月上，沉思道：「寇仲你這把刀殺氣極重，故須謹記人能制刀，刀亦可制人。」

寇仲愕然撫刀，懷疑地道：「眞會有這種事嗎？」

跋鋒寒一聲長嘯，瞧往徐子陵，明月剛好掛在他俊臉後方高處，金黃的月色下，愈顯得他卓爾不群，瀟灑孤高的動人氣質，不由想起了單琬晶，心中暗嘆，沉聲道：「我要出劍了！」

徐子陵一對虎目亮起來，淡淡道：「跋兄爲何忽然透出殺伐之氣，不像以前般收斂深藏呢？」

跋鋒寒心中暗懍，知道解釋只是廢話，微笑道：「所以兩位這回須特別小心，說不定小弟一時興起，會把你們幹掉都說不定哩！看招。」

寒勁驟起。斬玄劍疾攻寇仲，左手忽拳忽掌，變化無方，直取徐子陵，威勇無匹。叮噹之聲不絕如縷，寇仲一步不讓地架了跋鋒寒三劍，對方劍勢忽變，由大開大闔，化為細緻的劍式，圈、抹、劈、削，手法玄奧奇特，把寇仲完全罩在劍勢之內。另一手則是硬橋硬馬，遠擊近攻，教徐子陵無法與寇仲形成合圍之勢。最厲害處是他練就心分二用的心法，像是兩個不同的人，能分身以不同的戰略對付他們。一時在這方圓三、四丈許的巔頂處，劍氣騰空，殺氣貫盈。

寇仲和徐子陵見跋鋒寒如此豪勇，精神大振，正要全力反攻，跋鋒寒一個大旋身，變得以左手對付寇仲的井中月，右手斬玄則狂攻徐子陵，登時又壓下兩人的攻勢。待他們守穩陣腳，跋鋒寒又叱喝如雷，左手掌和右手劍夾雜而出，幻出一片劍光掌影，狂風暴雨般忽左忽右，殺得兩人陷在被動下風處。

寇仲猛提一口眞氣，往橫一閃，同時運刀猛劈。這一刀起始時似是劈往空處，但當井中月落下，跋鋒寒的斬玄劍偏像送上門來般被他一把劈個正著。螺旋勁氣有如山洪暴發，震得跋鋒寒也要橫移半步。

跋鋒寒大笑道：「這一刀有點味兒。」「砰！」徐子陵趁勢一拳擊至，跋鋒寒失掉勢子，被逼硬拚了一拳。以跋鋒寒之能，亦被逼得門戶洞開，讓出原先搶攻的優勢。

寇仲爭取了跋鋒寒右側的位置，在跋鋒寒疾退後意欲捲土重來，井中月化作一道黃芒，奔雷掣電般朝跋鋒寒右脅下射去，刀未至，螺旋勁氣激射而來。跋鋒寒左手先發出一記劈空掌，硬將徐子陵逼開，然後迴劍扭身挑開寇仲的井中月，依然是威勢十足，但似已無復先前之勇。

驀地跋鋒寒反退為進，劍隨身走，趁寇仲井中月劈到面前，斬玄劍化作一道長虹，直向丈許外崖沿處的徐子陵射去，其勢凌厲無匹，更勝先前，顯示他剛才的示弱，只是誘敵之計。最要命是這一劍籠罩的範圍甚廣，徐子陵又後無退路，只有硬接一法。

「啪！」徐子陵卻像早知跋鋒寒有此一著般，弓步坐馬，一掌切在斬玄劍上。若這是平野之地，攻的攻得精采，擋的擋得漂亮，可說是平分秋色。但在目下的環境，兩勁交擊，跋鋒寒可以後移，徐子陵卻是萬萬不能稍退。

寇仲見徐子陵給跋鋒寒內勁撞得要跌出懸崖外，大驚失色時，跋鋒寒大喝道：「抓劍！」

徐子陵一把抓著劍身，被跋鋒寒扯了回來，離開崖邊。

徐子陵鬆開斬玄劍，抹了一額冷汗道：「好險！我還以爲跋兄眞的要害我。」

跋鋒寒哈哈一笑，還劍鞘內，道：「我豈是這種卑鄙小人，要殺徐兄，也要堂堂正正。不過卻試出了徐兄的眞本領，竟能擋得住我這自以爲萬無一失的一劍。」

接著沉吟道：「你們自己研究出來的所謂奕劍術，其實與傅采林的奕劍術形似而神非。就像徐兄剛才封格的手法，頗有一種令人難以理解先知先覺的意味，便與奕劍術『以人奕劍，以劍奕敵』的心法大不相同。」

寇仲問道：「甚麼是以人奕劍，以劍奕敵呢？」

跋鋒寒道：「大約言之，是施劍如奕棋，布下種種局勢，只要敵人入彀，會任從擺布，看起來像能預知對方的招式變化那樣。但兩位的奕劍法卻非如此，例如徐兄可否告訴我爲何剛才能先一步封擋我斬玄劍的進攻路線，令我無法盡情發揮劍法的精微和勁道呢？」

徐子陵的眼睛亮了起來，點頭道：「跋兄的分析非常透徹，當時純粹是一種感覺的驅使，覺得跋兄會如此這般地揮劍攻來。」

跋鋒寒嘆道：「這正是《長生訣》的妙處，這本道家寶典實包含生命的奧祕，不但改變了你們的體質，還逐分逐毫在釋放你們的精神潛力。試問在武林史上，誰能像你們般進步得那麼神速？能催動螺旋而去的勁氣更是聞所未聞。但亦使我受益良多，他日若能大成，與兩位相處十日的經驗，必可佔一關鍵的位置。」

寇仲哈哈笑道：「聽得我手都癢起來了，不如再拚幾場吧！」

「鏘！」井中月離鞘而出，朝跋鋒寒疾攻過去。

十天之期，轉瞬即逝。三人離開大洪山時，均有煥然一新的感覺，不要看跋鋒寒膽大包天，卻也小心謹慎，運用種種手段，察看敵人的蹤影，以免誤中埋伏。

朝襄陽趕了一天路，他們在一個山頭歇息，以掘來的黃精裹腹。漫天星斗下，跋鋒寒提議道：「任婠妖女如何智計過人，總猜不到以我們的性格，竟肯乖乖躲上十天，還會以爲我們已祕密北上洛陽，所以路上我們理該不會有甚麼危險。」

倚石而坐，一副懶洋洋樣子的寇仲點頭道：「我們以最快方法趕赴洛陽，我擔心玉成他們等得心焦難熬，唉！或許他們已落在婠妖女手上。」

跋鋒寒道：「放心吧！你那四名兄弟跟了你們這麼久，又知形勢凶險，自懂隱蔽行藏。說眞的，我對你們之所以會生出敬重之心，實是自那趟和君瑜追失你們開始。那根本是不可能的，我們兩人當時在輕功上勝過你們，偏是久追不得，到現在我仍然想不通。」

徐子陵淡淡道：「倘若當時追上我們，跋兄是否眞的要幹掉我們呢？」

跋鋒寒漫不經意地微笑道：「凡人都要死，早死和遲死不外一死。假若你們曾經歷過我在大漠裏活在馬賊群中的生活，對甚麼死死活活會看得淡漠很多。明白我的意思嗎？這世上只有強者才可稱雄，其他一切是假話。」

徐子陵皺眉道：「若強者能以德服人，不是勝於以力服人嗎？」

跋鋒寒哂道：「強者就是強者，其他一切只是達致某一個目標的手段和策略而已。試看古往今來能成帝業霸權者，誰不是心狠手辣之輩。比起殺伐如麻的畢玄，跋某人仍差得遠呢！」

徐子陵瞧了寇仲一眼，見他觀天不語，禁不住一陣心寒。

跋鋒寒從容道：「每個人各有其信念和行事的風格，不要以爲我好勇鬥狠，便不分青紅皀白，胡亂殺人。好了！言歸正傳，我們抵達襄陽後，用錢買也好，明搶暗偷也好，怎也要弄他一條船，沿淯水北上，可省下很多腳力，兩位意下如何？」

寇仲斜眼兜著他道：「跋兄囊中是否有足夠的金子呢？又偷又搶終非英雄所爲。」

跋鋒寒失笑道：「你們若有顧忌，此事就交由我去處理好了，跋某絕不會薄待肯賣船給我的人。」

一陣夜風吹來，三人均生出自由寫意的舒泰感覺。

寇仲笑道：「聽跋兄意思，似是行囊豐足，生活無虞，令小弟非常羡慕。不知可否向跋兄請教些賺錢之道？」

跋鋒寒哈哈一笑道：「我們還有一段日子要朝夕相對，你留心看吧！」接著嘴角露出一絲陰森的笑意，沉聲道：「只要給我逮著陰癸派的人，我有方法逼他吐露出陰癸派的巢穴所在處，那時我們就轉明爲暗，以暗殺手段見一個殺他一個，讓祝玉妍知道開罪了我跋鋒寒的後果。」

人。

寇仲和徐子陵交換個眼色，心中懍然。跋鋒寒或者並非壞人，但當翻臉成仇後，卻肯定是可怕的敵人。

翌日中午時分，三人抵達襄陽，襄陽城門復開，一切如舊。他們繳稅入城，逕自投店。梳洗後，跋鋒寒胸有成竹地去張羅北上的船隻，兩人閒著無事，到附近店鋪買了兩三套新衣服，找了間食店坐下，每人點了一碗滷麵，開懷大嚼。由於過了午膳時間，食店內冷冷清清的，除他們外，只有兩枱客人。

寇仲低聲道：「我從沒有一刻像現在這般感到爭霸天下是那麼遙不可及的目標。可是在十多天前，當我站在竟陵的城牆上，天下像臣服在我腳下般，而我則永不會被擊倒。唉！」

徐子陵道：「因爲你是不甘寂寞的人，十多天退隱潛修的生活，定把你悶出病來。」

寇仲沉吟道：「我看不是這樣。這十多天我就像你一般投入，既享受劍刃交鋒的刺激，更陶醉在各自靜修的寧靜裏。有時甚至把甚麼李秀寧、宋玉致忘得一乾二淨，輕鬆得像飛鳥游魚，無憂無慮。有時內功收發得甚至似可控制眞氣螺旋的速度，感覺有如成了寧道奇般，當自己是天下第一高手。」

徐子陵拍案嘆道：「假設我們能控制螺旋的速度，例如先慢後快，先快後慢，恐怕連老跋都挨不了多少下。不過要達到這樣的境界，恐怕還有一段很遠的路程。」

寇仲愕然道：「原來你也感覺到這美妙的可能性，我還以爲是自己的錯覺呢？」

徐子陵欣然道：「今次和老跋相宿相棲了這麼多天，是福是禍我仍不敢說。但可肯定眼前便對我們有很大的益處，至少讓你體會到精神沒有負擔時的歡娛和寫意，減了幾分你要爭雄天下的野心，否則你怎會感到爭霸天下會離得遙遠了些呢？」

寇仲苦笑道：「兄弟你又來耍我，不過亦引發我一個異想天開的念頭，假若我一邊與人爭雄鬥勝，一邊卻保持著忘憂無慮，置生死榮辱於度外的心境，那時誰能是我的敵手。他娘的！我就把奕劍術用在戰場上，成爲寇子兵法，天下將捨我其誰。」

說到最後，雙目神芒爍動，懾人之極。

徐子陵皺眉道：「這些話說來容易，卻是知易行難。例如當日站在竟陵城頭，面對江淮軍千兵萬馬的攻城戰，你可以輕鬆起來嗎？」

寇仲道：「當時輕鬆不起來，因爲受到四周死亡毀滅的景象衝擊，情緒大起波動所致。但若我把整個戰場視作一個大棋盤，所有兵將都是棋子，而我則輕鬆寫意地下棋，豈非可以優哉游哉嗎？」

接著微笑道：「寇子兵法的第一要訣：心法至上，談笑用兵。」

徐子陵嘆道：「現在你差的只是手上無兵，否則我會爲你的敵人擔心。」

寇仲待要說話，一陣長笑從入門處傳來，接著一把陰陽怪氣的男聲道：「徐兄寇兄你們好，拓跋玉特來請安。」

兩人嚇了一跳，朝門口望去，果然是畢玄派來找跋鋒寒算賬的徒弟拓跋玉，立時心中叫苦。

拓跋玉仍是那副好整以暇的模樣，打扮得像個養尊處優的公子哥兒般，一身錦緞華衣，腰上卻懸著他的獨門兵器「鷹爪飛撾」，最妙是兩端的鷹爪天衣無縫地抓握緊扣，成爲一條別緻的腰帶。

他滿臉笑容地來到桌旁，「咦」的一聲道：「兩位兄台的神色爲何如此古怪？是否因爽了半年後洛陽會面交書之約，而感到尷尬呢！」

兩人聽他冷嘲熱諷的口氣，心知不妙。拓跋玉本身是一等一的高手，當年一人獨力應付他們兩人，再加上劉黑闥和諸葛威德，他仍能處在上風，武功雖未必強過跋鋒寒，但已所差不遠。何況還有位不在他之下的俏師妹淳于薇和畢玄親手訓練出來精於聯戰的「北塞十八驃騎」，萬一翻臉動起手來，即使他們武功已大有進步，仍是不敢樂觀。

寇仲陪笑道：「拓跋兄請息怒，這年來兄弟的遭遇一言難盡，請拓跋兄先坐下來，要碗甚麼清湯麵諸如此類的，先降降火頭，大家再從長計議好嗎！」

拓跋玉再哈哈一笑，坐了下來，油然道：「夥計都溜了，怎麼叫東西吃？」

兩人愕然瞧去，發覺不但兩名夥計不知躲到哪裏去，連僅有的兩枱食客都悄悄溜了，偌大的食館，只他們三個人。

徐子陵皺眉道：「我們正準備北上洛陽找拓跋兄，拓跋兄不要誤會。」

拓跋玉笑道：「兩位勿要心虛才是。小弟此次來會，實另有要事商量，《長生訣》可暫擱一旁，待此事解決後再處理，兩位意下如何？」

寇仲不悅道：「我們會因何事心虛呢？」

拓跋玉露出一絲曖昧的笑意，道：「那就最好不過。小弟有一條問題，希望從兩位兄台處得到答案。」

徐子陵道：「拓跋兄請說吧！」

拓跋玉淡然道：「我們此趟來襄陽，主要是追捕跋鋒寒這奸賊，遇上兩位純是巧合，更想不到兩位會與跋賊同路。坦白說，小弟和敝師妹對寇兄徐兄很有好感，又得兩位肯義借《長生訣》，所以特來請兩位置身事外，不要捲入我們和跋賊的鬥爭中。兩位一言可決。」

兩人交換了個眼色，大感爲難。現在他們和跋鋒寒在一條船上，風雨同路，與陰癸派展開鬥爭，若事情尚未開始，便對跋鋒寒的危難袖手旁觀，怎麼說得過去，更不用談聯手合作。

寇仲苦笑道：「我們並非要與拓跋兄作對，更珍惜彼此之間的情誼。不過拓跋兄的提議確令兄弟頗感爲難。但假若拓跋兄和跋兄是公平決鬥的話，我們絕不干涉。」

拓跋玉沉默下來，精芒閃爍的雙目在兩人臉上來回巡視了幾遍，嘆道：「寇徐兩兄可知爲何店內的人忽然溜走？」

兩人心中一懍，功聚雙耳，立時覺察到店外異樣的情況。

拓跋玉柔聲道：「自李密對你們下了『蒲山公令』，江湖上欲得你們以往邀功的人多不勝數，其中以『金銀槍』凌風和『胖煞』金波組成的『擁李聯』聲勢最盛，聚集了百多名武林人物，其中更不乏高手，正在全力追殺兩位，所以兩位的處境非常危險。現在我拓跋玉只是盡朋友之義，特來通知一聲吧！」

寇仲平靜地道：「他們是否在外面？」

拓跋玉道：「他們只是其中一幫人馬，寇兄和徐兄小心了！」

說罷長身而起，悠悠閒閒地走了。

寇仲瞧往徐子陵，後者點了點頭，兩人同時彈離椅子，沖天而上，撞破屋頂，帶起了漫天碎瓦，來到店鋪瓦背之上。環目一掃，登時呆了。只見遠近房頂全站了人，驟眼瞧去，至少有過百之衆。那「胖煞」金波和「金銀槍」凌風則立在對街一所店鋪的瓦面上，一副甕中捉鱉的樣兒。

一陣長笑來自左鄰房舍的瓦背處。兩人循聲瞧去，見到發笑者是個身量瘦長，瀟灑俊逸的中年人，臉上泛著嚴厲陰森之色，令他的笑容透出一種冷酷殘忍的意味。兩手各執大刀一把，頗有威勢。他旁邊高高矮矮站著十多個形相各異的人，個個太陽穴高高鼓起，神氣充足，均非易與之輩。

那人笑罷沉聲道：「本人錢獨關，乃襄陽城城主，特來拜會徐兄和寇兄，兩位近況如何？」

寇仲和徐子陵交換個眼色，感到事態的嚴重性。若只是凌風、金波那般武林人物，他們打不過可落荒逃走，可是若有錢獨關參與其中，等於舉城皆敵，能否逃走實在沒有把握。

金波冷哼一聲，吸引了兩人的注意，發出一陣奸笑道：「兩位若肯放下兵器，束手就擒，我金波保證在把兩位獻上密公前，好好善待兩位。」

寇仲搖頭失笑，轉向錢獨關道：「老錢你何時成了李密的爪牙，江湖傳聞的錢獨關不是一向保持中立，誰都不賣賬嗎？」

徐子陵跟他一唱一和道：「仲少你有所不知。這叫此一時也彼一時也。現在老杜攻陷竟陵，不日北上，老錢自然要找位主子照顧呢！偏你還要問這種蠢問題。」

聽到他兩人你一言我一語，極盡嘲諷的能事，錢獨關身旁的手下人人臉現殺機，躍躍欲試，反是錢獨關不爲所動，一振手中雙刀，從容道：「假如兩位肯把楊公寶藏之事據實相告，我錢獨關立即撤出這場紛爭，兩位意下如何？」

寇仲啞然失笑道：「哪有這麼便宜的事。若錢兄肯保證我們可安全離開，告訴你寶藏藏處又如何。錢兄請先作定奪。」

凌風方面的人立時露出緊張神色，看看錢獨關如何回答。

錢獨關微笑道：「寇兄若想離間我們和金波兄的交情，只會白費心機。閒話少說，兩位一是束手就擒，一是當場被殺，中間絕無妥協餘地，清楚了嗎？」

寇仲和徐子陵同時大笑，接著從瓦頂破洞溜回店內去。

「轟！」

寇仲在敵人分由前後攻入食店前，早一步撞破牆壁，到了隔鄰店內。那是一間雜貨鋪，店中人已聞風關門不做生意，老闆和兩個夥計正伏在店鋪門封板的一扇打開的小窗窺看街外的動靜，忽然禍從旁至，載滿貨品的架子隨著沙石激濺塌了下來，店內立時亂得像發生地震後的災場。

三人目瞪口呆，寇仲閃電來到老闆之旁，把一錠金子塞進他衣襟內，還不忘微笑道：「地上的貨我全買了！」倏又閃退，與往後門逸去的徐子陵會合一起，眨眼不見。

「砰！」

徐子陵提腳踢破木門，來到雜貨店後的小巷裏，箭矢般往巷尾掠去。寇仲掣出井中月，緊隨其後。兩人自小到大，沒有一刻不是打打逃逃，在這方面自然是駕輕就熟。

風聲響起。徐子陵向寇仲招呼一聲，改變方向，翻上巷牆，四方八面全是追來的敵人，忙掠下閃到一座宅院的園林裏。吠聲狂起，三頭惡犬朝兩人撲至。寇仲、徐子陵是愛護動物的人，騰身而起，落足一棵橡樹的橫椏處，借其少許彈力沖天而起，越過兩座房舍，來到另一處瓦面上。「嗤嗤」聲響，不知何處射來一排勁箭，兩人被逼下只好跳下瓦背，到了一處大街上。此時叱喝之聲不絕於耳，敵人紛紛從屋頂躍下，對他們展開包圍攔截。

值此午後時分，街上行人熙來攘往，車馬如龍，忽然有此巨變，登時亂作一團，人人爭相走避，車馬則撞作一堆，慌得駕車和坐車者躍地逃生。

寇仲和徐子陵雜在四散奔逃的一股人潮裏，橫閃衝進一間生果店內，心叫對不起時，順手弄翻了兩籮西瓜，撒滿地上。兩名敵人剛好撲進店來，踏在西瓜上，立時變作滾地葫蘆。兩人則從後門逸逃。

兩人全速奔逃，進入另一條大街，朝最接近的南城門疾馳而去，這時他們已脫出重圍，敵人都似給拋在後方。

兩股人馬追逐下，所到處惹起了恐慌和混亂，喊叫震天。

片晌後兩人切入貫通南北兩門的通衢大道，南城門出現在長街的左端。他們本打定主意硬闖南門，豈知一瞥之下，南門竟已關閉，且看過去整截通往南門二百多丈的街道杳無人蹤，可疑之極。

寇仲當機立斷叫道：「北門！」

徐子陵和他心意相通，早在他呼叫前，已轉右朝北門奔去。南門方面立時現出錢獨關和一眾手下，狂追而來，聲勢洶洶。

寇徐掠出百丈之遠，兩旁瓦面不斷有敵人躍下，都差一點才能截著兩人。街上奔走竄逃的人群車馬，爲他們作了最佳的掩護和障礙物。只十多息的時間，他們越過長街的中段。驀地前方人群散開，以凌風、金波爲首的三十多名武裝大漢，像潮水般往兩人湧至。兩邊瓦背同時出現了以百計的錢獨關手下，把逃走的之路完全封閉。寇仲大喝一聲，猛提一口眞氣，井中月化作一道黃芒，朝領頭的凌風、金波射去。

螺旋勁發，寒勁狂捲。徐子陵左右手各劈出十多掌，許多片勝比利刃的掌風，就在敵人躍落街上陣腳未穩的時刻，以拿捏得分毫無誤的時間速度，命中十多名敵人。立時人仰馬翻，功力稍差者拋跌倒地，反撞入沿街的店內或牆壁處，功力較強者亦要踉蹌跌退，噴血受傷。

「錚錚錚！」井中月同時給分持金槍、銀槍的凌風和使長鐵棍的金波架著。螺旋氣勁狂吐下，兩人同時被寇仲震開。

寇仲想不到兩人武功如此強橫，雖勉力逼退他們，心中卻無絲毫歡喜之情。更知若不猛施殺手，突破敵人的攔截，今天休想有命離城。叱喝一聲，疾撲而上，不予金波、凌風任何喘息的機會。

金波和凌風均是狡猾多智的人，見他勇不可擋，立即加速退後，好讓其他人從旁補上，先擋上一陣。此時錢獨關一眾已趕至身後百丈許處，若讓兩幫人前後夾擊，情況不堪想像。

寇仲小命受脅，哪會留手，井中月左揮右劈，見人便殺。經過十日山中修練，他的刀勢變得更是凌厲無匹，螺旋勁道收發由心，一刀劈去，擋者不是應刀拋跌，就是連人帶兵器給他震得橫跌直仆，竟沒有人能阻他片刻。徐子陵緊隨寇仲身後，卻是背貼著背與他像兩位一體的雙身人，硬以拳風掌勁，殺得衝上來的敵人左拋右跌，令寇仲全無後顧之憂。

只是攻來的敵人無不身手高強悍猛，特別是錢獨關的手下都是經過嚴格操練的雄師，雖不斷有人被擊倒，仍是前仆後繼地殺上來，使他們應接不暇。

整道長街此時除了棄下的車馬外，所有行人都避進了橫巷中和店舖內，這種情況自是大大不利於兩人。

金波和凌風仍在急退中，口中不斷呼喝其他人加入戰圈裏。錢獨關又追近二十多丈。

寇仲殺得興起，想起跋鋒寒那三劍，井中月連劈十多下，登時有十七、八人中招倒地。

「噹！」金波知時機已到，改退爲進，鐵棍挾著勁厲的風聲趁寇仲氣勢稍竭的一刻，掃往寇仲下盤。以寇仲之能，亦感進勢受阻，止步揮刀擋格，把鐵棍震開。凌風左手的金槍，右手的銀槍，像兩條毒蛇般顫震不停，補上被震退的金波位置，當胸搠至。寇仲心叫糟糕，徐子陵的背已重重撞在他背後，並輸來一股眞氣。寇仲哪還不知道他的意思，乘勢斜沖而起，井中月照頭疾劈凌風。凌風哪想得到他能原地拔空攻至，魂飛魄散下滾倒地上，金銀槍往上迎擊。寇仲哈哈一笑，井中月先畫出一圈黃芒，斬斷附近幾名敵人的兵刃，緊接抽空一刀劈入凌風兩槍之間。凌風不愧強手，雙槍交叉擋架。「篤！」的一聲，凌風雖接上這一招，卻擋不了寇仲的螺旋眞勁，口噴鮮血，滾往一旁，接連撞倒七、八個人。

錢獨關等追至後方五丈處，形勢更趨危急。徐子陵一個翻身，來到寇仲身下，一拳朝金波擊去，左右同時飛出兩腳，踢飛兩名橫撲上來的敵人。

經此一輪交手，金波那邊聚集了三十多人，把去路完全截斷。「蓬！」金波騰出左掌，以硬拚的手法擋徐子陵的隔空拳，被震得踉蹌跌退，上方刀嘯驟起，井中月當頭攻至，其他人被刀風逼得四外散開。

金波忽然發覺自己一個人面對徐子陵和寇仲上下兩路的進攻，駭然下自行倒地，滾往一旁，活像一個大圓球。兩人去此強敵，壓力大減，衝入前方敵陣中，全力施爲，殺得那三十多名大漢叫苦連天，潰不成軍。剎那間兩人突破了前路的封鎖。

就在這至關緊要的一刻，嬌笑聲來自前方。兩人駭然瞧去，只見被跋鋒寒所殺的大江聯前盟主江霸的美麗遺孀鄭淑明，正笑意盈盈地攔在前方二十丈許處，兩旁則不斷湧出大江聯旗下各門各派的好手。兩人念頭電轉，改爲朝左方屋頂瓦面撲射上去。

嬌笑聲中，久違的艷尼常眞，兩袖各飛出一條彩帶，從瓦面往他們拂至。另外十多名大漢暗器齊施，往兩人雨點般撒來。兩人心中叫娘，運氣墜地。

另一邊屋頂上現出惡僧法難橫杖而立的雄偉巨軀，狂笑道：「兩個小子爲何不闖貧僧把守的一方呢？」

只是這一耽擱，後面的錢獨關及時趕到，兩人登時陷進四面受敵的劣境內。

敵人退了開去，騰出大片空地，人人怒目相向。寇仲和徐子陵貼背而立，表面雖全無懼色，但心底卻是後悔不已。他們之所以陷於如此田地，皆因想不到四方面的勢力會組成聯盟，合起來對付他們。可以想像當敵人在北上洛陽的路途上找不到他們三人的蹤影後，斷定了他們仍在襄陽附近，故布下天羅地網，等候他們自動送上門來。而他們的心神卻全放在應付陰癸派上，一時疏忽，更想不到錢獨關亦成了敵人，故有此失策。

惡僧法難最是好鬥，又與他們有不解的深仇，躍往街上，持杖朝兩人逼來，森寒的氣勢，換了一般高手，哪怕不膽戰股慄，棄械而逃。寇仲知惡戰難免，收攝心神，井中月指向法難。

法難一對巨目射出森厲的寒芒，罩定寇仲，大叫道：「我要親手收拾你這小子，誰都不要上來助拳。」

霎時間法難逼近，揮杖猛掃。

徐子陵移了開去，傲然卓立，表示不會插手。

寇仲健腕一抖，井中月疾劈而出，竟以硬拚手法，去應付法難重逾百斤的鋼杖。

「噹！」刀杖交接，發出震人耳膜的激響。出乎所有人意料之外，寇仲不但沒有被向以臂力強橫見稱的法難砸得刀飛人亡，還震得滿臉泛起驚容的法難倒退半步。

就在鋼杖盪開的閃電光景中，寇仲手中的井中月以令人難以相信的速度回手劈出第二刀。黃芒破隙而入，迅急得沒有人能看得清楚。

換了在十多天前，寇仲絕使不出這麼山洪暴發式霸道凌厲的刀法。但這十多天朝夕對著高強如跋鋒寒者刻苦鍛鍊，使他能以螺旋勁出奇不意地化解了法難的杖勁，然後疾施反擊。眾人驚呼聲中，法難杖尾回打，勉強擋著寇仲石破天驚的一刀。

一聲悶哼，法難被劈得跌退尋丈，退回圍堵兩人的外圍敵人之後，氣得老臉發青，威風盡失。

寇仲哈哈一笑道：「這般三腳貓的功夫，也敢來獻醜，一起上吧！」登時有十多人擁上前來。

錢獨關排眾而出，大喝道：「退下去！」

他的說話在眾人裏有至高權威，衝上來的人依言退下。

寇仲和徐子陵又會合在一起，心中叫苦，現在他們的希望是越亂越好，說不定在混亂中會有逃走機會。否則若對方運用上次對付跋鋒寒的車輪戰術，只是累也可把他們拖死了。

敵人朝後退開，圍成一片更廣闊的空地，兩邊的人退至行人道上，遙制著大街中心處他們這兩條網中之魚。

鄭淑明在與錢獨關遙對的人群裏走了出來，左右還有凌風和金波，鄭淑明嬌笑道：「不知天高地厚的兩個小子，竟敢與我大江聯爲敵，這回還不插翼難逃嗎？」

寇仲冷笑道：「多言無益，先手底下見個眞章，誰來和寇某人先拚一場？」

眾敵倏地一起發喊，聲震長街。

錢獨關一聲令下，登時撲出二十多名勁裝大漢，刀矛劍戟，圍著兩人鏖戰不休，擺明是以人海戰術，好消耗兩人的體力。鄭淑明嬌叱一聲，大江聯的高手裏亦分出十多人來，加進激戰裏。寇仲和徐子陵背靠著背，咬緊牙根，迎戰著像潮水般一波接一波湧上來的狂攻猛擊。

徐子陵拳掌齊施，底下雙腳閃電般連環踢出，登時有三人應招拋擲，當場斃命。

寇仲的井中月左揮右舞，刀無虛發，黃芒到處，定有人中刀倒地。情況慘烈至極點。

徐子陵剛劈空奪過一根長槍，順手把一名大漢連人帶劍掃得爬不起來，叫道：「仲少，一動無有不動。」

寇仲一聲狂喝，往橫移去，不但避過了劈來的斧頭，還斬斷兩柄長矛，踢飛另一名敵人。

徐子陵隨著他往一旁移開，左掌隔空打出一股螺旋氣勁，擊得一名敵人打著轉拋跌遠方，另一手的長槍則來個橫掃千軍，飄忽無定，三名躲避不及的敵人，先後胸腹中招，濺血倒地。

整個包圍網立時因他們的移動亂作一團，再不似先前的組織嚴密。寇仲和徐子陵壓力大減，哪還有甚麼好客氣的，立時分了開來，放手反擊。

寇仲刀出如風，快逾掣電，在敵人群中縱躍自如，井中月過處，必有人慘叫拋擲，留下狼藉的屍骸。

徐子陵把長槍以螺旋勁射出，貫穿一名敵人的木盾和胸口，雙手幻出萬千掌影，殺得敵人馬仰人翻，心膽俱寒。

錢獨關等本對兩人已有很高的估計，但仍想不到他們強橫至此，一時都不願親自下場，只各命手下們不斷加入戰圈裏，好消耗他們的戰力。

寇仲和徐子陵在這等玩命的時刻，顯示出過去十多天苦修的成果，無論內功外勁，手、眼、耳、步的配合均到了天衣無縫的地步。

最令四周觀戰的敵人吃驚處，就是他們的出招很多時似落在虛空處，但偏偏敵人像自動獻身送上來似的，總給這些「空招」擊個正著，全無還手之力。眼力高明者當然看出他們是先一步把握到敵手的進攻路線，但任誰也自問在這種激烈的戰鬥中，縱能看破敵手的招數，但亦難學他們般在時間和位置上拿捏得如此精確，教人明知是送死也來不及變招。轉眼間，地上躺了近三十名死傷者，可見戰況之烈。

惡僧法難和艷尼常眞，被眼前景象激起魔性，搶入戰圈，加進攻擊裏。

兩人身上此時已無可避免地多處中招掛彩，不過他們總能在緊要關頭憑身體微妙的動作和護勁，避過要害，把及體兵器的殺傷力減至最低。

寇仲擋開了法難狂暴的一輪猛攻後，身上多了兩個傷口，一個旋身，掃飛五、六名敵人，又被常眞的「銷魂彩衣」暗算了一記，跌退到與後邊的徐子陵會合在一起。

兩人渾身浴血，但大多都是敵人濺上身來的鮮血。

「蓬！」

徐子陵一拳迎上常眞飛臨上方，罩頭而來的彩衣，震得她拋往圈外，知道再撐不了多久，大喝道：「隨我走！」騰身而起，直往常眞追去。

寇仲畫出一圈黃芒，掃得四周敵人狼奔鼠竄，也把法難逼得往後退開，一個倒翻，追在徐子陵身後。

徐子陵凌空射出兩縷指風，刺向收衣飄退的常眞一對美目去，希望能從她處破開一個缺口，劍風從側旁疾射而來。徐子陵暗嘆一聲，左掌切去。「蓬！」的一聲，偷襲者嬌哼飄開，原來是一直沒有出手的美少婦鄭淑明。

她的劍勁淩厲非常，徐子陵又用不上全力，登時給她撞得往橫拋跌，粉碎了他攻上瓦背逃生的大計，由此可看出這美女的眼力是如何高明。

常眞得到了喘一口氣的機會，手中彩衣化作一片飛雲，往仍在空中翻騰的寇仲迎去。寇仲剛擋飛兩枝甩手往他擲來的長矛，再無餘力硬拚常眞貫滿眞氣的彩衣，藉機自行墜地，又陷進似是永無休止的苦戰裏。

左方勁氣侵來，金波和凌風再加入圍攻的人群裏，帶動新一輪的攻勢。

這時大街的兩端，行人路上儘是吶喊打氣的敵人，若非兩人心志堅毅，早銳氣盡消，鬥志全失。但前景顯然絕不利於他們的一方。

徐子陵身才著地，錢獨關的雙刀迎頭攻來，他身為襄陽城主，手底下自是極硬，而徐子陵卻是力戰之後，又要同時應付其他高手的圍攻，登時被逼得採取守勢，只能緊守一個極狹小的地盤，在完全被動下任由敵人從四方八面狂攻猛打。

「砰！」徐子陵一掌切在空處，以錢獨關之能，仍來不及變招，雙刀似先後送上去的讓他一掌劈個正著。

這已是徐子陵殫精竭慮製造出來的最佳形勢，借力沖天後翻，往寇仲處撲去，小腿一陣劇痛，也不知給誰劃了一記。

寇仲這時被常眞、法難、凌風、金波、鄭淑明等一衆高手團團圍攻，本應早一命歸西，猶幸他每一刀都吐出螺旋眞勁，又加上機智多變，再配合奕劍之術，使敵人對他天馬行空般的刀法全然無法捉摸，勉強硬撐到這一刻。

徐子陵來了，先一拳逼退常眞，大喝道：「走！」

寇仲一聲狂喝，人刀合一，直朝凌風射去。

凌風表面雖雙槍並舉，可是先前曾受的內傷大大影響他硬拚的實力，駭然橫移。寇仲暗叫一聲謝天謝地，提聚僅餘的功力，撞入湧來的十多名錢獨關的手下裏去。叮噹之聲連串響起，衆壯漢紛紛踉蹌橫跌，給寇仲硬生生撞破一個缺口。正淩空追來的錢獨關大喝道：「上！」守在行人道的大漢應聲擁了十多人出來，矛刀齊舉，截著寇仲的前路。

徐子陵挨了鄭淑明一掌，卻踢翻金波，閃往寇仲身後，雙掌同出，拍在寇仲背脊處。寇仲和他合作慣了，反手一把扯著他小臂，兩人同時斜衝而起，越過敵人，往瓦面投去。「嗤嗤」聲起，瓦面的敵人彎弓搭箭，往他們射來。

寇仲把所餘無幾的眞氣輸入徐子陵體內，又運力把徐子陵擲出。徐子陵知此乃生死關頭，迅速把匯聚兩人之力的眞氣回輸往寇仲體內，使這一下拋擲充盈著爆發性的勁道。徐子陵往上拋飛，背脊先行，扯得寇仲亦隨他往遠方投去。勁箭在兩人身下掠過，險至毫釐。

背後追來的錢獨關等哪猜得到兩人竟可凌空換氣，又能借此奇招改墜地爲上升，紛紛撲空。這時徐子陵和寇仲已手拉手投往屋瓦上敵人後方的遠處，消沒不見。錢獨關等雖仍發力追去，但心中都知追上兩人的機會微乎其微。

當寇仲和徐子陵進入那和跋鋒寒躲避敵人的小谷，已接近虛脫，步履蹣跚。

他們來這裏有兩個原因。首先是他們已沒有力氣逃遠一點。其次，假若跋鋒寒成功擺脫追兵，自應到這裏來與他們會合，這是不用事先說明也該知如此做的。

兩人一先一後來到那個飛瀑小潭旁，頹然跌坐。

寇仲舉起右手，道：「老跋有云：在力竭氣殘時，切忌躺下睡覺，務要以無上志力定力，強撐下去，這是使功力精進的要訣。」

徐子陵嘆道：「若是失血過多，是否也該硬捱下去呢？」

寇仲苦笑道：「風濕寒倒沒傳這一招，唉！不知這小子會否給人宰了呢？我還以爲他會比我們更早到這裏來。」

徐子陵忽然搖搖晃晃地站起來，先把得自魯妙子的祕笈塞到潭邊石隙內，縱身入潭中道：「剛才逃離襄陽，甚麼井中月都忘了，每根神經好像綳緊了的弓弦般。不如趁這時刻，學風濕寒那樣在水瀑下練祕功爲妙。假如眞的有效，那每趟死不了時，就這麼練他娘的一回。」

寇仲笑得咳出一口鮮血，爬起來取出懷內得自魯妙子的那幾本書，笑道：「莫要浸壞這些寶貝。」也學徐子陵般塞到石隙內去。

「噗通！」

寇仲連人帶刀一頭栽進小潭裏，立時把潭水染紅。

徐子陵哈哈一笑，接著咳起來，往水瀑移去。

兩人像小孩子般你擠我，我碰你的來到水瀑下，強忍著肉體的痛楚，對抗著能令他們躺下來的暈眩，任由水瀑照頭沖下來。明月出現在小谷東方的頂沿處，斜斜照射入谷內，把谷內的樹木影子投到地上去。因衝擊兩人身體濺起的水珠，在月照下化為點點金光，蔚為奇觀。

兩人剛死裏逃生，忽然見到這麼美妙的情景，有種特別微妙的感覺，一時看得呆了，不知不覺間，整個人輕鬆下來，心底湧出無憂無慮的舒快情緒。他們的身體挺得更筆直，靈台間一片澄明，除眼下客觀的存在外，再無他念。那是他們從未遇過的情況，絕不同於以前靜坐下的忘我境界，而是因貫通了內外的空間橋樑，使他們能感受到宇宙間某一玄不可測的奧祕，把握到某種不可言喻的力量。

眞氣在凝聚中。天地的精氣分由天靈和湧泉兩穴進入寇仲和徐子陵的經脈內。兩人不敢說話，全力把精神保持在這妙不可言的狀態裏。

也不知過了多少時候，兩人被足音驚醒過來。他們同時睜眼，一個高大的人影從谷口暗處搖晃踉蹌地走過來，直抵潭旁，頹然跪下，喘著氣的朝水瀑下的他們瞧過來，赫然是渾身染血的跋鋒寒。

兩人看得面面相覷，跋鋒寒吐出一口鮮血，指著他們笑道：「若非回頭找你們遇上鄭淑明那婆娘，我不用傷得那麼厲害。」

話未說完，已滾到潭內去，四肢張成個「大」字，浮在水面。

寇仲提醒他道：「切勿睡覺！」

徐子陵道：「不如到這裏來硬捱一會吧！」

跋鋒寒嘆道：「讓我好好地呼吸兩口只有活人才有專利的新鮮空氣吧！拓跋玉、淳于薇，加上十八個畢玄訓練出來的混蛋，差點連我的卵蛋打了出來，若非曾苦修十天，哪能幹掉了五個混蛋後，仍能殺出重圍，哈！」

寇仲哈哈一笑，向徐子陵打了個招呼，兩人聯袂離開水瀑，涉水移到跋鋒寒旁，夾手夾腳把他拉起來，不理他的抗議，押他來到水瀑下，強逼他站直身體。兩人從未試過和跋鋒寒有這種全無顧忌的接觸玩耍，均大感新鮮有趣。

跋鋒寒又辛苦又好笑，勉強站直身軀，閉目運功療傷。他們見他的意志如此堅強，心中佩服，亦繼續行氣練功。

月兒緩緩移上中天，又沒落在西方谷壁下。遠方不時有馬嘶聲隱隱傳來，但這裏卻是一片安詳寧靜，與世無爭的淨土。

在黎明前的暗黑裏，一道虛實難分的人影鬼魅般飄進谷裏來。三人生出感應，睜眼看去。

寇仲和徐子陵同時失聲低叫道：「婠婠！」跋鋒寒亦心中大懍，以他們現在的狀態，正是最不該遇上婠婠的時刻。

第六章

巧遇李密

黃易作品集

第六章　巧遇李密

跋鋒寒壓低聲音在兩人耳旁道：「退進去，絕不愁被看見的。」

兩人隨他後移，靠貼光滑的山壁，水瀑像一把扇子般把他們隱蔽包藏，除非有人穿過水瀑，否則休想可以發現他們。

婠婠駐足谷口處，細察地面的痕跡。

寇仲輕震道：「她是循血跡追來的，我們眞疏忽。」

跋鋒寒冷靜地道：「血跡是沒有方向的，我們可以是來了又或走了，誰想得到我們傷得那麼重，仍會在水瀑下淋水呢？」

轟隆的水瀑聲，把他們說話的聲音隔斷了，加上他們只是低聲耳語，故不虞外面的婠婠聽到。

婠婠飄到潭邊，環目四顧，美目深注地凝視潭水。

三人立時闔上眼簾，只露一線地瞅著她，怕她因他們的對視而生出感應，同時運功收斂身體發出的熱量和精氣，免惹起她的注意。

跋鋒寒尙是首次見到婠婠，頓時生出從未有過的驚艷感覺。她的美麗確是與衆不同，美得使人屏息，像是只會在黑夜出沒的精靈。她的臉容帶著種純潔無瑕的秀麗氣質，橫看豎看都不像會害人的妖女。最使人沉迷的是她那對迷茫如霧的眸子，內裏似若蘊含著無盡甜蜜的夢境，期待和等候著你去找尋和發掘。她任何一個微細的表情，總是那麼扣人心弦，教人情難自已。優美的身型體態，綽約的風姿，令她的麗質絕無半點瑕疵。

婠婠忽然朝水瀑瞧來。

若換了是一般好手，這時不免駭得心跳加速，使婠婠生出警覺，但三人是內外兼修的特級高手，身體內的機能沒有半絲反應變化。

風聲微響。倏忽間婠婠旁邊多出了一位高瘦頎長作文士打扮的中年男子。

此人臉白無鬚，長得瀟灑英俊，充滿成熟男人的魅力，雙目開闔間如有電閃，負手傲立，頗有種風流自賞，孤傲不群的味兒。不用跋鋒寒提點，兩人立即認出這男子是「魔隱」邊不負，因為他的樣貌確與單琬晶非常相似。

婠婠施禮道：「邊師叔你好，我們遲來一步呢！」

她低沉的聲音溫婉動人，縱使三人明知她是江湖上最可怕的妖女，也希望聽她多說幾句話。

邊不負雙目神光閃閃地掃視四方，冷哼道：「他們受了嚴重內傷，能走到哪裏去？」

婠婠柔聲道：「潭邊仍飄浮著血絲遺痕，可知他們曾在這裏洗滌傷口，邊師叔認為下一步該怎麼辦？」

邊不負沉聲道：「我們要運用手上所有力量，不惜代價地把這三個小子殺死，否則如何嚥得下這口惡氣。」

接著又冷冷道：「常真和法難真沒用，假設能教那些蠢才拖到我們趕來後動手，這三個小子早就到地府報到去了。」

婠婠輕輕道：「十多年來，婠婠從未見過師叔發這麼大的脾氣，師叔放心吧！這事交在婠婠身上，保證他們沒有多少天可活。」

邊不負哈哈一笑道：「有婠婠你親自出馬，師叔自是非常放心，這三人均是武林罕見的人才，無論智計武功，都非同凡響。你可視追殺他們爲修練的一段過程，師叔亦全聽你的調度和指揮。哈！婠婠你該怎樣謝我？」

瀑內的三人聽得心中愕然，哪有師叔用這種調侃的語氣和師姪女說話的，但當想到魔門中人行事不依常規正理，更不顧倫常道德，亦不以爲異。

婠婠露出一個甜蜜嬌柔的笑容，帶點撒嬌的動人神態道：「師叔又來了！別忘了婠婠在與師妃暄決戰前，必須保留純陰之質啊！」

邊不負柔聲道：「當然不敢忘記，只是提醒你罷了！與其便宜外人，不如把紅丸送給師叔。」

婠婠的目光再投注潭水上，射出淒迷和若有所思的神色，似乎心神到了另一個空間和時間處去。

邊不負愛憐地拍拍她香肩，道：「快天亮了，走吧！」

看著兩人消失在谷口外，三人鬆了一口氣。

寇仲咋舌道：「若他們多視察一會，定會發覺我和小陵塞在石隙的寶書。」

跋鋒寒一呆道：「是《長生訣》嗎？」

徐子陵答道：「當然不是，而是有位老先生送給我們有關園林、建築、兵法的書籍，跋兄如有興趣，可隨便借閱。」

跋鋒寒顯然不感興趣，道：「眼前最安全的地方，莫過於躲在這道水瀑之內。你們先出去把那幾本書藏好，再回到這裏來。我們在這裏好好養傷，得過了今晚，然後設法反擊。哼！先幹掉邊老賊和婠妖女，然後逐一收拾其他人，我跋鋒寒豈是好惹的。」

等到天際逐漸發白，到了午前時分，先後有幾批武林人物尋到小谷來，幸好沒有發現他們。

太陽下山，三人離開水瀑，均有氣爽神清，體力全復的感覺，唯一美中不足處，是渾身濕透、衣服破爛。

在潭旁石上坐下來，寇仲惋惜道：「若沒把衣服留在食店內，現在有新衣服替換了。」

跋鋒寒瞪他一眼，撫著平放膝上的斬玄劍道：「你們的傷勢如何？」

徐子陵抹掉從濕髮滴下來的水珠，答道：「該好了七、八成了，只要再有兩三天，可完全復元過來。」

跋鋒寒默然片晌，嘆道：「《長生訣》眞奇妙，只是在療傷一項上，已非其他所謂神功能及。」

寇仲忍不住問道：「你的情況如何？」

跋鋒寒欣然道：「幸好你兩個傢伙硬扯我到水瀑去行氣運功，既避過殺身大禍，又加快了療傷的速度，現在已痊癒大半，只要暫時避開像婠妖女和邊不負那種高手，其他人仍不被跋某放在眼內。」

徐子陵苦惱地道：「瑜姨究竟有沒有落在他們手上呢？」

寇仲道：「聽他們的語氣，並沒有擒到瑜姨，否則會利用她來誘我們入彀。」

接著問跋鋒寒道：「東溟公主怎會是邊不負的女兒呢？」

跋鋒寒道：「琬晶沒有向我說清楚，其中說不定有些難以啓齒的事，看琬晶提起邊不負的神態，她對這個父親是深惡痛絕的，還說會親手殺死他。」

兩人聽得呆了起來。

跋鋒寒忽然輕鬆笑道：「我們不如再回襄陽去，既可找兩套新衣替換，又可順手教訓錢獨關那些蠢才，再搶條快船供我們依原定計畫北上洛陽，立威天下，豈不痛快！」

寇仲哈哈笑道：「這幾句話甚合吾意，左躲右藏，豈是大丈夫本色，誰的膽子夠大，便放馬跟來吧！」

徐子陵皺眉道：「假如弄得敵暗我明，我們不是要處於被動和挨揍的劣勢嗎？」

跋鋒寒道：「所以我要乘船北上，待他們知道時，還要費一番工夫方可追上我們，也不像在陸路般那麼容易被人聚衆圍攻。必要時還可引他們追上岸去，才設法擊殺，主動全操在我們手上。」

寇仲拍胸保證道：「我是操舟的高手，只要船兒性能良好，我可擺脫任何敵方的船隻。」

徐子陵聽得直搖頭。

跋鋒寒站起來道：「好吧！現在回城，仍可有段睡覺的時間，錢獨關是大富之家，他在城內除主宅外，尙有四處別院，金屋藏嬌，我們就到他最寵愛的小妾白清兒所居的『藏清閣』去打擾一晚，假若錢獨關來訪白美人，將是他倒楣的時刻。」

寇仲奇道：「你怎會對老錢的事知道得這般清楚呢？」

跋鋒寒若無其事道：「因爲我受了別人五百兩黃金，要取他項上人頭，只是尙未有機會殺他罷了！」

兩人聽得愕然以對，開始有點明白跋鋒寒的謀生方法。

三人翻過高牆，只見房舍連綿，隱聞犬吠之聲。在這夜深人靜的時刻，只有當中的一座高樓和主堂處有燈光透出。

跋鋒寒道：「這宅院分內外兩重，外院有護院惡犬巡邏，但因白清兒怕犬隻，所以下人不讓犬隻進入內院，去吧！」

三人騰身而起，奔過數重房舍，越過內牆，來到內院的大花園內，只見亭台樓閣，小橋流水，在月照下清幽寧靜，景致動人。三人屏息細聽，肯定了左方的一所廂房沒有人，橫過花園，穿窗而入。裏面原來是個大書房，畫桌上擺了文房四寶和寫畫的絹紙等物。四壁掛滿字畫，充滿書齋的氣息。

跋鋒寒笑道：「忘了告訴你們老錢的白美人擅長書畫，你們在這裏待一會，我去偷三套衣服回來。」

跋鋒寒穿窗去後，兩人在置於一角的兩張臥椅上舒服地躺下來，想起昨天的惡戰，與現在優哉游哉的情況，實有天淵之別。

寇仲長長吁出一口氣道：「世事確無奇不有，你想得到我們會和風濕寒如此這般的患難與共，聯手進退嗎？」

徐子陵沉吟道：「我始終覺得老跋是那種隨時翻臉無情、天性冷酷的人，和他這麼走在一起，是福是禍仍是難以逆料。」

寇仲冷哼道：「我們和他只是基於眼前利益的結合，只要小心點，他能奈我們如何？那次在大洪山，我看他眞的有心殺你，只不知爲何會忽然改變主意。」

徐子陵道：「這人正正邪邪，行事難測，我們定要防他一手。」

寇仲點頭同意。

這時跋鋒寒回來了，把兩套衣服擲在他們身前，道：「快換衣服，照我看錢獨關今晚會到這裏來，因爲白美人的兩名貼身小婢正在弄燕窩湯，份量足夠十多人喝。」

兩人精神大振，起身更衣。

三人換上一身勁裝，都嫌衣服小了一點。

跋鋒寒苦笑道：「這已是我能找到最大件的衣服，誰叫我們長得比一般人高大呢？有利亦有弊嘛！」

兩人聽得發噱好笑。

寇仲正要說話，人聲隱隱從前院方向傳來。三人留神靜聽，認出其中一個正是錢獨關的聲音。跋鋒寒雙目閃過森寒的殺機，右手作了個斬劈的手勢。

寇仲移到窗旁，往外瞧去。只見十多人沿著長廊朝他們的方向走來，帶頭的是錢獨關和一名形相奇特、長髮披肩的高大男子。

寇仲駭然退後，失聲道：「李密來了！」

以徐子陵和跋鋒寒的膽色，亦同時色變。

三人從沒有想過會在此時此地遇上李密，登時亂了方寸。

李密乃天下有數的高手，威名尤在杜伏威之上；手下又能人無數，縱使以三人的自信，這時能想到的亦只是如何偷偷溜走，再非如何去找錢獨關算賬。

照常理計，假若錢獨關要招待這麼尊貴的嘉賓，必是闔府婢僕列隊迎迓的陣仗。但以現在連個先來打掃執拾一下的準備功夫都沒有的格局，不用說李密這次的行蹤絕對保密，卻偏給他們誤打誤撞的碰上了。

他們究竟有甚麼重要的事情要商量呢？李密乃精於兵法與詐術的人，只看他如何布局殺死翟讓便可見一斑。他於百忙中抽空來此會錢獨關，自有天大重要的急事。

跋鋒寒低呼道：「快走！他們是到這裏來的。」

寇仲環目一掃，最後目光落在立於畫室一角的大櫥櫃處，道：「你們到外面找個地方躲躲，我要聽聽他們說甚麼。」

閃電般移到高達八尺的大櫃前，拉開櫃門，只見裏面全是畫紙，塞滿了櫃內的空間，哪有他寇仲容身之所。

寇仲不敢怠慢，把一大疊畫紙捧起，塞到剛來到他身旁的徐子陵懷內。跋鋒寒立時會意，也趕來接過另一疊畫紙，當兩人捧著重逾百斤的畫紙由另一邊窗門離開，寇仲則躲進櫃內騰空出來僅可容身的位置，關上櫃門，錢獨關剛好推門進來，確是險至毫釐。若非高明如三人，不被李密察覺才是怪事。

櫃內的寇仲深吸一口氣，收斂全身的精氣，進入《長生訣》內呼吸的道境，把體內的機能放緩，以避免為李密所察覺。

錢獨關的聲音在外面響起道：「密公請上坐！」

接著是眾人坐下的聲音。

寇仲傾耳細聽，憑呼吸聲便知只有五個人在畫室內，其他三個人不用說都該是非凡之輩。不禁心中得意，任李密智比天高，亦想不到會有人先一步藏在畫室內。

只希望徐子陵和跋鋒寒沒有洩露行藏便成了。

李密的呼吸幼細綿長不在話下，其他另外兩人的呼吸聲亦是似有若無，顯示這兩人的武功絕不會比李密遜色多少，只是這發現，便駭人之極。

李密雄渾低沉的聲音在櫃外響起笑道：「這座藏清別院清幽雅致，彷彿鬧市中的世外桃源，錢兄眞懂享受人生。」

錢獨關哈哈一笑道：「密公眼光獨到，一目了然地看透小弟。我這人自少胸無大志，只望能長居溫柔鄉內，快快樂樂度過這一生便算了，諸位切勿笑我。」

寇仲心中暗罵，因爲若錢獨關眞是這種人，就不會當上襄陽城的城主，昨天更不會圍捕他和徐子陵。他這麼說只是向李密表態，一方面顯示自己不會和李密爭天下，另一方面則使自己居於更有利的談判形勢，一石二鳥，頗有謀略。

一把年輕的男子聲音笑道：「錢城主眞懂自謙。聽人說城主日理萬機，曾試過七天晝夜不眠不休地工作，沒有踏出官署半步，精力旺盛得教人佩服。」

赫然是徐世勣的聲音。

這番話明是捧錢獨關，其實卻暗示他們對錢獨關的情況瞭若指掌，警告他不要耍手段。

錢獨關乾咳一聲，有點愕然地道：「是錢某剛接掌襄陽時的事了，想不到徐軍師的消息這麼靈通。」

李密淡淡道：「因為我們對錢城主有極高期望，所以特別留意城主的情況。」

錢獨關哈哈笑道：「能得密公關注，錢某實在深感榮幸。但望錢某不會令密公失望就好了。」

接著嘆道：「錢某本以為此次見密公時可獻上兩份大禮，可惜功虧一簣，竟給那兩個小子溜掉。」

兩聲冷哼，一尖亢一低沉，同時響起，充滿不屑的意味，顯然來自尚未發言的兩個人。連在櫃內的寇仲，亦給哼音震得耳朵隱隱生痛，可見兩人的內家功夫，是如何高明。

錢獨關顯然有點不大高興，聲音轉冷道：「幸好如今有名震漠北的長白派符眞和符彥兩位老師親來，照我看這兩個可惡的傢伙已時日無多。」

寇仲在忖度符眞、符彥是何方神聖，李密岔開話題道：「聽說跋鋒寒和他們混到一塊兒。這突厥人據說乃繼畢玄之後西域武功最是卓異和天才橫溢的高手，兼且手段狠辣，殺人像呼吸般輕鬆瀟脫。所以我們必須小心對待。」

此人說話不卑不亢，不但表現出容人的胸襟，還於持重中見謙抑，不愧當今天下最具魅力和威望的領袖。

尖亢的男聲冷冷道：「密公放心，我兩兄弟無論對著甚麼人，從不會輕忽託大的。」

寇仲大感懍然，心中反希望他看不起自己，那一旦應付起來會容易許多。

李密欣然道：「有符眞老師這幾句話，三個小子是死定了！錢城主有甚麼寶貴意見，可供兩位老師參詳呢？」

幾句說話，分別捧了錢獨關和符氏昆仲，又拉近了錢符三人之間的距離，建立起溝通的橋樑，於此可見李密過人之長。

錢獨關道：「我倒不是想長兩個小子的威風，他們最厲害處是出手招式不依常規，千變萬化，奇功絕藝層出不窮。他們那種帶著強烈旋勁的眞氣，更是令人難以應付。」

徐世勣狠狠道：「殺他們是刻不容緩，因從來沒人練成過的《長生訣》竟能被他們練出武功來，又每天都在進步中，若我們這次不把握機會痛下殺手，單是讓他們向李世民洩出『楊公寶藏』的祕密，我們便後患無窮。」

寇仲心中打了個突兀，爲何徐世勣認爲自己會把楊公寶藏的事告訴李世民呢？

聲音低沉的符彥道：「我大哥精擅追蹤尋人之術，連王薄那奸賊都要甘拜下風。只要給我們追躡上他們，保證密公可去此擔憂。」

李密沉聲道：「那就拜託兩位老師，但最好能在他們到達洛陽前趕上他們，否則一旦讓他們進入王世充的勢力範圍，我們將難以糾集人手公然捕殺他們。」

符眞、符彥高聲答應。

李密發出一陣雄渾悅耳的笑聲，嘆道：「能和錢城主對坐暢舒心腹，實李密平生樂事，來！讓李密先敬城主一杯。」

寇仲知他將要傾吐更多大計，精神一振，忙收攝心神，留意竊聽。

徐子陵和跋鋒寒此時藏身在一株老槐樹的枝葉濃密處，居高臨下瞧著下方遠處守衛森嚴的畫室，兩大疊畫紙則置於樹下一堆草叢內。

徐子陵尙是首次和這突厥高手單獨相處，心中湧起頗爲複雜的感覺。他們間的關係頗爲微妙。既親近，又像很疏離；既惺惺相惜，但亦帶著競爭和對敵的意味。恐怕誰都弄不清楚其間眞正的情況。

跋鋒寒湊到他耳邊低聲道：「你不覺得有點奇怪嗎？放著大廳、偏廳、內院這麼多更適合見客的地方不去，偏要到愛妾的畫室來商議，絕對不合情理的。」

徐子陵淡淡道：「這叫出人意表。更可看出錢獨關怕見李密的事會給傳出去，所以連婢僕都要瞞過。更可知今晚他們談的事會牽連到各方面的形勢利害，一個不好，說不定錢獨關要城破人亡。」

跋鋒寒啞然失笑道：「那他就亡定了。因爲你的兄弟對他絕無絲毫憐惜之心，更不會出手相助。」

就在這刻，兩人同時生出警覺，往左後方瞧過去，原來那座位於正中，本亮著燈光的小樓。燈火倏滅。

跋鋒寒微笑道：「白美人該是住在那裏，若我估料無差，白美人絕不簡單，極可能是陰癸派滲進襄陽的奸細。」

徐子陵不由想起李天凡派往飛馬牧場作奸細的宛兒，用的也正是同樣的居心和手段。可知女色實是最厲害的武器，沒多少個男人過得此關。

問道：「跋兄見過她嗎？」

跋鋒寒點頭道：「見過一次。不過我也是見過婠婠後興起這個奇想的。因爲白清兒有種奇怪的特質，和婠妖女非常相似。」

徐子陵心中懍然，跋鋒寒的觸覺銳利得教人害怕。

跋鋒寒嘆道：「她的美麗雖及不上婠婠，但卻有股騷媚入骨的勁兒，非常使人神迷心癢，所以即使以錢獨關這種慣見美女的老江湖，亦要落入彀中。」

徐子陵目光回到畫室後庭處，忽然見到巡衛裏多了「胖煞」金波和「金銀槍」凌風出來。口上卻應道：「或者我們把方澤滔的悲慘下場告訴錢獨關，說不定能使他驚覺過來。」

跋鋒寒苦惱地道：「我仍想不通江淮軍、鐵勒人和陰癸派三方面的人怎會結成聯盟，携手爭霸。」他的目光也落在同一位置，但當然不認識金波和凌風，微愕道：「李密的從人中確是高手如雲，要刺殺李密絕非易事。據說王世充肯送出萬兩黃金給任何成功刺殺李密的人哩！」

徐子陵忽有所覺，別頭朝小樓看過去。

終於見到白美人，同時體會到跋鋒寒初見白清兒那驚艷的異樣感覺。

李密油然道：「杜伏威已取竟陵，不日即沿水北上，但襄陽卻成了他唯一的絆腳石，對此情況，錢城主有何打算？」

櫃內的寇仲暗呼厲害，開門見山，幾句話，句句擊中錢獨關的要害，教他難有閃避招架之力。

果然老狐狸如錢獨關者亦呆了半晌，苦笑道：「憑錢某一城之力，日子自然不太好過。但錢某卻有一事不明，想請教密公。」

李密訝道：「錢城主請直言。」

錢獨關沉聲道：「竟陵之所以會失陷，皆因飛馬牧場同時受四大寇攻擊，無力援手。而據錢某道聽途說得回來的消息，四大寇和密公間有緊密的聯繫。若此事屬實，密公豈非讓四大寇幫了杜伏威一個大忙嗎？」

事實上藏身在暗處的寇仲亦早想過同一個問題，而他卻是確實知曉在四大寇攻打飛馬牧場一役中，李密之子李天凡和俏軍師「蛇蠍美人」沈落雁均參與其事。而他本也如錢獨關般想不透箇中過節。但現在李密親來襄陽，他立即如夢初醒，把握到其中微妙之處。

李密乃威震天下的謀略家，他的最高目標當然是一統天下。但眼前最逼切的問題是如何攻克洛陽的王世充，再挾其勢攻打關中的李閥父子，如此則江山定矣。現今李密雖據有滎陽之地，西進之路無論是陸路或黃河，均被王世充軍截斷，使他動彈不得。而王軍的牽制，更令他無力攻打其他義軍。北方是劉武周和竇建德的勢力範圍。前者有突厥大軍撐腰，後者的聲勢則不下於李密。若貿然與他們開戰，只會便宜王世充，被他乘虛而入。所以李密現在最重要的事，是如何擊垮王世充，佔取東都洛陽，其他一切是次要的事。

可是洛陽乃天下著名堅城，又據水陸之險，兼之王世充武功高強，精擅兵法，且有獨孤閥在背後撐腰，手下兵員則多是前大隋遺下來的正規軍，訓練有素。所以即使以李密之能，到現在仍奈何不了王世充。在這種情況下，李密若要取洛陽，必須製造出一種新的形勢，就是孤立王世充，使洛陽變成一座孤城，瓦崗軍才有望成功。

李密不愧是高明的軍事策略家，兵行險著，祕密指示四大寇配合杜伏威行動，破去飛馬牧場與竟陵唇齒相依又穩如鐵桶的局面，竟陵因而失陷。

李密本來打的是如意算盤，讓由他支持的四大寇佔領飛馬牧場和其附近的幾個大城，好牽制杜伏威的江淮軍。只不過橫生變化，給寇仲和徐子陵破壞了他的大計。

惟其如此，整個南北形勢頓時改觀。杜伏威已取得北進的堅強固點，進可攻，退可守，還直接威脅到襄陽和王世充的地盤。

以前錢獨關能保持襄陽的獨立自主，皆因各大勢力相持不下，故他能在各方都無暇兼顧的間隙中生存。可是現在形勢劇變，使錢獨關只許投靠某一方，始能得到庇蔭保護，再難以左右逢源。

這正是李密要營造出來的形勢之一，逼得錢獨關必須作出選擇，再誘之以厚利，達到兵不血刃而取得襄陽的目的，亦在洛陽的正南方得到一個重要的軍事據點。

杜伏威在攻打竟陵一役損失慘重，暫時無力北進，但卻不會放棄蠶食附近的地盤。所以只要李密取得襄陽，令王世充感到兩面受敵，同時要應付兩條戰線，對李密自是大大有利。

李密此計確是既毒且絕，亦顯示了爲何李密要抽身來此的原因。

徐世勣故作驚奇的道：「錢城主難道眞的相信這種我們會幫杜伏威的謠言嗎？」

錢獨關悶哼道：「空穴來風，自有其因，所以錢某希望密公親口澄清。」

李密道：「我們瓦崗軍和四大寇確實沒有直接的關係，但對四大寇攻打飛馬牧場一事卻早已知曉，並知後面的指使人是誰；且曾趁此良機，想進行一些部署，只是給寇仲和除子陵那兩個可惡的小子破壞了。」

寇仲聽得拍髀叫絕，現在連他也弄不清楚李密是否與四大寇有關係了，錢獨關更不用說。

微僅可察的足音突然在廳內響起。

錢獨關欣然道：「石如終於來了，快來見過密公！」

寇仲心中大爲驚懍，只聽來人足音之輕，可知此人至少在輕功一項上，可置身一流高手之列。

李密哈哈笑道：「聞『河南狂士』鄭石如之名久矣，今日終於得見。」

一陣強勁的長笑後，鄭石如油然道：「密公過譽，在下愧不敢當。」

接著是一番見面的客套話。

寇仲心中奇怪，聽來這鄭石如不但沒有半分狂氣，還頗為謙虛有禮，為何卻得了「河南狂士」名實不副的綽號呢？又暗怪自己見識不廣，竟從未聽過這個人的名字，更不清楚他是錢獨關的甚麼人。

廳中眾人坐下後，敬了一巡酒，錢獨關向鄭石如扼要地重述一遍剛才說話的內容，鄭石如從容道：「密公此回於百忙中分身來此，是否意在洛陽，志在關中呢？」

李密欣然道：「鄭兄確是快人快語，不過得隴始可望蜀，李密深悉按部就班之理，絕不會魯莽行事。」

鄭石如淡淡道：「在下有一事不明，當年密公大破洛陽軍，西進之路已暢通無阻，為何不揮軍直入關中，學秦始皇般踞關中山川之固，成其帝皇霸業？這不是坐失良機嗎？」

寇仲開始有點明白他狂士之名的由來，亦猜到鄭石如必是錢獨關的智囊，除非李密能說服他，令他認為李密是獨得天下的料子，否則錢獨關仍會採觀望態度。

而他的話眞不易回答。

李密哈哈笑道：「鄭先生問得非常痛快，答案是非不欲也，而不能也。入踞關中一事，密思之久矣，但當時昏君尚在，從兵猶衆，而瓦崗軍多為山東人，見洛陽未下，誰肯遠道西入關中。若我妄入關中，恐怕會失去河南山東，那時雖有關中之險，卻憑甚麼去爭天下呢？」

這番話若給一個不知內情的人聽到，定會滿腦子茫然，不知所云。寇仲卻是聽得心領神會。

李密當時最大的障礙是翟讓，若李密入關，翟讓必留駐河南，那時翟讓豈會再放過李密，只要停攻洛陽，讓洛陽的隋兵截斷李密的歸路，那時李密便不再是佔有關中，而是被困關中了。

徐世勣切入道：「另一個原因是昏君和他的手下大軍到了江都，關中在其時已失去了作爲核心的作用，要攻的該是江都而非長安。」

鄭石如淡然道：「當時形勢，確如密公和徐軍師所言。但縱觀現今天下大勢，論威望，無人能及密公，可是若說形勢，則以李家父子佔優，乃坐山觀虎鬥之局。」

李密冷哼道：「李淵只是個好色之徒，只有李世民還像點樣兒。當日李淵起兵太原，要逐鹿中原，只有兩條路走，一條是西入關中，另一條是南下河南。但諒他有天大膽子也不敢來犯我，剩下只有入關一途。不過這傢伙總算有點運道，既得突厥之助，又因關中部隊空群東來攻我，給他乘虛而入，否則哪輪得到他來和我爭雄鬥勝？」

這番話透出強大的信心，不失他霸主的身分和自負，更使人興起崇慕之心，充分顯示出他懾人的魅力。

徐世勣接口道：「現今我瓦崗大軍剛敗宇文化及，聲威大振，只要再取洛陽，關中李家小兒還能有甚麼作爲？密公此番來襄陽，要的是錢城主一句話，只要城主點頭，包保密公得天下後絕不會薄待兩位。」

寇仲暗忖終於到題了，只不知錢獨關會如何應付？

徐子陵看到白清兒，才眞正把握到跋鋒寒的意思。

白清兒憑窗而立，全神貫注地瞧往畫室的方向。

在徐子陵銳利的夜眼下，這美得異乎尋常的女子最惹起他注意的是一頭烏黑發亮的秀髮，襯得她漂亮的臉龐肌膚勝雪，也帶著點像婠婠般令人心悸的詭艷。她無論打扮裝束，都是淡雅可人，予人莊重矜持的印象，可是那雙含情脈脈的明媚秀眸，配合著她宛若與生俱來略帶羞澀的動人神態，卻沒有多少個男人能抵禦得了。她的姿容雖缺少了那種使人動魄驚心的震撼，但反多了一種平易近人的親切感覺。

這時跋鋒寒在他耳旁道：「陰癸派妖女最懂收藏，但我精於觀人之道，所以她休想瞞得過我。」頓了頓續道：「髮爲血之餘，只要你留意她頭髮的色澤，便知她的體魄絕不像她外形般柔弱，而且有精湛的氣功底子。她皮膚的嬌嫩亦非天生的，而是長期修練某種魔功的現象，白得隱泛亮光，像婠婠那樣。」

徐子陵定神細看，同意道：「跋兄還有看出甚麼來呢？」

跋鋒寒尙未回答，白清兒倏地消沒不見，退到兩人目光不及的房內位置去。

「河南狂士」鄭石如沉聲道：「徐軍師之議容後再論，在下尙有一事想請教密公。」

櫃內的寇仲心中叫好，這河南狂士顯然很有自己的見地，並非那麼容易被打動的人。

「長白雙凶」符眞、符彥分別發出兩聲冷哼，顯是有點不耐煩鄭石如一個接一個的問題。

李密卻笑道：「鄭先生請直言無妨。」

鄭石如淡然道：「宇文化及殺死那昏君後，率兵北歸，志在洛陽。以密公之才智，爲何不詐作與宇文化及聯同一線，任宇文化及攻打東都，再坐收漁人之利？現在卻是反其道而行，平白幫了王世充一個天大的忙，更使他得以保存實力，觀之目下王世充揮軍東下，兵至偃師便知他是要趁密公損折了大量兵員後，想趁機佔點便宜！密公是否爲此心生悔意呢？」

李密發出一陣震耳狂笑道：「鄭先生不愧是河南智者，對局勢瞭若指掌。不過李密亦有一個問題欲請教先生，假若設身處地，換了先生處在李密的位置，面對宇文化及南來的十萬精兵，會如何應付？如果一旦洛陽被宇文化及所破，使其既有堅城爲據點，又糧食充足，宇文化及的大軍便再非遠道而來的疲憊之師，我李密再與之爭鋒，是否划算的事？」

鄭石如沉默下來，好一會才道：「密公之言有理，不過目下形勢顯然不利密公，密公有何對策。」

李密胸有成竹地笑道：「王世充只是我手下敗將，何足言勇。現今他率衆而來，洛陽必虛，我李密只要分兵守其東來之路，令他難作寸進。另外再以精兵數萬，傍河西以逼東都，那時王世充必還，我們則退守南方，按兵不動。如王世充再出，我又逼之，如此我綽有餘力，彼則徒勞往返，破之必矣。」

寇仲恍然大悟，終於明白襄陽對李密的重要性。因爲在那種情況下，襄陽就成了李密供應糧草的後勤基地，使攻擾洛陽的瓦崗軍得到支持和補給。所以襄陽城是李密志在必得的。

徐世勣接入道：「王世充移師東來攻我，糧食不足，志在速戰，只要我們深溝高壘以拒之，只須兩三個月光景，王世充糧絕必退，那時我們再啣尾追擊，王世充能有命回洛陽，便是他祖宗積福。」

「砰！」鄭石如拍案嘆道：「只聽密公和徐軍師這番話，便知瓦崗軍勝券在握，王世充有難矣。城主還要猶豫嗎？」

寇仲的腦袋轟然劇震，心叫不好。假若李密確依剛才所說而行，王世充不吃敗仗才怪。而若給李密攻佔東都，關中的李閥必難再保眼前優勢，而宋玉致則須依約下嫁李天凡，使李密因得宋閥之助而聲勢劇增。那時李密只要逼得李閥困守關中，再從容收拾杜伏威等人，天下還不是他李密的囊中之物嗎？

白清兒又出現在窗前，但已換上一身夜行黑衣，默默目送錢獨關陪李密等一行人離開畫室，朝府門方向走去。

跋鋒寒低聲道：「李密這次有難了，剛才她定是以祕密手法通知本派的人，好調動人手，追殺李密，現在她則是準備追蹤李密，掌握他的去向。」

徐子陵不解道：「李密是這麼容易被狙殺死的人嗎？」

跋鋒寒微笑道：「若祝玉妍親來又如何？」

人影一閃，白清兒像一溜輕煙般穿窗而出，落到花園裏，幾個起落，消沒不見。

徐子陵道：「白清兒這麼去了，不怕錢獨關回來尋她不著嗎？」

跋鋒寒道：「她自然比我們更清楚錢獨關的行事作風。嘿！我有個提議，不如把那兩大疊書畫紙放到白妖女的閨房內，然後再追上李密，看看可否沾點油水。」

徐子陵微笑道：「悉隨尊便！」

言罷兩人躍下大樹，與寇仲會合去也。

三人無聲無息地潛入冰涼的河水裏，朝李密的三艘大船其中一艘游去。李密這時仍在碼頭和錢獨關殷殷話別。

趁所有人的注意力集中在碼頭方面，三人憑著靈巧如鬼魅的身手，神不知鬼不覺從左後方登上船舷。他們探頭甲板，立時眉頭大皺，只見甲板上滿是武裝大漢，全無溜入船艙的機會。

寇仲見到船的兩旁各吊著四艘長約丈二的小艇，又以油布蓋好，提議道：「不如躲到其中一條小艇去，除非他們要用艇，否則該是最安全的地方。」

跋鋒寒和徐子陵同意點頭，遂沿著船舷邊沿迅速移到吊著的一條小艇旁，略費了些手腳揭開油布，竄身進去，蓋好後船身一顫，剛好啓碇開航，沿河北上。

跋鋒寒躺在船尾，寇徐則並排臥於船首的一邊，但爲了方便說話，三個大頭擠在一堆，令三人都生出既怪異又親密的感覺。

寇仲詳細交代了李密要殺他們三人的決心。卻把李密說動錢獨關一事輕輕帶過，皆因對跋鋒寒仍深具戒心。言罷笑道：「若那長白雙傻留下來找我們，便眞是笑話之極！」

跋鋒寒冷笑道：「你知道他們是甚麼人嗎？」

徐子陵瞧著上方的油布，道：「聽跋兄這麼說，這兩個傢伙該是有點道行的了。」

跋鋒寒道：「這兩人是王薄的師弟，不過早與師兄反目，想不到現在投靠李密。這兩人雖賦性驕橫狂妄，但確有點眞本領，否則早給王薄宰掉。尤其長兄符眞更是有名擅長追蹤的高手，在這方面比李密以前死去的手下『飛羽』鄭蹤更有名氣，武功更是天壤雲泥之別，幸好我們躲到這裏來，否則會有天大的煩惱呢。」

兩人見以跋鋒寒的自負，竟對兩人評價如此之高，心中暗懍。

跋鋒寒道：「趁此機會，我們先養好精神，待會殺人，也爽快一點。」

三人閉目靜心，不片晌進入潛修默運的境界。

船身一陣抖震，由快轉緩。三人同時驚醒過來。跋鋒寒伸手運指戳破油布，三人伺隙外望，甲板人來人往，非常忙碌。天際曙光初現，可知李密的船隊至少走了三個時辰的水程。

寇仲愕然道：「他們不是要泊岸吧！」

跋鋒寒改到另一邊破布處外窺，低呼道：「岸上有人。」

兩人移了過去，左岸處軍營密布，還有座臨時設立的碼頭，泊了數艘較小型的戰船和十多隻快艇。李密的船隊，緩緩往碼頭靠過去。

徐子陵恍然道：「原來李密伏兵在此，若與錢獨關談判失敗，便以奇兵攻襄陽之不備，確是狠辣。」

跋鋒寒點頭同意道：「李密從來不是善男信女，徐兄的猜測頗合李密作風。好了！現在儘管老天給祝玉妍做膽，恐怕她也不敢來惹李密，我們該怎麼辦？」

寇仲斷然道：「我們立即偷艘快艇，北上洛陽。」

跋鋒寒皺眉道：「若現在去偷艇，就不是暗偷而是明搶。李密本身高明不在話下，他手下亦不乏高手，我們未必能成功的。」

徐子陵奇道：「爲何仲少這麼急於到洛陽去？」

寇仲低聲道：「遲些再向你們解釋，暗偷不成就明搶吧！看！李密上岸了。」

兩人亦看到李密、徐世勣兩人在一衆將領簇擁下，離船登岸。一群人早恭候於碼頭處，領頭者是個高大軒昂的年輕將領。

跋鋒寒道：「那是李密麾下大將裴仁基，此人與王伯當齊名，人稱瓦崗雙虎將，武功高強，智計過人。」

聽到王伯當之名，徐子陵和寇仲想起素素曾受其所辱，心中一陣不舒服。

李密等一行人沒進營地內去。

跋鋒寒笑道：「要搶船，現在正是時候！」

三人從水裏冒出頭來，攀上其中一艘泊在岸旁的快艇。寇仲和徐子陵安詳淡定地把布帆扯起，跋鋒寒則拔出他的斬玄劍，手起劍落，劈斷船纜。

岸上有人喝道：「你們三個幹甚麼？」

跋鋒寒大笑道：「煩請告訴密公，跋鋒寒、寇仲、徐子陵借船去也。」

話畢雙掌猛推，一股掌風擊得水花四濺，朝撲來的十多名瓦崗軍照頭照臉灑過去，快艇同時受力反撞，倏地移往河心。剛好一陣風吹來，寇仲忙擺出「一代舵手」的雄姿，操著風帆順風沿河北上，轉瞬遠去。

他們在油布蓋著的小船悶了幾天，此時見到兩岸群峰簇擁，綠樹幽深，分外神清氣爽，精神大振。

在右舷輕鬆搖櫓的跋鋒寒仰天長笑道：「此次我們是明著剃李密的眼眉，逼他派人來追殺我們，此河北端盡於洛陽南面三百里處，那段路途會最是精采。」

在左舷運漿的徐子陵不解道：「憑我們現在快如奔馬的行舟速度，李密的人如何能追上我們？」

跋鋒寒耐心地解釋道：「若李密只是一般賊寇，當然奈何不了我們。但瓦崗軍現在已成了一個嚴密組織的軍事集團，更因要佔奪東都，故在這一帶設置了能火速傳遞軍事情報的網絡，一旦有事，可利用快馬驛站，又或飛鴿傳訊的方式，指示遠方的手下進行任何行動。所以我們切不能鬆懈下來。」

寇仲道：「這次北上洛陽，我們只宜智勝，不宜硬闖，只要我們能以最快速度趕抵洛陽，便算我們贏了。」

徐子陵和跋鋒寒均訝然朝他瞧來，因爲這番話實不該從他口中說出來，以寇仲一貫的作風，該提議大鬧一場才對。

寇仲有點尷尬地岔開話題道：「長白雙傻給撇在襄陽，李密和裴仁基、徐世勣又難以分身，會不會是俏軍師沈落雁來侍候我們呢？」

徐子陵雙目殺機乍閃，淡淡道：「最好前來的是王伯當，我們可向他討回舊債。」

跋鋒寒微笑道：「少有見徐兄對一個人如此恨之入骨的，不過王伯當一手雙尖軟矛使得非常出色，名列奇功絕藝榜上，即使他落了單，殺他仍非易事。」

徐子陵沒再說話。

三人全力操舟，逆水而上，到了黃昏時分，已越過由王世充手下大將「無量劍」向思仁把守的南陽城。跋鋒寒和徐子陵稍作休息，只憑風力行舟，速度大減。

跋鋒寒笑道：「你們聽過董淑妮的芳名嗎？」

寇仲搖頭道：「從未聽過，不過這名字倒很別致。」

跋鋒寒瞧著遠方晚霞遍天的空際，深吸了一口迎舟吹來的河風，悠然神往地道：「董淑妮是王世充妹子王馨的獨生女，自幼父母雙亡。此女年華十八，生得花容月貌，國色天香，艷蓋洛陽。」

寇仲笑道：「跋兄是否有意追逐裙下呢？」

跋鋒寒淡淡道：「對我來說，男女之情只是鏡花水月，剎那芳華，既不能持久，更沒有永恆的價値。況且此女是王世充最大的政治本錢，聽說李閥亦對此女有意，希望憑此與王世充結成聯盟，對抗李密。」

寇仲哈哈笑道：「若她嫁與李世民，確是郎才女貌，非常匹配。」

跋鋒寒苦笑道：「寇兄只是想當然罷了！因爲聽說要納董淑妮的是李淵本人！」

寇仲和徐子陵聽得面面相覷，啞口無言，暗道難怪李淵被譏爲色鬼了。

寇仲想起一事，問道：「當年我們曾在東平郡聽石青璇吹簫，石青璇走時跋兄曾追她去了，結果如何？」

跋鋒寒神色微黯，道：「我只能看到她的背影，但已留下了永不磨滅的深刻印象。這在彼此來說或者是最好的情況，若我和她朝夕相對，說不定終有一天生出厭倦之心。」

徐子陵皺眉道：「跋兄是否很矛盾呢？一方面說不介懷男女之情，另一方面卻對有色藝的美女渴望追尋，又銘記於心。」

跋鋒寒沉吟片晌，嘴角逸出一絲苦澀的笑意，道：「難怪徐兄有此誤會，皆因常見我與不同的美女混在一起，現在又聽我說不把男女之情放在心上。但事實上兩者並無必然對立的情況。」

寇仲大感有趣道：「跋兄於此尙有何高論？」

跋鋒寒吁出壓在心頭的一口悶氣，像跌進深如淵海的回憶裏般，雙目神光閃閃的道：「自懂人事以來，我便感到生命是不斷的重複，每天都大致上幹著同樣的事，只有不斷的改變環境，不斷地應付新的挑戰，或把自己不斷陷進不同的境況內，才可感受到生命新鮮動人的一面。」

接著攤開雙手道：「像現在這般就沒有半絲重複或沉悶的感覺，擺在眼前正是個茫不可測的未來，似乎在你掌握中，又像全不受你控制。和兩位的合作更是刺激有趣，誰能肯定下一刻我們不會遇上祝玉妍呢？此正爲我不想把男女之情放在心上的原因之一。」

寇仲失笑道：「這麼說，跋兄可是個天生薄情的負心漢。」

跋鋒寒微笑道：「寇仲你莫要笑我，我和你都是有野心的人，只不過我專志武道，而你則作你的霸業皇帝夢；道路雖然不同，但若要達成目標，當然須作出種種捨棄。」

寇仲老臉微紅道：「我何時告訴你本人要作皇帝夢？」

跋鋒寒瞅了他充滿曖昧意味的一眼，啞然笑道：「觀其行知其志，你寇仲把南方搞得天翻地覆，形勢大變，又身懷楊公寶藏的祕密北上，已爲你的計畫作了最好的說明。昨晚在藏青閣的畫室內分明聽到了至關重要的機密，但偏要藏在心內，否則爲何這麼急於到洛陽去呢？」

寇仲在兩人如炬的目光下，毫無愧色的哈哈一笑，從容道：「老跋你果有一手，想瞞你難如登天。不過我此次上洛陽，只是想做一筆買賣，別人出錢，我賣情報，與作甚麼皇帝夢沒有任何關係。」

跋鋒寒笑而不應，轉向徐子陵道：「徐兄相信嗎？」

徐子陵舉手投降道：「我不想騙跋兄，又不想開罪仲少，只好避而不答。」

三人你眼望我眼，忽地一起捧腹狂笑。

就在此時，前方河道遠處現出一點燈火，迎頭緩緩移近。

三人駭然起立，定睛一看，均感愕然。

在明月高照下，來的是一條頭尾尖窄的小艇，艇上豎起一枝竹竿，掛了盞精美的八角宮燈。可是艇上除此之外空空如也，鬼影不見半個。最令人詭異莫名的是小艇像給人在水底托著般，在彎曲的河道上航行自如，轉了最險的一個急彎後，筆直朝他們開來，邪門之極。

寇仲呼出一口涼氣道：「這叫好的不靈壞的靈，眼前這個未來肯定不是掌握在我們手中。」

徐子陵凝視著離他們只有三百來尺的空艇，沉聲道：「水底定有人在操艇，還不快想法避開。」

跋鋒寒探手執起船槳，冷笑道：「管他是誰，我跋鋒寒偏不信邪，看他能弄出甚麼花樣來。」

此時寇仲操舟避往左岸，豈知那艘空艇像長了眼睛般，立即改變駛來的角度，仍是迎頭衝至。

寇仲目光朝岸上掃去，道：「岸上該有伏兵，假設我們失散了，在洛陽再見。」

怪艇駛至六十尺內，迅速接近。跋鋒寒大喝一聲，手中船槳全力擲出。

三人全神貫注在船槳之上，瞧著船槳像一道閃電般射過近二十尺的空間，然後下貼江面，再在水底下尺許處像一條大白水龍般往小艇迎去，用勁之妙，教人嘆爲觀止。

徐子陵提起另一根船槳，移到船尾，撥進水內。快艇立時加速，只要對方躲往一旁，他們便可乘機衝過去。

跋鋒寒擲出的木槳在三個人六隻眼睛睜睜瞧著下朝順水而來的空艇迅速接近。距離逐尺逐寸地不斷減少。空艇仍沒有絲毫要避開的意思。「砰！」木槳與艇頭同時爆起漫天的碎屑，可知跋鋒寒用勁之剛猛。

江水湧入那艘艇內去。三人同時大感不妥，因爲事成得實在太容易了。就在此刻，三人腳底同時生出異樣的感覺。

寇仲大喝道：「敵人在艇下！」

跋鋒寒哈哈一笑，全身功力聚往腳底，快艇倏地橫移丈許。「蓬！」一股水柱就在剛才的位置沖上二十多丈的高空，再往四外灑下來。

徐子陵已清楚把握到敵人的位置，船槳脫手而出，螺旋而去，刺入水中。

寇仲雙掌遙按船尾的水面，激得河水四濺，憑其反撞之力，帶得小艇像脫韁野馬般逆水疾飛，剎那間越過正在下沉的空艇，把仍豎在水面上的宮燈撞個稀爛，火屑四濺，情景詭異至極。

三人的目光無不集中在敵人藏身的河水處，卻不聞任何船槳擊中敵人應有的聲音，距離則迅速拉遠。

腳底異感又至。寇仲狂喝一聲，井中月離背而出，躍離艇尾，一刀朝水內劈去，手臂沒進河水裏。

井中月正中從水底斜射往艇底的船槳，發出一下沉悶的勁氣交擊聲。這一刀在時間上拿捏得無懈可擊，剛好劈在槳頭處。「嘭！」寇仲有如觸電，整個人給反震之力往後彈開，忙乘機來兩個空翻，回到艇內，踏實後仍要退了兩步，深吸一口氣壓下翻騰的氣血，色變道：「究竟是何方神聖？」船槳在水內打了幾個轉，往下沉去。

跋鋒寒拔出斬玄劍，回復了臨敵的從容，微笑道：「快可知道了！」話猶未矣，一道黑影帶著漫天水珠，從十丈外的河面斜衝而起，流星般橫過水面，飛臨小艇之上，那種速度，似已超出了物理的限制。

三人雖知敵人會追上來，但仍沒有心理準備會是如此迅快，聲勢驚人至此。他們尚未有機會看清楚對方的模樣，強大無匹的勁氣狂壓而下。千萬股細碎的勁氣，像鋒利的小刀般隨著勁風朝三人襲來，砍刺割劈，水銀瀉地般令人防不勝防。如此內勁，三人還是初次遇上。

跋鋒寒和寇仲同聲大喝，一劍一刀，織出漫空芒影，有如張開傘子，往上迎去。

徐子陵矮身坐馬，一拳擊出，螺旋勁氣從那刀劍虛擬出來的網罩核心的唯一缺口衝出，望那人轟去。

空中那人背對明月，身後泛起朗月射下來的金芒，正面卻沒在暗黑中，邪異至不能形容的地步。

「蓬！」跋鋒寒和寇仲踉蹌移跌，護罩消散。

當迎上對方怪異無匹的勁風，兩人雖把對方勁氣反震回去，可是碎勁卻像綿裏藏針般沿刀劍透體而入，駭得他們忙運功化掉。如此奇勁，確是前所未遇。

那人正要二度下擊，徐子陵的螺旋勁氣剛好及時趕到。

跋鋒寒和寇仲合擊下的反震之力豈同小可，儘管以那人的厲害，亦應付得非常吃力，眼見旋勁又迎頭襲至，無奈下不敢疏忽，改攻爲守，一掌拍上徐子陵旋勁的鋒銳處。

「轟！」氣旋震散。那人一聲悶哼，往岸上飛去。徐子陵則「咕咚」一聲跌坐甲板，噴出一口鮮血。

跋鋒寒和寇仲剛化解了侵體的碎勁，連忙四掌齊出，擊往船尾的水面。水花濺射下，快艇船頭翹起，破浪如飛，逆水急射。三人不約而同朝那可怕的強橫敵人瞧去。

那人落在岸旁一塊大石上，轉身負手，仰天大笑道：「英雄出少年，難怪能令老夫受喪子之痛，曲傲不送了！」

三人目瞪口呆地瞧著曲傲由大變小，消沒在河道彎曲處。

重掌船舵的寇仲抹了一把冷汗道：「原來是他，難怪人說他的武功直追畢玄哩！」

徐子陵抹去嘴角的血絲，起立微笑道：「曲傲既出手，祝玉妍也該在不遠之處，兩位有何提議？」

跋鋒寒緩緩回劍鞘內，傲然道：「此事避無可避，除了兵來將擋，水來土掩，還有甚麼辦法？」

寇仲卻坐了下來，搖頭道：「若我們只逞匹夫之勇，今晚必死無疑。因爲敵衆我寡，更因敵人中至少有三、四個人可穩勝我們。這叫知己知彼。」

跋鋒寒爲之啞口無言，暗忖自己在靈活變通上，確不及兩人。

徐子陵挺立艇首，凝望前方，運氣調息，河風吹來，拂得他衣衫獵獵作響，自有一股從容大度，孤傲不群的動人神態。淡然道：「曲傲之所以能在剛才處截擊我們，定是得到消息後，因心切殺子之仇，故立即出動，孤身趕來，把其他人抛在後方。」

跋鋒寒冷哼道：「該是我們現身搶船，白妖女於一旁窺見，立即以飛鴿傳書一類的手法，通知曲傲等人。」

寇仲接口道：「所以只要我們現在棄舟登岸，敵人將會暫時失去我們的行蹤，而我們則可由明轉暗，把主動搶回手上。」

三人意領神會，交換了個眼神，腳下同時發勁。小艇立時四分五裂，往下沉去。三人騰身而起，投往右岸密林的暗黑裏去，瞬眼間走得影蹤不見。

河道回復平靜，在月色下河水粼光閃閃。不久後一艘大船高速沿河駛至，破水滑過小艇沉沒處，朝下游開去。

穿過岸旁廣闊達五十里的疏林區後，前方現出一列延綿不盡的山丘，擋著去路。三人哪怕高山，反覺易於掩蔽行藏，加速趕去。

寇仲追在徐子陵旁，關心地道：「曲傲那掌受得了嗎？要不要休息一會。好好睡他娘的一覺。」

徐子陵搖頭道：「那一掌不算甚麼，只是臟腑血脈被傷，把血噴出來，去了壅塞，又運功癒合了傷口，已復元了七八成，小事而已。」

前面放足疾奔的跋鋒寒有感而發的道：「你們間的兄弟之情眞是無人能及，照我看只有徐兄可令寇仲將火速趕往洛陽一事暫擱一旁，對吧！」

寇仲搖頭道：「錯了！我寇仲是最講義氣的人，假若傷的是你老跋，我也會這般做，因爲我們現在是生死與共的戰友呢。」

跋鋒寒速度不減，沉默了一段路後，忽提議道：「不如我們各以對方名字作稱呼，勝似兄前弟後那麼見外。」

徐子陵欣然道：「那你就喚我作子陵，我們則叫你做鋒寒，親切多哩！」

寇仲眉頭大皺道：「我的名字只得一字，老跋你總不能喚我作『仲』那麼彆扭難聽吧！」

跋鋒寒和徐子陵爲之莞爾不禁，前者大笑道：「喚你作仲少如何？你則叫我作老跋，橫豎我長你們幾歲。」

寇仲大喜，三人談談笑笑，腳下草原似潮水般後瀉，不片刻已來到群山腳下。他們停下腳步，均生出高山仰止的感覺。眼前大山雖非特別高聳，可是壁立如牆，直拔而上達數百丈，即使輕功高明如他們，亦生出難以攀登的感嘆。正要沿山腳找尋攀爬的好位置，徐子陵發現了一處峽口，招呼一聲，領頭奔去。

來到峽口處，始發現不知哪位前人，在峽旁左壁高處雕鑿了「天城峽」三個大字，筆走如龍蛇，極有氣勢。徐子陵領先入峽，兩邊岩崖峭拔，壁陡如削，全長達半里，越往北去越是狹窄，至北面出口僅可容單騎通過，險要至極。

寇仲出峽後嘆道：「假設能引敵人進入此峽，我只須一百伏兵，可殲滅對方數萬雄師，可見不明地理者，戰必敗。」

此際曙光初現，前方起伏無盡的丘陵，沐浴在曦微的霧氣中，洋溢著一種不可名狀的自然美態，令人心神嚮往。

跋鋒寒指著左方地平處一座橫跨數十里的大山道：「那山叫隱潭山，過了它就是襄城，洛陽在城北百里許處，我曾到過那裏，景色相當美。」

徐子陵道：「現在我們該已把敵人甩掉，若我是他們，如今只能在洛陽南方布下封鎖線阻截我們，所以我們一是硬闖，一是繞個大圈子從其他三方往洛陽去，但如此我們至少要多用上幾天時間。」

寇仲斷然道：「我們先到隱潭山，休息一會，夜色降臨時直奔洛陽，看他們能奈我們如何？」

跋鋒寒乃天生好勇鬥狠的人，欣然笑道：「這才是男子漢大丈夫所為，來吧！」領頭飛奔。

一個時辰後，三人深入深山之中。這時寇仲和徐子陵才明白此山得「隱潭」之名的原因。原來在群峰競秀的深處，因山勢而匯成十多個大小水潭，由千百道清洌的溪泉連接起來。最高的一個潭位於一座平頂峰上，聚水成湖，湖畔松柏疊翠，清幽恬靜。更妙是潭與潭間的峭壁伸展如屏，洞壑處處，積水滿溢，瀉為飛泉，為隱潭山平添無限的生氣。

在這飛禽匯聚，走獸棲息的好地方，三人精神大振，一洗勞累。他們依原定計畫，攀上最高的水潭，靜候夜色的來臨。三人在潭內痛痛快快洗了個澡，採來野果吃罷，徐子陵找了個僻靜處療治尚未完全痊癒的內傷，寇跋兩人則攀上至北的一座高峰，觀察形勢。兩人縱目北望，均覺天廣地闊，心神延展。在這角度往下瞧去，層巒疊翠，萬山俯伏，山外田疇歷歷，十多條村落掩映在林木之中。

跋鋒寒指著遠方建在一道流過大地的長河旁的大城道：「那是襄城，河名汝水，襄城左方那座山叫箕山，雄偉非常。」

寇仲吁出心頭一口豪情壯氣，戟指北方道：「再北處就是東都洛陽，我寇仲是龍是蛇，還看能在那裏有何作爲。」

跋鋒寒哈哈一笑道：「天下是屬於有大志的人。我和你仲少都是不甘於平凡之輩，如此生命才能多姿多采。在武林史上，洛陽從未曾像現在這般龍蛇混雜，成爲關係到天下樞紐的核心。誰能奪取洛陽，誰便可取得向任何一個方向擴展的便利。不過仲少此刻手下無兵無將，如何可以與群雄競逐呢？」

寇仲胸有成竹的微微一笑道：「我現在最大的優勢，正是手中的實力全是隱形的，但卻已在暗中操縱天下形勢的發展，其中細節，一時難以盡述。」

跋鋒寒心知肚明他不會向自己洩出祕密，微笑道：「只聽仲少說話流露出來的信心，便知你心有定計。哈！想想也覺有趣，若有人看到我們兩個站在這裏，有誰能想到一個是要成千古不敗的皇圖帝業，另一個則要攀上武道的極峰。」

寇仲忽然問道：「傳說誰能得到和氏璧，便可得到天下，對此事老跋你有何看法？」

跋鋒寒嗤之以鼻道：「這是只有愚夫笨婦才相信的事。不過話又說回來，正因有很多愚夫笨婦對這謠傳深信不疑，加上和氏璧確曾是歷代帝皇璽印，來歷又祕不可測，所以誰能得之，必然號召力倍增，大大加強了爭霸天下的本錢，此則不可以忽視。」

寇仲讚嘆道：「和老跋你談話確是一種享受，此正是我想得到和氏璧的原因。」

跋鋒寒道：「我素來對甚麼寶物全無興趣，惟是和氏璧卻能牽動我心神，很想一開眼界。不過若此璧確在寧道奇手上，我們能碰到和氏璧的機會是微乎其微了。」

寇仲問道：「武林流傳寧道奇會在洛陽親手把和氏璧交給慈航靜齋的代表師妃暄，此事是否只是好事之徒憑空捏造出來的謠言呢？」

聽到師妃暄之名，跋鋒寒銳目神光亮起，沉聲道：「照我看此事千眞萬確，也是寧道奇和慈航靜齋故意放出來爲未來眞主造勢的消息。」

寇仲失聲道：「甚麼？」

跋鋒寒微笑道：「仲少想不及此，皆因你不明白慈航靜齋與天下政治形勢的關係。自地尼創立慈航靜齋以來，靜齋便成白道武林至高無上的代表，既出世又入世。出世處是罕有傳人踏入江湖，故能不捲入任何紛爭，保持其超然的姿態。」

頓了一頓，接下去道：「入世處則是遙遙克制著魔教最有實力的陰癸派，不讓他們出來搞風搞雨，禍害人間。而若遇上天下大亂，靜齋則設法扶持能造福萬民的眞命天子，使天下由亂轉治。」

寇仲大感意外，愕然道：「老跋你怎能對這麼隱祕的事瞭若指掌呢？」

跋鋒寒淡淡道：「我此趟東來中土，除了是修行上必須的過程外，還因心慕貴國源遠流長的文化，故對像慈航靜齋這種歷史悠久的聖地特別留心，也比一般人知道得多一點。」

寇仲奇道：「少有聽到你這麼謙虛的。」

跋鋒寒啞然失笑道：「我和你仍只是在黑暗中摸索某一理想的人，不虛心點如何能進步。嘿！且讓我去打些野味回來飽餐一頓，好為我們直闖洛陽壯壯行色。」

寇仲哈哈大笑道：「與君一席話，我寇仲獲益匪淺。這野味該由我去張羅才對。」

跋鋒寒失笑道：「我只是想一個人去靜心想點事情！待會兒見見好了。」

言罷閃沒在峰沿處。

第七章

鐵勒飛鷹

黃易 作品集

第七章　鐵勒飛鷹

徐子陵盤膝坐在潭旁一方平滑的大石上，凝視著反映著藍天白雲的澄澈湖水，心靈一片清明。對他來說，世上除了寇仲外，只有素素能令他掛在心上，其他人都像離他很遠，印象模糊。

寇仲和跋鋒寒各有其人生目標，而他徐子陵則只希望能過著一種沒有拘束，自由自在，隨遇而安的生活。這並非代表他是個不求上進的人，只是他並沒有爲自己定下必須達到的目標。對武道或知識的探索，本身已是一種樂趣，是他生活的重要部分。

此時寇仲來到他身旁坐下，正容道：「不是我想瞞你，而是不想老跋知道太多祕密，我始終覺得他不大可靠，隨時會翻臉無情。」

徐子陵不大在乎地道：「你其實也不一定要告訴我，我是不會怪你的。」

寇仲苦惱道：「不要和我說這種話行嗎？一世人兩兄弟，只有你我可以完全信任，更需要你的幫忙。」

徐子陵無奈道：「老跋到哪裏去了？」

寇仲說了後，沉聲道：「假如沒有我，王世充此仗必敗無疑，因爲他根本不是李密的對手。若被李密奪得洛陽，甚麼李淵李世民、竇建德、杜老爹，全部要返鄉下耕田，這還得祖宗積德，留得住性命才行。」

徐子陵動容道：「你究竟聽到甚麼消息？」

寇仲扼要地說出來後，分析道：「李密最大的長處是一個『忍』字。當年他明明傷了翟讓，但因摸不清他的傷勢，於是忍到翟讓露出底牌，才發動攻勢，一舉把翟讓踢下大龍頭的寶座，取而代之。」

徐子陵點頭同意。若李密過早叛變，縱能大獲全勝，但因翟讓威望仍在，與瓦崗軍各派系的頭頭關係又是柢固根深，必會使瓦崗軍四分五裂，如此慘勝，不要也罷。

寇仲低聲道：「得到軍權後，他本有機會揮軍直搗關中，佔據西都，那時東都還不是他囊中之物嗎？可是他怕入關後，翟讓的忠心舊部會自立爲王，不聽他指揮，於是固守河南，把瓦崗軍的領軍將士全換上忠於自己的部下，在策略上實屬明智之舉。」頓了頓又道：「李密又屢開倉庫賑民，使他贏得民心，聲威大振，各方豪傑無不來歸。若換了個魯莽的人，早就藉運河之便，揮軍南攻江都，但李密便忍著沒這麼做，待得宇文化骨造反殺了煬帝，領兵北歸，才起軍迎擊。宇文化骨本非善男信女，手上又有最精銳的禁衛軍，但仍輸在李密一個『忍』字上，你還要聽嗎？」

徐子陵聽到宇文化骨之名，虎目閃過令人心寒的殺機，道：「當然要聽。」

寇仲讚嘆道：「要忍也須講策略講詐術，而李密則是此中高手。李密爲避王世充與宇文化骨左右夾擊，竟厚顏向東都王世充捧出來的傀儡皇帝示好，並表示願平宇文化骨以贖罪，去其後顧之憂。」

徐子陵皺眉道：「但這麼做不會對他的聲譽造成嚴重的損害嗎？」

寇仲續道：「在這謠言滿天飛的時候，誰弄得清楚哪段消息是眞，哪段消息是假。不過王世充的確怕李密任由宇文化骨進攻東都，樂得暫且按兵不動，來個坐山觀虎鬥，最好李密和宇文化骨兩敗俱傷，或是堅持不下，那對他就最理想不過。」

徐子陵奇道：「你怎能知得這般清楚呢？」

寇仲道：「一半是聽來的，一半是猜出來的，哈！你該知我的聯想力有多豐富吧！」

接著拍腿道：「宇文化骨將輜重留在滑台，率軍進攻黎陽。李密又忍了他，命守黎陽的徐世勣避其鋒銳，西保倉城。但不用說半點糧草都不會留給宇文化骨哩！」

徐子陵聽出興趣來，追問道：「宇文化骨難道不可以乘勢追擊嗎？大軍壓境下倉城豈能守得住呢？」

寇仲道：「這你就不得不佩服李密了，他親率二萬步騎進駐附近的清淇，與徐世勣遙相呼應，深溝高壘，偏不與宇文化骨正面交鋒。如宇文化骨攻倉城，他就扯他後腿，形成對峙不下的僵局。問題是宇文化骨缺糧，李密這老狐狸還詐作與之議和，使宇文化骨這笨蛋以爲可暫息干戈，不再限制士兵的口糧。李密即於此時與他大戰於童山，宇文化骨糧盡而退，敗走魏郡，勢力大衰。李密之所以能勝，並非宇文化骨智計不及他，又或軍力兵法不足敵，而是輸在李密的忍功上。」

接著雙目放光道：「所以只要能破去李密的忍字訣，我可使無敵的李密吃到生平第一場大敗仗，並使他永遠不能翻身。而機會就在眼前，只要讓我見到王世充，就有辦法令他聽我之言，否則天下將是他李密的了。」

徐子陵心中劇震。

寇仲說得不錯，他的確把握了李密的長處及優點，只要針對他的長處定計，李密的優點反會成爲他的缺點。而寇仲則有足夠的才智去布下陷阱，誆李密上當。任李密智深如海，也料想不到會有寇仲這樣一個可怕的大敵在旁暗中窺伺，並掌握到他的策略，伺機加以痛擊。問題是寇仲如何令王世充聽他的話呢？在目前的情況下，這根本是不可能的事。

此時跋鋒寒捉了頭小獐回來，中斷兩人的對話。

黃昏時分，三人離開山區，抵達汝水南岸一座密林，已是夜幕低垂。明月尚未現身的夜空，星光點點，壯麗感人。

跋鋒寒拔劍劈下一截樹幹，削去枝葉，道：「我將這截樹幹拋到河心，再借力渡往對岸，誰先上？」

寇仲笑道：「小陵先上吧！誰先誰後沒有分別。」

徐子陵忽地低聲道：「似乎有點不妥當，不知為何，離開山區後，我一直有心驚肉跳的感覺，有點像那回在巴陵城外的情況。」

跋鋒寒駭然道：「我本身亦是擅長跟蹤和反跟蹤祕術的人，剛才已利用種種方法，測試有否給人盯著。假若子陵的感覺無誤，那這伏在暗中的敵人，至少應是曲傲般級數。」

寇仲吁出一口涼氣道：「他為何還不動手呢？說不定是沒有把握同時對付我們，故須等待幫手，且很可能就是曲傲本人，又或他計畫在我們過河時猝然出手偷襲，先殺我們其中之一，再從容收拾其他兩人。」

跋鋒寒道：「管他是誰，是曲傲又如何？我們設法把他引出來，再以雷霆萬鈞的攻勢，把他殺死，好去此禍根。」

徐子陵搖頭道：「現在絕非強逞勇力的時候，我們的行蹤既落在敵人眼中，這到洛陽之路將會是荊棘遍途，若我們只懂以狠鬥狠，最後只會落得力戰而死之局，多麼不值。」

寇仲皺眉道：「你有甚麼提議？」

徐子陵問道：「襄城是誰的地盤？」

跋鋒寒道：「當然是王世充的，否則東都早完蛋了。」

寇仲壓低聲音道：「若有人在旁窺伺我們，定以爲我們欲要渡河，假設我們忽然沿河狂奔，直赴襄城，那對方除了啣尾狂追外，再無他法。」

跋鋒寒欣然道：「襄城外全是曠野空地，無法掩蔽形跡，那我們便可知道這人是誰了！」

三人商量了很完整的計畫和應變的方法後，移到河旁。跋鋒寒運力把手持的樹幹拋往河心。「噗通！」水花四濺。三人一聲呼嘯，沿著河岸朝襄城的方向疾掠而去。

襄城位於汝水北岸，控制著廣大的山區與上下游的交通，地理位置非常險要，乃兵家必爭之地，對東都洛陽的安危更是關係重大。襄城城牆，四周連環，牆體堅固雄偉，門闕壯觀，箭樓高聳，景象肅殺。

他們在離襄城里許遠的河段，渡過汝水，掩到引汝水而成的護城河旁，伏在草叢裏。回首後望，整片曠野空空蕩蕩的，不見半隻鬼影。高逾十五丈的城牆上燈火通明，照得護城河亮如白晝，就算有蒼蠅飛過，也難逃守城兵衛的眼睛。除了硬闖外，實無其他入城方法。

跋鋒寒嘆道：「若眞有人跟蹤，那這人眞是高明得教人心寒。」

寇仲沉聲道：「小陵的感覺屢來屢驗，絕錯不了。」

徐子陵凝視遠方一座小山丘，肯定地道：「敵人在那座山丘之上。」

跋鋒寒眉頭大皺道：「我們是不是繞道趕往洛陽呢？總好過在這裏進不是，退又不是。若讓敵人布好天羅地網，我們便有難了。咦！有馬蹄聲！」

徐子陵和寇仲功聚雙耳，立時收聽到北面三里許處正有大隊軍馬朝襄城奔來。

寇仲大喜道：「這叫天助我也，有機會混入城了。」

「叮！」三個杯子碰在一起，跋鋒寒笑道：「今晚明月當空，大敵即至，讓老跋我作個小東道，仲少、子陵，你們定要賞面。」

寇仲右手一抬，杯中烈酒像一枝箭般射進喉嚨內，難得他照單全收，沒有半滴洩濺出來，開懷大笑道：「你還是頭一回自稱老跋，又前所未有的客氣，究竟是甚麼原因呢？」

跋鋒寒也將手上的土酒一飲而盡，如電的雙目先掃視了附近幾枱的食客一眼，嚇得正因他們狂放的言行而對他三人側目而視的人忙垂下頭去，微微一笑道：「我跋鋒寒來中土的目的，是要會盡此處的高手，現在竟有人自動送上門來，心情自然開朗，態度亦因而有異，這個解釋仲少滿意嗎？」

徐子陵略一沾唇，放下酒杯，啞然失笑道：「敵人恐怕要明早方能入城，老跋你莫要歡喜得太早哩！」

寇仲悠然神往道：「明天將是非常有趣的一天，最妙是根本不知誰會來找我們。」

這時菜餚來了，寇仲爲三人添酒，道：「老跋你是突厥人，能不能問你些關於突厥的事呢？」

跋鋒寒道：「說吧！」

寇仲想了想，壓低聲音道：「你們究竟是幫哪一方的呢？當年突厥的始畢可汗曾派出『雙槍將』顏里回和『悍獅』鐵雄兩人來與李密勾結，布局欲殺翟讓。可是……」

跋鋒寒截斷他道：「你首先要知道突厥有東西之分，始畢是東突厥的大汗，這十多年來南征北討，東自契丹、室韋，西至吐谷渾、高昌，都臣屬東突厥。至於西突厥則以伊犁河流域爲基地，整個阿爾泰山以西的土地都是他們的，疆域之廣，不遜於東突厥。」

頓了頓續道：「無論是東突厥又或西突厥，其統屬編制均與中土皇朝的制度不同，是以部落爲主體，例如東突厥的始畢，只是最有實力的酋長，被推舉而爲最高的領袖。在那個強者稱王的地方，沒有人敢擔保自己明天仍能保持自己的權力和地位。」

徐子陵好奇心起，問道：「那畢玄又是甚麼情況呢？他究竟是東突厥還是西突厥的人？」

跋鋒寒聽到畢玄之名，冷哼一聲道：「我突厥最重勇力，畢玄乃東突厥第一高手，故在當地擁有像神般的超然地位。始畢可汗若沒有他的支持，休想坐穩大汗之位。所以我開罪了畢玄，等於開罪了整個東突厥。哈！但我跋鋒寒何懼之有，現在還不是活得生龍活虎。」

從跋鋒寒身上，兩人可清楚感受到突厥人強悍的作風。

在館子的一角處，坐了一桌男女食客，人人穿勁裝，携帶兵器，似是某一門派的人物。兩個女的青春可人，長得頗爲標緻。她們見到三人出衆的體型儀表，有點情不自禁的不斷把目光向他們飄送過來。

事實上三人各具奇相，乃萬中無一的人物，充滿男性的魅力，不要說情竇初開的少女，就是同是男性的其他人亦禁不住要對他們行注目禮。這時她們又以美目瞧過來，跋鋒寒迎上她們的目光，露出一個極有丰度的笑容，雪白整齊的牙齒更是閃爍生輝，引人之極。兩女又驚又喜，忙垂首避開，紅透耳根。同桌的三名年輕男子，見狀現出嫉怒的不悅神色。

跋鋒寒不理他們，卻道：「在我們那裏，女人的價值是以馬牛羊的數目來計算的，她們只是男人的財產。」

寇仲對這方面沒有甚麼興趣，道：「你還未答我的問題呢。」

跋鋒寒不知為何心情極佳，道：「邊吃邊說吧！」

三人舉杯起筷，氣氛出奇地興奮。

跋鋒寒默默瞧了徐子陵好一會，奇道：「子陵是否有些心事？」

徐子陵點頭道：「我忽然想到瑜姨，她究竟發生了甚麼事呢？」

跋鋒寒苦笑道：「坦白說，我也在擔心她，所以很想抓住個陰癸派的人來問問，只是沒說出來罷了！」

兩人聞言後對他好感大增，至少知他並非如表面那麼冷漠無情。他們這時對跋鋒寒已有進一步的認識，但仍有高深難測的感覺，原因在跋鋒寒很懂得把內心的感受收藏起來，更由於他異於常人的想法和行事作風，使人難以捉摸。像現在般的眞情流露，在他來說實是罕有。

寇仲道：「瑜姨的輕功這麼高明，打不過也該逃得掉的。」

跋鋒寒點頭道：「君瑜曾告訴我她師傅傳她的『逆天遁術』，能在任何情況下脫身遠颺，咦！你們的臉色爲何變得如此難看。」

寇仲苦笑道：「那即是說我娘本有機會保命逃生，但卻因爲保護我們，被逼與宇文化骨拚個兩敗俱傷，唉！」

跋鋒寒愕然道：「誰是宇文化骨，噢！我明白了。」

徐子陵沉聲道：「我定會殺了他的。」

跋鋒寒明白他們難過的心情，岔開話題道：「隋末時中土大亂，更因煬帝三征高麗，弄到北方民不聊生。為了種種原因，例如不堪苛稅，又或逃避兵役，躲避奸吏，不少軍民越過長城，逃入東突厥去，既使始畢可汗實力大增，也令他清楚把握到貴國的形勢。你們聽過趙德言這個人嗎？」

寇仲搖頭道：「從未聽過，該是漢人吧！」

跋鋒寒道：「這人無論武功智計，均高絕一時，來歷卻是神祕莫測。武技心法，自闢蹊徑，與人不同。你若想知他高明至何等地步，容易得很，因為畢玄曾因見之心動和他比試，到最後使出壓箱底的赤炎大法，才把他擊敗，於此便可知他的厲害。」

兩人不禁為之咋舌。

跋鋒寒道：「此戰令趙德言名動域外武林，也更得始畢寵信。始畢前年病死，傳位處羅可汗，奇怪的是處羅忽然無疾而終，由頡利可汗替上，而頡利可汗則與趙德言關係最密切。若說處羅之死與趙德言無關，我第一個不相信，因為處羅一向與頡利和趙德言勢成水火的。」

寇仲愕然道：「原來現在當權的是頡利，他是個怎樣的人呢？」

跋鋒寒冷笑道：「只看他重用趙德言，便知他是個有天大野心的人。對他來說，中土愈亂愈好，最好是四分五裂，攻戰不休，那他便有機可乘。趙德言的定計是，凡有人來求援，一律支持，儘量不令任何一方坐大。所以既支持劉武周、梁師都攻李閥，又支持李閥叛隋攻打關中。自己則不斷寇邊搶掠，以戰養戰守候時機。」

徐子陵沉聲道：「這趙德言最是可殺，哪有這麼掉過槍頭來對付自己人的呢？」

跋鋒寒道：「他的作風有點像陰癸派，對人世充滿了仇恨，總要弄得天下大亂才稱心。東突厥還有個要注意的人是『龍捲風』突利，此人乃頡利之姪，不但武功高強，還用兵如神，當日頡利就是派他來助李淵用兵關中，據說與李淵次子關係極佳，彼此稱兄道弟。」

李淵次子便是李世民。

寇仲聽得津津有味，笑道：「老跋你眞的很關照我，他日要不要我封你作個甚麼鋒寒可汗呢？」

跋鋒寒莞爾道：「我差點要說去你的娘。我跋鋒寒若要在突厥求取個高官職位，只是舉手之勞。不過話又要說回來，你若登上天下至尊的寶座，總比其他人來坐這位子較為順眼，因我們怎都曾共過患難嘛！」

寇仲哈哈笑道：「這幾句話最合孤意！」

三人失聲大笑時，那枱男女結賬離開，兩個女的仍是依依不捨地把目光投往他們，悵然離去。

此時桌上菜餚已被他們掃個一乾二淨，跋鋒寒道：「西突厥亦是人強馬壯，絕不遜於東突厥，若兩國合一，中土必然大難臨頭。幸而頡利和西突厥的大汗統葉護一向不和，無法形成聯手東侵之勢。」

徐子陵奇道：「鋒寒兄倒很爲我們漢人著想呢。」

跋鋒寒微笑道：「國家民族只是紛亂的來源。對我來說，國界無非人爲的遊戲，它也不會恆久存在的。眞正值得關心的只有先人遺傳下來的文化，更何況我頂多只算半個突厥人，此中情況，請恕我不詳說哩。」

徐子陵露出深思的神色，若不是和跋鋒寒深談，哪想得到他有這麼超脫的思想。

寇仲卻意不在此，問道：「東突厥有畢玄和趙德言，西突厥的統葉護手下又有甚麼能人呢？」

跋鋒寒道：「西突厥的國師是來自波斯的武術巨匠雲帥，此人用的是一把彎月形的怪刀，使得出神入化，西突厥無人能敵；更擅詭謀詐變之道，否則西突厥早給異族滅了。」頓了頓續道：「雲帥有女名蓮柔，聽說她不但冰雪聰明，權謀武功均得乃父眞傳，且有傾國傾城之姿，統葉護視之如自己女兒，愛護備至。」

寇仲正要說話，心中忽生警兆，與跋鋒寒和徐子陵同時朝入門處瞧去。

事實上館內十多枱食客，此時人人先後把目光投往立在門前的白衣女子身上，像給點了穴道般看得雙眼發亮，目瞪口呆，失魂落魄。若有人能讀到他們內心的說話，則定是「世間竟有如此美女」這句話。

白衣如雪的婠婠幽靈般立在入門處，如夢如幻的淒迷美目落在他們三人身上，俏臉神色靜若止水。一對赤著的纖足在裙下露了出來，即使最挑剔的人，也找不到任何瑕疵。

婠婠像天上下凡不食任何人間煙火的仙女般嫋嫋婷婷地移到三人靠角的桌前，就在寇仲和跋鋒寒間唯一的空椅子飄然坐下。比任何夢境更惹人遐思的美眸掃了三人一匝，最後目光落在跋鋒寒臉上，巧俏的唇角逸出一絲比漣漪更輕柔自然的笑意，以她低沉性感的聲音道：「跋鋒寒你好嗎？」

跋鋒寒虎目精芒爆閃，迎往其他食客痴痴迷迷的目光，暴喝道：「有甚麼好看的！」

那些食客的耳鼓無不像被針刺般劇痛，怵然驚醒，垂下目光。本欲上來招呼婠婠的夥計嚇得退了回去。

跋鋒寒然後瞅著婠婠，哈哈一笑道：「有美光臨，我跋鋒寒有何不好。只不知婠婠小姐是剛剛進城，還是蓮駕早駐於此呢？」

寇仲和徐子陵均是一副好整以暇的神態，似乎一點不把婠婠尋上門來當作一回事。事實上當然是暗地全神貫注聽她如何回答。

要知在目前襄城這種城禁森嚴，高度戒備的情況下，除非懂得隱身術又或恃強硬闖，否則休想能神不知鬼不覺地從城外偷竄進來。故此假若婠婠的答案是剛進城的話，那她便極可能與襄城主事者有勾結，而她亦有可能是剛才於城外暗中盯著他們的人。如是另一答案，則更令人頭痛，就是她爲何能未卜先知地先一步在這裏等他們呢？

婠婠清麗如仙的玉容靜如止水，目光緩緩掃過寇仲和徐子陵，櫻唇輕啓道：「跋兄的問題眞奇怪，先到後到在眼前的情況下有甚麼分別呢？你們要面對的事實只有一個，就是除非三位能飛天遁地，否則怎都飛不出奴家的手心。你們最該問的事，是奴家爲何尙有閒情和你們聊天呢？」

寇仲笑嘻嘻道：「你爲何會有這閒情，我們才沒閒情要知道。哈！差點忘了告訴你，我們從來不怕虛言恫嚇的，有本事拿點手段給我們看吧！」

婠婠「噗哧」嬌笑，神態迷人至極，橫了寇仲千嬌百媚的一眼道：「你好像未聽過來者不善，善者不來兩句話……」

跋鋒寒一掌拍在桌上，震得所有碗碟都跳起來，同時截斷她的說話。雙目射出前所未有的駭人電芒，暴喝道：「其他人全給我滾出去，我要殺人了！」

那些食客夥計與掌櫃的全嚇得屁滾尿流，一哄而散，轉瞬走得乾乾淨淨，偌大的菜館，剩下他們四個人。寇仲和徐子陵心知肚明跋鋒寒是故意把事情鬧大，由飯館的人通知襄城官府，令婠婠方面的人難以肆無忌憚地攻擊他們。

婠婠顯然想不到跋鋒寒有此一著，鳳目生寒，顯是芳心震怒。

跋鋒寒一點不讓地瞅著她道：「少說廢話，讓我秤秤祝玉妍的得意弟子有多少斤兩。」

寇仲仰天呵呵大笑道：「假若我寇仲所料不差，剛才在城外就是婠妖女你像吊死鬼般跟著我們。現在則是怕我們突然離城溜掉，所以來施緩兵之計，皆因你的幫手尚未及時趕至，對嗎？」

婠婠回復無風無浪的平靜神色，晶瑩勝玉的皮膚泛起難以形容的奇異光澤，幽幽一嘆道：「你們在找死！」

三人立知她出手在即，正要搶先發動，整張桌子已打橫向跋鋒寒撞去。

徐子陵和寇仲同時感到婠婠枱下的赤足，分往他們踢來。

在桌沿撞上跋鋒寒胸口那電光石火的眨眼光景中，跋鋒寒右掌以令人難以相信的高速，劈在桌沿處。堅實的木桌中分而斷。分作兩半的桌面同時向內塌陷，可是向著婠婠的一邊卻被跋鋒寒以巧勁逼得斜飛往上，切向婠婠的咽喉。

「蓬！蓬！」兩人分別擋了婠婠一腳。對婠婠變幻莫測的天魔功兩人深具戒心，故都留上餘力，防止不測之變。

婠婠一陣嬌笑，嬌軀連椅子仰後，半邊桌面僅以毫釐之差在她鼻尖上飛過，無損她分毫。本在桌上的碗碟酒杯全往地上傾跌。

啪啪連聲，跋鋒寒和寇仲同時運功震碎椅子，往後疾退，避過婠婠射來的兩縷強勁凌厲的指風。

徐子陵仍穩坐椅內，一拳隔空擊出，暗裏卻趁桌子倒地前，以腳尖踢中其中一個下墜的碟子，螺旋勁發，碟子以驚人的高速旋轉著斜割往婠婠雙膝處。若給擊中，保證婠婠膝骨再沒有一塊是完整的。

這隔桌近距離之戰，比之四人以往任何一場戰鬥更凶險百倍，既迅疾無倫，更是鬥智鬥力，瞬息萬變。

斬玄劍和井中月離鞘而出。

婠婠沖天而起，足尖點在徐子陵踢來的碟子上，碟子立時改變方向，以更迅快的旋勁割向跋鋒寒的臉門。

徐子陵一聲長笑，彈離椅子，凌空一個急翻，雙腿閃電往似欲破瓦而出的婠婠踢去。

寇仲斜衝而上，井中月化作一道黃芒，筆直朝婠婠射去。

跋鋒寒側頭避過破空而來的碟子，但終為此慢了一步，趕不上在半空中龍鳳劇鬥的盛會。

婠婠冷哼一聲，雙掌像一對追逐的蝴蝶般在空中化出千百掌影，天魔功全力出手。徐子陵和寇仲同時感到以她為中心方圓丈許內的空間，像驟然塌陷了下去似的令人生出無處著力的感覺。

若換了在山中十日苦修之前的日子，兩人此刻必然手足無措，要像上回在竟陵獨霸莊花園之戰般只求全身而退。可是經過十日與跋鋒寒的切磋研究，兩人無論在見識和功力上均大有長進，知道此時若退，運聚起天魔功的婠婠將全力撲擊跋鋒寒。

徐子陵本已踢出的右腿疾收回來，從容自若地畫了個小圓圈，動作完美到彷彿依天理而行，無任何斧鑿之痕，令正與他以生死相搏的婠婠亦生出玄之又玄的感覺。

螺旋勁像龍捲風般旋捲而出，但卻旋往相反的方向，似塌陷了的空間忽又充實起來，被徐子陵發出的灼熱氣旋刺破，直搗向婠婠沒有半分多餘脂肪的小腹。徐子陵靈光一閃，明白自己憑著這畢生以來最具創意的一招，已試探出天魔神功的一項祕密。空間是不會塌陷的。

因爲天魔功有種能吸取對方功力爲己用的特性，每當眞氣遇上婠婠的魔功，都像萎消了似地威力大減，因而生出空間塌陷的錯覺。可是當徐子陵突然把全身功力，改以右腳發出，更改變了旋勁的方向，婠婠猝不及防下無法吸取他的勁氣，遂給他破開了她的天魔場勁，及身攻至。

跋鋒寒見狀狂喝了一聲「好」！斬玄劍像怒龍般激射而上，往婠婠攻去。

就在徐子陵腳勁撞上婠婠前，寇仲的井中月亦生出變化，改直刺爲橫斬，劈向婠婠不盈一握的小蠻腰。井中月在空中不住改變角度方向，以至乎極點的速度力道狂砍，就像與一個無形的敵人在虛空間角鬥。這一刀也是寇仲生平力作。每一個變化，其目的亦在於要使婠婠無法掌握，因而不能削弱他的旋勁。

婠婠卻是夷然無懼，千百掌影重歸於二，右掌封上徐子陵的腳勁，左手則縮入袖內，再一袖拂在寇仲劈來的井中月處。「蓬！」腳勁撞上婠婠那纖柔得似多用力點也會握碎的玉掌，勁力竟全給卸去，還改變方向，以更高的速度射向正疾衝上來的跋鋒寒處。

徐子陵駭然收勁，婠婠乘勢推波助瀾，加送出一股能摧心裂肺的天魔勁氣，像十多根利針般混在徐子陵回收的螺旋勁氣中，希望他照單全收。

「霍！」柔軟的袖子像鋼鞭般抽打在井中月的刀鋒上。寇仲立時手臂欲裂，不但自己的勁氣被帶得往橫洩去，最要命是婠婠還慷慨奉送他一股像毒蛇捲纏般的氣勁，加重把他扯前和帶橫了的力道。

婠婠裙底雪白的赤足同時飛出，只要寇仲被她成功地牽扯到那個位置，這一腳可正中他胯下，破了他來自《長生訣》的超凡武功。

沒有人比她更明白《長生訣》的奇異功法。因爲沒有人比她與兩人有更「親密」的接觸。亦只有她明白兩人的可怕處。假以時日，兩人終會變成似寧道奇、畢玄那級數的不世高手，要殺他們，早一日總比晚一日好一點。

「蓬！」

跋鋒寒首先迎上婠婠借力殺人滑洩下來的螺旋氣柱，悶哼一聲，往橫飛移。

徐子陵右腳點出，本是回收的力道又改爲前送，並變更了螺旋的方向。這一著連消帶打實是妙至毫巔。

婠婠失算處是忽略了徐子陵對自己的眞氣，就像身體的一部分，能立時生出感應，察覺到婠婠的陰毒手段，故懸崖勒馬，改收爲送。十多道尖刺般的天魔針勁，完封不動地歸還美麗的魔女。

寇仲則刀法一變，灑出一球刀光，每一刀都生出一股短而促的旋勁，硬是把婠婠的天魔卸勁化去，既守且攻，刀光雪花般投向婠婠左脅。

此時跋鋒寒橫飛至婠婠背後那邊距離戰圈最遠的牆壁，雙腳一點牆身，炮彈般飛射回來，斬玄劍帶出一道芒虹，直刺婠婠的粉背。

婠婠頓時陷進三面同時被攻的危局。

劍氣透背而來之際，婠婠旋轉起來，兩袖縮捲至手肘處，露出賽雪欺霜的一對玉臂，再幻出無數閃現不定的臂影，活像千手觀音在作天魔妙舞。她本已是晶瑩如玉的纖纖玉臂亮起詭異光亮的色澤，令人目眩神迷。

勁氣交擊之聲不絕於耳。剎那間，婠婠分別擋了一腳、一刀、一劍。

最後是跋鋒寒的一劍。寇仲和徐子陵先後被婠婠的天魔功震得往後拋跌，跋鋒寒無堅不催的一劍，被婠婠一掌劈在劍鋒稍側處。勁氣像山岩碎裂般在掌劍間激濺。

婠婠以左手玉指點散了寇仲的刀球，右掌封擋了徐子陵的腳勁，實已施盡了渾身解數，而跋鋒寒論老辣、論功力都稍勝過寇徐兩人，這一劍不但是他精氣神凝煉而來的巔峰之作，更含有一往無前強橫無匹的自信。

婠婠終於明白為何跋鋒寒會被譽為突厥繼畢玄後最傑出的高手。

纖柔的手掌劈中劍鋒之側的剎那，跋鋒寒感到整個人搖晃了一下，虛虛盪盪，難過得像是經脈盡裂，知道厲害，收回了一半功力護體，同時借力飛開。

婠婠則喉頭一甜，張開櫻唇噴出了一口鮮血，但旋勢不止，仍往上升起，撞破瓦頂，沒在破口之外。

「砰！」寇仲掉在一張椅子上，椅子四分五裂，使得他坐倒地上。

徐子陵則撞在窗門處，連著破碎框子，跌出了菜館外的後巷去。

跋鋒寒退得最輕鬆，安然降地，大喝道：「快走！別的麻煩來了。」

爬起來的寇仲亦聽到門外大街由遠而近的急劇蹄音，知道若再不走，將會出現血戰襄城的局面。

三人硬闖城牆，溜出城外，朝北疾馳，一口氣奔了十多里路，跋鋒寒著他們在一處密林停下，道：

「現在我對子陵特異的感覺佩服得五體投地，不知子陵現在還有沒有先前那種被人盯著的感覺呢？」

徐子陵少有被跋鋒寒如此衷心推許，俊臉微紅地搖了搖頭。

跋鋒寒欣然道：「如此我們該暫時擺脫了婠妖女。此女武功之高，確超越了邊不負。」

寇仲猶有餘悸道：「剛才勝負之分，實是只差一線，幸好她是孤身一人，否則我們怕已遭殃哩！」

跋鋒寒倚樹坐下，道：「先坐下休息一會，我們還有好一段路要趕呢。」

待寇仲和徐子陵安坐兩旁，跋鋒寒道：「魔門之人少有聯手出動，皆因互相間缺乏信任，而他們修練的過程又被視為個人最高機密，故此慣於獨自一人闖蕩，沒有甚麼好奇怪的。」

寇仲道：「幸好如此，更幸好我們在山中練了十天，使我們間有了默契，否則休想傷她。」

徐子陵道：「不知會否因此把祝玉妍惹出來呢？」

跋鋒寒道：「那時我們該已抵達洛陽了。眼前的問題在如何應付『鐵勒飛鷹』曲傲，此人如我般出身馬賊，因而長於追蹤之術，若我們沒有轉移之法，早晚會給他追上來。」

寇仲道：「有甚麼可行之計？」

跋鋒寒道：「跟蹤之術不外察跡、嗅味、觀遠和聽風四大法門。察跡是找尋被跟蹤者路過處所留下的痕跡，例如足印，折斷的枝葉，踏踐了的花草諸如此類。高明如曲傲者，又或我跋鋒寒，不論晝夜，只須一眼看去，可纖毫畢露，所有痕跡無所遁形。」

寇仲和徐子陵聽得面面相覷，暗忖難怪那次跋鋒寒和傅君瑜能一直追在他們背後。

跋鋒寒續道：「次是嗅味，人身的毛孔是開放的，不斷送出氣味，歷久不散，除非在流水之中，否則氣味會附在途經處的花草樹木上。跟蹤之術高強者，嗅覺比狗兒更要靈敏，故一嗅便知。」

寇仲不解道：「爲何你不早點告訴我們。只要我們運功收縮毛孔，使體氣不外洩，便不用在這方面露出行蹤。」

跋鋒寒微笑道：「坦白說，非到不必要的時刻，我也不想把這方面的事告訴你們。因爲難保有一天，我們會站在對立的位置，那時我若想跟蹤你們，將是難之又難。」

寇仲愕然道：「你倒夠坦白，爲何現在又改變主意呢？」

跋鋒寒道：「道理很簡單，因爲現在太多敵人在找我們，陰癸派和曲傲是一組，李密、大江聯則是另一組，還有畢玄派來的徒弟手下又是一組。任何一方皆有殲殺我們的實力，使我們窮於應付。所以絕不能暴露行藏，在這情況下，我焉能藏私。」

徐子陵問道：「望遠是否指登上高處，俯瞰遠近？」

跋鋒寒道：「正是如此，聽來簡單，但卻每收奇效，若人數足夠的話，只要派人在各處山頭放哨，敵人便很難避過追蹤者耳目。所以我們若要有命到洛陽去，須針對此三點定計，絕不能不顧一切地只知趕往洛陽去。」

又道：「至於聽風，則只在追近時有用，施術者站在下風的位置，武功高強者可聽到數里內衣衫拂動的聲音，從而精確地把握到目標的位置。馬賊不論武功強弱，莫不是聽風的能手，只須辨別風勢，即知敵人在何處。不過此法較合在平原大漠使用，像現在的情況便不適合。」

寇仲道：「你是這方面的專家，現在該如何辦呢？」

跋鋒寒微笑道：「照目前的情況，我們可能已成功擺脫了長白雙凶那方的人，至少遠遠把他們拋在後方，可以暫且不理。拓跋玉師兄妹的情況該與他們大同小異。所以目下最可慮的還是曲傲和陰癸派的人，若我所料無誤，他們應在全速趕來此地途中。」

徐子陵皺眉道：「我們剛才不知撞斷了多少樹枝，踏踐了多少花草，敵人豈非隨時可循跡追來？我們還停留在這裏幹嘛？」

跋鋒寒笑道：「若他們能這麼快趕來，婠妖女剛才不用施緩兵之計，以穩著我們。」

寇仲心切趕往洛陽，催道：「你一派胸有成竹的樣子，快點說出你的對策好嗎？」

跋鋒寒道：「首先讓我們定下兩條路線，沿途像剛才般留下蛛絲馬跡，教敵人能跟蹤前來，但卻是兵分二路。然後到了某一點後，我們收斂全身毛孔，不讓體氣外洩，又小心落腳點，專揀石頭樹梢又或河溪逃走，再在某處會合。那時敵人既實力分散，又驟然失去我們的行蹤，必然手足無措。」

寇仲拍腿道：「確是妙計，但敵人明知我們要到洛陽去，只要在沿途高處放哨，我們豈非仍是無所遁形嗎？」

跋鋒寒笑道：「觀遠之法只在白晝最有效，晚上則功效大失。且此法需大量人手，而敵人眞正能在黑夜視物如同白晝的高手沒有多少個。像曲傲、長叔謀那級數的人，絕不會做個像呆頭鵝般苦候山頭的哨兵吧！所以只要我們晝伏夜出，白天乘機躲起來練功，養精蓄銳後晚上出動，保證敵人摸不到我們的影子。」

再哈哈一笑道：「閒話休提，現在讓我們來研究一下兵分兩路的逃走路線吧！切記你們只可留下一個人的痕跡，那他們更弄不清楚我們如何分路逃走了！」

兩人聽得拍腿叫絕。

天將破曉。徐子陵和寇仲躺在洛陽東南方少室山腳一座小丘斜坡的疏林內，下方遠處是奔流而過的穎水支流。這是他們與跋鋒寒約好會合的地方。在里許外處插著四枝短竹竿，以方位排列，指示出兩人藏身的位置。可是跋鋒寒仍未出現。

寇仲仰望天上繁星，嘆道：「換了個境況，整個天地都不同了。平時我們哪能這麼全心全意去看天的，愈看愈發現以前看天是多麼粗心大意。」

徐子陵指著天際一團光芒道：「那是昂宿星團，是由七粒較明亮的主星組成，故又稱七姊妹星團。」

寇仲愕然道：「你怎會知曉這麼深奧的名稱？」

徐子陵聳肩道：「是從魯先生的書上學來的。多認識兩顆星兒不是挺有趣嗎？」

寇仲道：「可否傳我兩下子呢？下次看天，我便可在人前顯點威風。」

徐子陵道：「有甚麼不可以教你呢？一世人兩兄弟嘛！」

寇仲喜道：「這句話總是由我來說的。出自你口尚屬破題兒第一遭。」

徐子陵嘆道：「說不說出來有甚麼分別呢？事實我們比親兄弟還要親。言歸正傳，若要認星，首先要明白三垣二十八宿的分野。三垣是紫薇、太微和天市，二十八宿則是東南西北各有七宿，加起來共二十八宿！」

寇仲乾笑道：「嘿！先學那麼多，下一課才記二十八宿的位置和名稱吧。」

接著岔往別處道：「日間和婠妖女一戰，勝負只一線之差，稍有一下失手，負傷而逃和不知是否逃得了的是我們而非婠妖女，真是危險。」

徐子陵道：「若功力可以用秤來量度，婠妖女絕不及我們三個人加起來後的總和。但偏偏她能利用種種形勢，加上層出不窮的魔功，把我們玩弄於股掌之上，若非她錯估了我，老跋那一劍未必可以傷她。」

寇仲點頭同意，道：「不過老跋那一劍確是不同凡響，婠妖女明明擋住了仍要受創，唉！天快亮了，爲何老跋還未到呢？」言罷坐起來。

徐子陵仍在全神觀天，看得入迷。寇仲環目四顧，忽然全身一震，指著穎水上游的方向。徐子陵如夢初醒地坐起來，寇仲已彈了起來，沖天而起，流星似地往穎水投去。

徐子陵趕到岸旁，寇仲抱著右手仍握著斬玄劍，臉色蒼白如死人的跋鋒寒從水裏躍上來。徐子陵接過他的長劍，跋鋒寒呻吟道：「快走！曲傲來了！」兩人大吃一驚，抬著跋鋒寒落荒逃去。

寇仲和徐子陵輪流背著跋鋒寒，一口氣疾跑三十多里路，他們專找密林深處鑽進去，一方面可避人耳目，另一方面林中多溪澗，可供他們涉水而行，令敵人難以跟蹤。到午後時分，他們實在走不動了，找了個山洞休息，並輪氣替跋鋒寒療傷。

《長生訣》的先天眞氣果是不凡，不到半個時辰，跋鋒寒臉上回復血色，吐出兩口瘀血，呼吸暢順起來，嘆道：「這回眞僥倖，若非你們及時把我從河裏救起來，恐怕我已被淹死。」

徐子陵關心道：「你現在情況如何？」

跋鋒寒冷哼道：「曲傲的凝眞九變雖然厲害，仍要不了我的命。只要再有三個時辰，又有你們相助，我定可完全回復過來。」接著苦惱道：「我到現在仍不明白他爲何能趕上我。不過他顯然因趕路過急消耗了大量的眞元，否則我便不能借跳崖拉遠與他的距離，並借水遁走。」

寇仲道：「待會再說吧！現在我們只能求神拜佛，希望曲傲在三個時辰內不要尋到這處來，否則糟糕透了！」

時間逐分逐秒地過去。寇仲和徐子陵輪番爲跋鋒寒輸氣療傷，另一人則到洞外放哨守護。

到黃昏時分，輪到徐子陵到洞外把風，他選了附近一塊可監視下方整個山區，又頗爲隱蔽的嶙峋巨石，坐了下來。在夕陽西下的美景中，危崖聳峙，穎水在兩山之間流過，河中水草茂盛，濃綠的水草把河水映成黛色，尤增青山綠水的強烈對比。三艘帆船剛好進入他的視野，流水潺湲，林木青翠，時間在這剎那似停頓下來。那是一種很異樣的感覺。動的不是帆船，而是徐子陵和整個險峰羅列的山野，而流水則以另外一種速率運動著。

徐子陵心中無憂無喜，恬靜一片。他整個思感的領域擴闊開去，體內眞氣迴旋澎湃，因趕路和爲跋鋒寒療傷而來的勞累一掃而空。也不知過了多少時間，太陽早沒在西山之下，一陣晚風吹來，夾雜著衣袂破空拂動的聲音。徐子陵心中沒有絲毫驚懼，緩緩閉上眼睛。來人不斷接近，只聽其速度，知若非曲傲，就是婠婠那種頂尖兒的高手。

徐子陵一聲長嘯，騰身而起，落到下方一處野草雜樹叢生的斜坡頂處，被譽爲鐵勒第一高手的「飛鷹」曲傲，剛好抵達斜坡腳處，倏然止步。

曲傲個子又高又瘦，卻能予人筆挺硬朗的感覺。他的皮膚有種經長期曝曬而來的黝黑，長了個羊臉，但輪廓分明，像刀削般清楚有力，配上一對鷹隼似的銳目，確有不怒自威的懾人氣概。

只是一個照面，徐子陵從他閃爍的眼神感到曲傲是那種既自負又自私成性，陰險狡詐的人，這類人一切以自己作爲中心，彷彿認爲擁有老天爺給他的特權，可肆意橫行。

兩人現在相隔了足有三丈的距離，可是不見曲傲如何作勢，一股發自他身上的森寒殺氣，已向徐子陵潮湧浪翻般捲來。

徐子陵昂然傲立，暗提功力，抗衡著對方有莫之能禦之勢的氣勁，淡然道：「你的兒子是我殺的，你要報仇就動手吧！」

曲傲雙目爆起精芒，訝然道：「小子你倒有視死如歸的硬性子，你以爲在我手底可走上多少招？」

本來曲傲打算一上來便以雷霆萬鈞之勢，將他擊倒生擒，然後從容收拾其他兩人，再整治得三人求生不得，求死不能，以洩愛兒被殺之恨。豈知徐子陵攔在上方，自有一股萬夫莫敵，又無懈可擊的氣概。

在這種情況下交手，即使以曲傲之能，亦不得不全力出手，那時生死相搏，殺之容易，要生擒卻是休想。曲傲乃一代武學大師，遂從心理上瓦解徐子陵的氣勢，只要對方盤算究竟能擋自己多少招，自然會生出不能力敵的心態，氣勢自會隨而削減。

徐子陵微微一笑道：「曲老這麼一把年紀了，想法仍這麼天眞。我現在是養精蓄銳，又有援手在旁，曲老卻是在趕了兩天路後，又曾作捨命力戰，成了疲兵。可千萬不要一時失手，累得辛苦建立的一世英名，盡付東流。」

曲傲心中大懍，首次感到徐子陵的厲害。最令他不解的是對方精滿神足，絲毫沒有因日間苦戰和跋涉奔走而消耗眞元，以致力盡身疲的情況，這是完全沒有可能的。

他先前雖擊傷跋鋒寒，但卻勝之不易，還在跋鋒寒的反撲下受了點內傷；又爲了追敵而尚未復元，確如徐子陵所言，成了疲兵。

徐子陵那番話最厲害處，是點出了本身因爲年紀尚輕，聲名又差他一大截，輸了不算甚麼一回事，而他則絕對輸不起。

頓時，曲傲對徐子陵泛起莫測高深的感覺。以往每次對敵，他都能把對手看個通透，但這次卻是例外。即使換了畢玄、寧道奇之輩，這時設身處地替換了他，亦會生同樣煩惱疑惑。

甚至徐子陵本人，也是對眼前情況知其然不知其所以然。皆因《長生訣》乃千古不傳之祕，暗合天人之理，一切出乎自然，來自老子所云「道可道、非常道」、「玄之又玄，至妙之門」的天道。適才徐子陵妙手偶得，嵌進了不能言傳，無刻不在，偏又是常人瞧不見摸不著的天道中，身內精氣與天地的精氣渾成一體，頓悟般一下子把消耗得七七八八的眞元補足，還更有精進。試問這麼玄妙的道理誰能明白。

曲傲本也生出說不過他的感覺，不過他成名數十載，心志剛毅如岩石，絕不會因而生出頹喪氣餒之意，冷哼一聲，閃電往斜坡頂的徐子陵衝上去。

出乎曲傲意料之外，徐子陵亦斜衝而起，凌空朝曲傲撲去。

曲傲本以爲徐子陵會死守斜坡頂上，不讓他越過雷池半步，免得他去對付躲起來的跋鋒寒和寇仲。但現在徐子陵豁開一切，毫無顧忌地全力攻來，怎能不使他大感愕然。

但此刻豈容多想，曲傲十指箕張，腳尖用力，斜衝迎上，十指生出的強大氣勁，把徐子陵的來勢和去路封個密不透風，好逼他力拚。

徐子陵見曲傲的手爪玄奧莫測，伸縮不定，令人難以捉摸，又是封得嚴密無比，不過卻因中途變招，變了以守爲主，不由一聲長笑，竟凌空翻身，硬是昇高半丈，居高臨下雙拳奮力痛打進曲傲的爪影去。

勁氣交擊之聲不住響起。在眨眼的工夫間，兩人交換了十多招。

悶哼聲中，徐子陵飄回坡頂，一個踉蹌後站穩腳步，左腿側褲管碎裂，現出兩條血痕，鮮血湧出，嘴角亦逸出血絲。

曲傲則筆立斜坡中段處，臉色鐵青，雙目凶光閃現。

剛才他已是全力出手，豈知徐子陵奇招迭出，屢次化解了他必殺之著，怎不教他臉目無光。

徐子陵哈哈一笑道：「早說曲老你累了呢！還要逞強出手，看招！」

這回連曲傲亦對他的豪勇心生敬意，剛才徐子陵可說是死裏逃生，若非臨危避過胯下要害受襲，改以腿側擋了他精妙的一爪，此時早躺在地上。

現在鮮血未止，又捲土重來，頓使曲傲對他另眼相看，心中更動殺機。也不見他如何作勢，已迎往徐子陵，笑道：「再接一招試試看！」

徐子陵見他一掌斜斜劈來，身法步法中隱含無數後著變化，一下子把他完全籠罩在像波浪起伏和接踵而來的勁氣裏，知道曲傲是含怒下全力出手，哪還敢硬架，倏退三步，然後一拳擊在空處。以曲傲的修爲，亦吃了一驚。這一拳在外人眼中全無道理，但卻恰好封死了他的招式變化。假設他原封不動地繼續依原來路線運掌攻去，勢必在變招前被對方的鋒銳拳勁擋個正著。如此奇招，他還是生平第一次遇上。

若在平時最佳狀態下，儘管來不及再生新勁，也有信心憑這一掌震得對方噴血跌退，可是現在身疲力竭，只能用上平時六、七成功力，如此勉強硬擊，絕佔不了多少便宜。曲傲怒叱一聲，往橫移開，側腿向徐子陵右脅空門踢去。

徐子陵見奇招奏效，精神大振，信心倍增，兩手幻出千百掌影，往曲傲狂攻過去。

曲傲見這後生小輩竟藉此機會，搶得主動強攻之勢，差點給氣瘋了，連忙收攝心神，展開蘊含著凝眞神功的「鷹變十三式」。

這「鷹變十三式」實是曲傲自創武功中的精粹，化繁爲簡，把複雜無比的掌、指、爪多式變化包含在十三式之內，配合著騰躍閃移的身法，變化無方，令人難以測度，如飛鷹在天，下撲獵物的準確精微。

徐子陵眼前一花，曲傲已飛臨上方，向他展開水銀瀉地，無孔不入的狂猛攻勢。

主動權反操在對方手上。

徐子陵自知無論經驗、武功、眼光，全差對方一截，只好咬緊牙關，以閃躲爲主，封架爲輔，再加上奇招突出的奕劍法，苦苦抵著對方有若長江大河，傾瀉而來的狂暴攻勢。

曲傲彈起又落下，活像飛鷹般向徐子陵發動一波又一波的攻擊。

「嘩！」徐子陵噴血跌地，右腳則踢起，點在曲傲刺來的指尖上，形勢危殆之極。

曲傲再升上丈許高空，大喝道：「明年今日此刻，就是你的忌辰。」雙掌全力下按。徐子陵急滾下斜坡，原地立時塌陷下去，現出兩個掌印。

曲傲一口眞氣已盡，落在斜坡上。驀地刀風、劍風，從後破空而至。

「砰！」勉力站起來的徐子陵再掉在地上，爬不起來。

在電光石火的光景裏，曲傲已憑內察之術，知道剛才心切殺死徐子陵，施出了絕不宜在眞元損耗的情況下妄用的「鷹變十三式」，現在再無餘力應付跋鋒寒和寇仲的聯手合擊。當機立斷下，曲傲橫移開去，沒入山野的黑暗處。

跋鋒寒和寇仲似是威風凜凜地現身在坡頂處，瞧著曲傲消失得無影無蹤，又望往下方想爬起來的徐子陵，然後對視苦笑，一起跪跌地上，除了喘氣外甚麼話都說不出來。

三道人影，先後從一塊高達三丈的大石跳下來，無一倖免滾倒在長可及膝的青草堆中，喘著氣爬不起來。

徐子陵是全力苦戰兼受傷，趕了近兩個時辰的路，已接近油盡燈枯的境況。跋鋒寒則是重傷初癒，再耗眞元，疲不能興。

寇仲的情況好不了到哪裏去，早前爲跋鋒寒療傷，聽到曲傲的笑聲，心急下一鼓作氣地加勁爲跋鋒寒打通閉塞了的經脈，過度損耗下，又趕了這麼遠的路，自也累得要命。

寇仲勉強從草地仰起臉來，環目掃視，在星光月色下，盡是起伏不盡的山頭野嶺，苦笑道：「我們是否走錯了方向，爲何仍見不到洛陽城的影子？」

跋鋒寒喘著氣道：「我是以天上的星辰來辨別方向的，絕不會迷途，至不濟都該抵達大河的南岸。」

徐子陵低喝道：「起來練功！」

寇仲和跋鋒寒同時失聲道：「甚麼？」

徐子陵以身作則，費盡九牛二虎之力，艱苦地坐起來，雖是搖搖晃晃，聲音卻肯定有力地道：「這是老跋說的，練的如是上乘武功，最忌在身疲力竭時放棄一切似的癱瘓下來，所以我們要把握眼前難得的機會，以鋼鐵意志和疲勞對抗，明白了嗎？」

跋鋒寒苦笑道：「徐師傅教訓得好。」學他般坐起來。

寇仲也爬起身來，卻是站直虎軀，昂然道：「站著對我是自然一點。」

兩人哪有力氣理會他，閉上眼睛，各自修行。他們都明白到，現在唯一求生之法，是儘快使精神體力回復過來，那時要打要逃可任隨尊便。

事實上這是一場功力體能的競賽。本來是只有婠婠、曲傲等才能趕得上他們，其他人都給拋在後方。不過他們曾多次停下歇息療傷，情況可能已改變了。

臨天明時，寇仲忽地大喝一聲，徐子陵和跋鋒寒猛睜開眼睛時，寇仲正躍上半空，井中月朝在上空飛過的一隻怪鳥擊去。

兩人剛從最深沉的調息中醒轉過來，一時間意識不到寇仲為何要這樣做。

怪鳥「呱」的一聲，橫掠開去，往左方一片疏林頂上投去。寇仲左手發出一股指風，擊向怪鳥。鳥兒像長了眼睛似地振翼斜起，但仍被寇仲指風掃中左翼尖處，一聲悲鳴，喝醉酒般沒進林內。寇仲如臨大敵般追進林內去。

徐子陵迎上跋鋒寒詢問的目光，道：「我記起來了，這是沈落雁養的扁毛畜生，專替她找尋敵蹤，非常靈異。」

跋鋒寒色變道：「那表示李密的人已大約把握到我們的位置，所以放出怪鳥在這區域搜尋。」

徐子陵默察體內情況，發覺回復了六、七成功力，勞累一掃而空，問道：「你情況如何？」

跋鋒寒哂道：「我在域外不知曾受過多少次傷，比這更嚴重的至少有十多回，算不了甚麼！」

這時寇仲一臉怏怏不忿的走回來，狠狠道：「給牠溜了，不過牠絕飛不遠，扁毛畜生靠的就是兩翼的平衡，傷了一邊就像我們成了跛子般，哈！」

兩人爲之莞爾。

天亮了起來，三人都精神大振，頗有重獲新生命的曼妙感覺。

寇仲回刀鞘內，笑道：「怎麼走？」

跋鋒寒雙目寒芒電閃，望往北方道：「先抵大河，再設法找條船兒省省腳力吧！」

三人展開渾身解數，又以潛蹤匿隱之術，往北奔出了數十里，太陽仍未抵中天。

他們爲了保留體力眞元，緩下腳步，一邊打量四周環境。

跋鋒寒指著西北方道：「洛陽和偃師該在那個方向，但若我們沿直線奔去，不投進另一批敵人的天羅地網才是怪事。」

寇仲神色一動道：「不如我們先去偃師吧！」

徐子陵當然知他到偃師去是爲了找王世充，俾能獻計對付李密。跋鋒寒卻微訝道：「你不是要趕著到洛陽去嗎？」

寇仲尷尬的道：「我到洛陽其中一個目的是找王世充，不過聽李密說他率兵到了偃師城，橫豎順路，便去和他談兩句吧！」

跋鋒寒啞然失笑道：「不要胡謅了！你當我不知道你仲少是想借刀殺人嗎？爭天下的事我像子陵般根本沒興趣去管，但念在一場相識，我又閒著沒事，陪你湊湊熱鬧沒有甚麼大問題。」

寇仲喜道：「想不到你這麼夠朋友。」

此時三人步上一個小山丘，下方有條數十戶人家的小村莊，但卻沒有絲毫生氣，竟是一條被廢棄了的荒村。

在這天下大亂的年代裏，此類荒村隨處可見，毫不稀奇。

跋鋒寒忽然止步，低聲道：「村內有人！」

寇仲和徐子陵隨他停了下來，定神瞧去，家家戶戶門窗緊閉，屋宇殘破剝落，與以前見過的荒村在外觀上沒有甚麼大分別。

徐子陵點頭道：「我也感到有點不妥當，老跋你有甚麼發現呢？」

跋鋒寒沉聲道：「我剛才看到其中一間屋的窗縫精光一閃，該是眼珠的反光，絕錯不了。」

寇仲抓頭道：「會是誰呢？」

徐子陵分析道：「可能是與我們完全無關的人也說不定，若是沈落雁又或陰癸派的人，何須這麼閃閃縮縮呢？」

寇仲道：「小陵說得有理。怎麼樣？我們是否該繞道走呢？」

跋鋒寒微笑道：「仲少為了爭霸天下，卻變得膽子小了，但小心一得一失，因繞道反碰上敵人，太不值哩。」

寇仲哈哈一笑道：「這麼多廢話，走便走吧！」領頭奔下小坡。

三人以漫步的悠閒姿態，悠然進入村口。兩排屋子左右延伸開去，靜如鬼域。

驀地蹄聲在村口另一邊響起，且奔行甚速。

跋鋒寒傾耳一聽，皺眉道：「若我們這般往前走去，剛好與來騎在村口外碰個正著。要不要找間屋子躲起來，看看是怎麼一回事？」

寇仲和徐子陵生出好奇心，點頭同意，三人遂加快腳步，來到村內，透窗看清楚其中一間屋內沒有人後，扭斷門鎖，推門入內。寇仲和跋鋒寒各自把向街的兩扇窗門推開少許，往外窺看。此時蹄聲愈是響亮，聽來不出一盞熱茶的工夫，騎隊將抵達此處。

跋鋒寒皺眉道：「聽蹄聲來人怕有四、五十騎之衆，都是精擅騎術的好手，蹄聲整齊平勻，可知曾受過訓練，又經長期合作，方有如此聲勢。」

寇仲道：「最奇怪是剛才蹄聲驟然響起，似是他們先待在某處，然後忽然發動，筆直朝這方向奔來，眞是古怪。不知是否針對我們呢？」

徐子陵此時走到後門處，推門看去，後面是個大天井，接著是後進的寢室，聞言心中一動道：「會不會前面是大河流經處，這批人馬剛從船上下來呢？」

跋鋒寒和寇仲均覺有理，前者沉聲道：「若確是如此，待會若須分散逃走，我們就在大河南岸以標誌爲記會合，再齊往偃師找老王去。」

兩人點頭答應。

就在此時，徐子陵聽到後進的房子裏傳來僅可察覺的一下輕微呼吸聲，好奇心起，道：「我到後面看看！」

跋鋒寒和寇仲正全神留意前面的情況，只是略作點頭，徐子陵遂跨過門檻，步進天井去。憑著剛才的印象，徐子陵試推左邊廂房的門，木門應手而開。徐子陵朝內看去，登時愕然，只見一個黑色勁裝的健美女郎，大剌剌地躺在紗帳低垂的榻子上，雙目緊閉，動也不動。透過紗帳的淨化，此女皮膚如雪似玉，白得異乎尋常，黑衣白膚，明艷奪目。她如玄絲的雙眉飛揚入鬢，烏黑的秀髮在頂上結了個美人髻，一撮劉海輕柔地覆在額上，眼角朝上傾斜高挑，最使人印象深刻是她挺直的鼻樑，與稍微高起的顴骨匹配得無可挑剔，傲氣十足但又不失風姿清雅。紅潤的嘴唇帶著一絲似笑非笑的動人神氣，像正在夢境裏碰上甜蜜的遭遇。

徐子陵首先聯想起陰癸派，但旋即肯定認爲眼前此姝不似陰癸派的妖女，因爲此女與婠婠、旦梅又或白清兒有種迥然有異的開朗氣質，絕不是那種令人心寒的詭艷。

徐子陵愕然半晌，跨過門檻，移到榻前，伸手撥開紗帳。以他對女性的定力，亦不由心中讚嘆。在勁服的緊裹下，她苗條而玲瓏浮凸的美好身段表露無遺，惹人遐想。沒有紗帳的阻隔，五官的線條更清晰得令人有驚心動魄的感覺，美目深嵌在秀眉之下，兩片洋溢著貴族氣派的香唇緊閉著，呼吸輕柔得像春日朝陽初升下拂過的柔風。縱使她在沉睡中，徐子陵仍直覺感到她是個性格跳脫，活潑嫵媚的女郎。她的艷色絕不遜於假寐時的婠婠。一時間，徐子陵連已來到荒村北面入口處的震天蹄音都忘掉了。

美女的睫毛動了一下，接著張開眸子，朝他瞧來，還甜甜淺笑，露出一排整齊潔白的美麗牙齒。

外面小屋的跋鋒寒和寇仲察覺到徐子陵那方面的異樣情況，但既沒聽到打鬥的聲音，來騎又已入村，遂仍把注意力集中在窗外。

蹄聲大作下，四十多騎擁進村來，個個勁裝打扮，携有兵器。帶頭是個滿臉橫肉的高大壯漢，背插雙刀，雙目閃閃有神，顯是內外兼修的高手。其他人無不是強悍之輩，動作整齊劃一，很有默契。

帶頭壯漢勒馬停定，其他人則散往四方，扼守村內所有通道。

跋鋒寒移到寇仲那邊的窗子處，低聲道：「此人叫『雙刀』杜干木，我曾在洛陽見過他一面，好像是越王侗心腹大臣元文都的手下大將，乃呂梁派目下最傑出的高手，雙刀使得相當不錯。」

寇仲暗忖若能被跋鋒寒這心高氣傲的人評爲「相當不錯」，那就定有兩下子。忽又感到呂梁派相當耳熟，想了想記起秦叔寶暗戀的情人，正是呂梁派主的女兒，心想怎會這麼湊巧。越王侗正是名義上坐鎮洛陽的皇帝，王世充只是他的臣子。

杜干木打出手勢，衆騎士紛紛下馬，開始搜索全村。

徐子陵接觸到一對充滿挑戰性的漂亮明眸，心神輕顫時，女子向他伸出潔白纖柔的玉手，微笑道：「拉人家起來好嗎？」

徐子陵猶豫片晌，抓起她纖巧尖長的玉掌，登時一陣暖膩柔軟的感覺直透心坎，心中微蕩。

美女被他拉得坐直嬌軀，低鬟淺笑的道了聲「謝謝」後，移坐床沿去，拍拍旁邊的空位道：「坐下來好嗎？我們談談吧！」

徐子陵皺眉道：「外面那些人是否來尋你的呢？你還有談天的閒情嗎？」

美女作出側耳傾聽的迷人神態，咋舌道：「惡人又來捉奴家了！你定要救我，人家除了輕功外，其他的功夫都是稀鬆平常呢。」

她的眸子宛若蕩漾在一泓秋水裏的兩顆明星，極爲引人。尤其是說話時眼神隨著表情不住變化，似若泛起一個接一個的漣漪，誰能不爲之心搖神動。

徐子陵忍不住問道：「姑娘究竟是誰呢？外面那批惡人又是何方神聖？」

美女長身而起，只比高挺的徐子陵矮上兩寸許，身形優雅高䠷。她毫不客氣地坐入靠角的椅子內，螓首靠往椅背，閉目吁出一口香氣道：「可眞累死人呢！」

旋又睜開美目，欣然道：「人家只看你們入村時顯露出來的英雄氣概，便知你們是行俠仗義的好漢子，絕不會對我這弱質女子棄而不顧的，對嗎？噢！差點忘了告訴你，我的名字叫董淑妮，王世充是我的大舅父。」

徐子陵聽得目瞪口呆，原來眼前此女，正是跋鋒寒提過艷蓋洛陽的董淑妮。

第八章 趕赴偃師

黃易 作品集

第八章 趕赴偃師

眼看來人快要破門入屋，寇仲和跋鋒寒已作好應變準備。驀地一陣蹄聲從南面入口方向傳來，以杜干木爲首那批人立時停止搜索，全神戒備。

寇仲皺眉道：「小陵似在後面和一個女子說話，究竟是怎麼一回事呢？」

跋鋒寒回頭瞥了敞開的後門和空廣的天井一眼，好整以暇道：「只要不是婠妖女又或祝玉妍，我們便不須爲他擔心吧！」

南面蹄聲忽盛，該是奔上剛才他們來此途經的山丘頂處，沒有山巒阻隔，所以聲音清楚多了，可聽出後來這批人足有五十至六十騎之多。

寇仲道：「來的說不定是尋找我們的敵人，最好和杜干木等一言不合先打一場，我們可坐收漁人之利。」

跋鋒寒從他的角度瞧出去，先一步比寇仲瞧到飛馳而至的來人，微笑道：「你的願望該可實現哩！因爲來的是瓦崗軍。」

此時來人已進入寇仲的視線，風姿姣秀的沈落雁映進他眼簾來。

董淑妮嬌媚地橫了徐子陵一眼，有點羞澀地道：「你知人家是誰！你卻尚未說出自己的名字呢？」

徐子陵此時剛聽到村南外傳過來的蹄聲，見她仍是一副嬌癡的可人神態，像完全不把外面的情況放在心上，不由有些摸不著頭腦，答道：「我叫徐子陵……」

董淑妮美目亮了起來，喜孜孜道：「我聽很多人提過你們，說你和寇仲是年輕一輩中最有潛質的其中兩個人，那在外面的當然有個是寇仲了。嘻！幸好我躲到這裏來，你們定要負起保護人家的責任啊！」

徐子陵啼笑皆非，不過縱使她不是王世充的甥女，他亦不能拒絕加以援手。問道：「你若想我們保護你，首先要告訴我們究竟是誰要傷害你？而你又爲何一個人逃到這裏來？」

董淑妮苦惱地蹙起黛眉，嘆道：「他們是越王的人，越王要殺我大舅舅，給奴家知道了，越王派人來追殺我，淑妮於是坐船逃走，豈知給追兵趕上。嘻！幸好奴家的輕功不錯，於是溜到了這裏來，又幸好遇上你們。」

徐子陵愕然道：「越王爲何要殺你大舅舅？他不是個只有十多歲的小孩子嗎？」

董淑妮聳肩道：「功高震主兼奸人唆使，自古以來都是這樣子的嘛。奴家現在要趕到偃師去見大舅舅，你們肯送奴家去嗎？另外那個不像漢人的好看男子又是誰呢？」

沈落雁和另一大漢飛身下馬，只從那大漢手持的雙尖矛，便知他是與裴仁基並稱兩大虎將的另一虎將王伯當。

寇仲想起素素曾受其辱，右手探往背後，握緊刀柄。

跋鋒寒伸手輕按他肩頭，著他不要輕舉妄動，低聲道：「情況有點不對頭，先聽聽他們有甚麼話說。」

杜干木迎上兩人，道：「我們已依從沈軍師的指示，從大河那邊搜過來，仍發現不到她的蹤影。」

寇仲留心打量王伯當。他把雙尖矛漫不經意地扛在肩上，不論飛身下馬的動作，又或舉手投足，都顯出豪放不羈的神態，似從不把別人對他的看法放在心上。

當寇仲目光落在他身上，他卻似生出感應，別頭朝他們的方向瞧來，幸好兩人機伶，先一步避往窗側處。

沈落雁嬌滴的聲音在外面響起道：「杜將軍請放心，我們在周圍五十里內布下天羅地網，任她輕功如何高明，也是插翼難飛。但要注意會有高手爲她護駕，否則我的鳥兒不會傷了左翼。」

寇仲和跋鋒寒對視一笑，一齊想到幸好怪鳥不懂人言，否則會洩出祕密。

王伯當有點不滿地道：「這麼機密的事，爲何會讓那個只懂迷惑男人的董淑妮知悉呢？」

跋鋒寒和寇仲的目光不約而同瞟往後門天井的方向，心想怎會這麼巧？

杜干木苦惱地道：「正是朝中有人迷戀她的美色，想藉此討她歡心，致洩了機密，幸好被我們及時發覺，現在只要把她抓起來，亡羊補牢，未爲晚也。」

跋鋒寒和寇仲聽到這裏，已是智珠在握，猜了個大概出來。

由於宇文化及率大軍北歸，越王侗乃與李密結成聯盟，共抗大敵。李密還受越王侗封爲魏國公。等到李密慘勝宇文化及，王世充見有機可乘，遂率精兵到偃師，想趁機攻打李密。豈知越王那陣營的人畏懼王世充遠多於畏懼李密，故暗中勾結李密，陰謀對付王世充。哪料事機不密，給董淑妮知道了，欲往偃師通知王世充，卻被追兵伏擊，連番追殺下只剩她一人憑著超卓的輕功逃抵此處。

寇仲這時哪還有興趣聽下去，與跋鋒寒商議兩句後，往後門掠去。

「咿呀！」

兩扇門張了開來，跋鋒寒大步踏出，伸了個懶腰，目光掃過正愕然瞧著他的沈落雁、王伯當、杜干木和雙方以百計的手下，哈哈笑道：「如此機密之事，各位竟在光天化日下當街談論，實是兒戲之極，可笑啊可笑！」

杜干木色變道：「跋鋒寒！」

王伯當仰天長笑道：「這叫天堂有路你不走，地獄無門卻闖進來。我們正奉命拿你，另兩個小子在哪裏？」

沈落雁卻露出疑惑之色，打出手勢，身旁立時擁出十多人來，扇形散開把卓立屋前的跋鋒寒圍著。

跋鋒寒從容一笑道：「我既敢站出來，自然有應付你們的把握。」

沈落雁左側一個相貌特別凶悍的大漢倏地撲出，大刀往跋鋒寒照頭劈去。

跋鋒寒傲然一笑，也不見他如何動作，斬玄劍來到左手上，頭也不回地聽風辨位，挑中敵刀，那人被震得手臂發麻，駭然疾退，跋鋒寒劍芒暴漲。凶悍大漢如被雷殛，胸口濺血，拋跌地上。包括王伯當在內，眾人無不色變。

事實上連跋鋒寒都想不到自己的劍氣變得如此厲害。那人已倒退出一丈開外，仍被劍氣破胸而亡，是他以前難以辦到的事。經過了山中苦修十天和連番血戰，在不知不覺裏，他的武功修爲有了夢寐以求的突破。在這刹那，他腦海中浮現出與寇仲和徐子陵兩人肝膽相照的交往過程，心中一陣溫暖舒暢。在他這個對人際關係異常冷淡的人來說，此乃非常罕有的情緒。

「鏘！」跋鋒寒還劍鞘內，冷然道：「我跋鋒寒身經大小千百戰，卻從未有人能取我之命，且看你們能否撿得例外甜頭。」

王伯當神色變得無比凝重，雙尖矛彈上半空，灑出一片芒光，旋又收歸胸前，遙指跋鋒寒。其他人紛紛躍上瓦背，更有人破窗進入跋鋒寒背後的屋內，形成一重又一重的包圍網。

沈落雁踏前一步，嬌叱道：「寇仲和徐子陵究竟到哪裏去了。」

跋鋒寒啞然失笑道：「我負責殺人，他們負責放火，這樣說沈軍師清楚了吧？」

沈落雁失聲道：「不好！」

跋鋒寒大笑道：「太遲了！」

拔劍出鞘，一式橫掃千軍，誰不懼他能殺人於尋丈之外的能耐，只覺無影無形的劍氣逼人而來，無不嚇得踉蹌跌退。

此時，村後密林多處起火，濃煙沖天而起。

跋鋒寒人劍合一，拔身而起，避過王伯當的雙尖矛和杜干木的兩柄刀，登上瓦頂。又在給人截上時騰身而起，朝濃煙密布的村後密林投去，轉瞬不見。

寇仲蹲了下來，呻吟道：「我的天，終於到了，娘！這就是大河！」

滾滾黃河水，在矮崖下奔流而過。

這段河道特別狹窄，但亦闊逾二十丈，河水沖上兩岸的岩石，浪翻水激，河水瞬息萬變，驚濤裂岸，洶湧澎湃，極爲壯觀。對岸是延綿不盡的原始森林，怪石峥嶸。

徐子陵亦心神激蕩，移到岸沿處，凝視著河水沖上岸岩，再奔騰迴蕩而激起的一個接一個怒號狂馳的急轉旋渦。

跋鋒寒來到徐子陵旁，讚嘆道：「我第一次見到大河，是在隴西的黃河河段，其奔騰澎湃之勢，有如自天上滾流而來，令我連呼吸都停頓了。」

一直以來無論在哪裏，董淑妮都是周圍所有人的注意中心，即使王室貴胄，又或巨宦公子，都對她奉承備至。惟有眼前救她出險境的三個人，卻似不把她放在眼裏似的。像現在對著大河的驚喜，便遠勝見她時的驚異神態。心中既泛起新鮮奇異的感覺，亦有點怨憤不平，微嗔道：「追兵快來了！你們還在談風說月的！」

寇仲肅容湊下嘴巴，親吻著大河岸旁的土地，跋鋒寒回頭微笑道：「小姐放心，太陽沉下西山後，我們便動程往偃師去，大家趁這機會休息一下，順便欣賞大河落日的美景。」

董淑妮感到他無論說話的聲音、語氣、神態，都有種令人甘於順從的懾人魅力，竟不敢再吵下去，氣鼓鼓走到一旁，找了塊石頭坐下，眼睛卻瞪著徐子陵。

對這瀟灑飄逸，又卓爾不凡的年輕男子，她分外有好感。徐子陵卻像一點都沒留心到她的行止，只顧與跋鋒寒談對大河的感觸。

寇仲終長身而起，來到她旁邊另一塊石頭坐下，露出一個燦爛的笑容，柔聲道：「肚子餓嗎？」

董淑妮喜道：「終於有人來理淑妮了！我不是餓，而是餓得要命，有甚麼可以吃的？」

寇仲看得眼前一亮，只覺此女既有種天眞爛漫的動人神態，但一顰一笑，又有種妖媚入骨的風姿。

欣然道：「老跋還有幾片風乾的兔肉，是我親手調味的，非常好吃，你要不要試試看？」

董淑妮卻一逕搖頭。

寇仲奇道：「你不是餓得要命嗎？」

董淑妮湊到他耳旁低聲道：「我不吃他的東西，他對人家很兇哩！」

寇仲聽得連耳朵都酥軟了，失笑叫道：「老跋！你在甚麼地方開罪了人家董大小姐，累得她情願餓著肚子也不吃你的東西？」

跋鋒寒哈哈一笑，走了過來，奉上以葉子包著的乾兔肉，灑然笑道：「董小姐大人不記小人過，請賞臉！」

董淑妮顯是大爲受用，抿嘴低笑，俏臉微紅，神態引人之極。接著迅快地取起一片風乾兔肉，撕著來吃道：「算你識相！這還差不多。」

跋鋒寒搖頭失笑，拍拍寇仲肩頭，把肉乾塞到他手上去，逕自返回徐子陵身旁去了。

寇仲見跋鋒寒出奇地這麼給自己面子，更知他是想到董淑妮對自己的重要性，心中不由一陣溫暖，亦對他好感大增。

跋鋒寒的性子根本並非如此的。

董淑妮吃得很快，取過第二片肉乾，笑語道：「你的手藝相當不錯。」

此時跋鋒寒走了過來，向他打個眼色，道：「我和子陵到高處看看，仲少你陪大小姐在這裏好好歇息，待會還要趕路。」

寇仲會意，兩人去後，轉入正題道：「究竟是誰想害你大舅舅呢？是否越王和元文都？」

董淑妮津津有味地吃完第二片肉乾後，蹙起秀眉，道：「他們憑甚麼來對付我大舅舅，當然是另有大後台在背後撐他們的腰哩！」

寇仲愕然道：「你不是說李密吧！」

董淑妮皺皺可愛的小鼻子道：「你猜錯了！但究竟是誰我只會告訴大舅舅，大舅舅常教我要分清楚哪些事可以對人說，哪些事是不可對人說的。咦！太陽下山了。」

寇仲為之氣結，又暗忖若我被你這麼一個女娃兒難倒，還怎麼去與群雄爭天下？

搜索枯腸下，驀地腦際靈光一閃，笑道：「你不說我也知是誰，定是獨孤家的人，對吧！哈！」

董淑妮不能相信地瞪大美目，單是表情已清楚告訴寇仲他猜中了，她有點不依地嗔道：「你這人倒有點道行，難怪大舅舅那麼注意你們的事，獨孤家的人我沒有一個喜歡的。」頓了頓又道：「尤其那個獨孤峰，每次見到人家從頭看到腳，好像想用眼睛把人家的衣服脫掉似的，可厭之極。」

這種話從這樣一個絕色嬌嬈的女子口中說出來，寇仲也不由聽得心中一蕩，但為了正事，綺念瞬即消去。問道：「洛陽現在的情況如何？是否已落進獨孤家的手中？」

董淑妮不屑道：「哪輪得到他們，守城的郎奉叔叔和宋蒙秋叔叔是大舅舅的心腹，只有皇宮的禁衛由獨孤峰統轄，兵力不過五千，若非用陰謀手段，哪是大舅舅的對手。」

寇仲心想原來如此，換了自己是越王侗，也要定計殺王世充了。

董淑妮忽然道：「和你說話很有趣！你這人很聰明，長得又好看。」

寇仲啼笑皆非道：「你才是人間絕色，有傾國傾城的美貌，究竟你大舅舅將你許配了人家沒有呢？」

董淑妮道：「人家今年才十七歲嘛，不想那麼快嫁人。嘻！你想不想娶我呢？」

寇仲愕然道：「你不但長得美，還非常特別，我還是第一次聽到漂亮的女孩子問我這問題。」

董叔妮微嗔道：「說說不可以嗎？又不是當眞的。你們漢人的頭腦眞拘謹。」

寇仲呆了一呆，抓頭道：「難道你不是漢人嗎？」

董淑妮沒好氣道：「誰告訴你我是漢人呢？人人都知大舅舅不是漢人，就只你不知道。」

寇仲細看她的如花玉容，試探道：「那你究竟是甚麼人？」

董淑妮得意道：「你這麼聰明，快猜猜看！」

寇仲無言以對時，徐子陵和跋鋒寒一陣風般趕回來，叫道：「快走！」

四人躲在一處山頭，遠處四面八方均見簇簇火把長龍的移動，而他們顯已陷身重圍之中。

寇仲指著左方五里許處，各以一枝長達數丈的旗竿，高高掛起紅、白、黃的三個大燈籠，狠狠道：「小陵，都是你的沈情人不好，若不是由她以燈籠指揮手下行動，我們怎會落到現今這個處境呢？」

在徐子陵背後的董淑妮推了他一把，酸溜溜地道：「沈落雁是你的老相好嗎？」

徐子陵沒好氣道：「休要聽仲少胡說，我和她沒有半絲瓜葛。」

董淑妮雀躍道：「眞好！」

三人見她神態率直，在這種四面楚歌的環境下仍似在爭風吃醋，均搖頭苦笑。

跋鋒寒冷哼道：「若我猜得不錯，李密和長白雙凶都來了。否則士氣不會如此高昂。」

寇仲和徐子陵吃了一驚。論武功，在群雄中李密怎都可以列入前三名，而長白雙凶則僅次於王薄。

只是這三個人，已使他們窮於應付，更不要說其他人了，何況他們還要保護這個嬌嬌女。

跋鋒寒續道：「若非有符眞這種擅長追蹤的名家在主持大局，我們該不會陷進這種局面。」

寇仲點頭道：「我們已用了種種方法，仍甩不掉他們，反被他們布下的伏兵逼得進退不得，現在他們應大約把握到我們的位置，正逐漸收緊包圍網，確是高明之極。」

徐子陵指著東南方道：「偃師是否在那個方向？」

跋鋒寒道：「正是那裏，不出三十里路。」

董淑妮此時也知事態嚴重，低聲道：「我們衝過去成嗎？」

寇仲道：「那是下下之策，敵人已清楚我們的實力，沒有把握不會蠢得來招惹我們。只消數數火把光，便知對方至少有二千至三千人，我們能殺多少個呢？」

董淑妮下意識地擠進寇仲和徐子陵間，道：「怎辦好呢？快想辦法吧！」

跋鋒寒冷然道：「我們不是在想辦法嗎？心慌意亂只會壞事。」

董淑妮給他神光閃閃的銳目瞅了一眼，立即噤若寒蟬。

徐子陵道：「有甚麼方法可惹起偃師方面的注意，使他們派人來援？照理王世充該派人在城外山頭放哨，偵察周圍情況的。」

董淑妮聽得精神大振，低聲卻興奮地道：「淑妮背上有兩個特製的煙花訊號炮，只要給我大舅舅的人見到，便知是自己人遇事，成了嗎？」

寇仲苦笑道：「問題在我們能否捱到援兵到來的時刻？」

董淑妮頹然無語。因爲若發出訊號炮，等於暴露了藏身位置，李密一方必全力來攻。而當哨兵看到訊號，通過烽火之類的手法通知偃師，假設王世充又能當機立斷，立即調兵遣將來援，至少也要一、兩個時辰的光景，那時他們早完蛋大吉。

徐子陵四人一邊說，一邊留意四下的情況，此時見到一條火把長龍直往他們藏身處移過來，連忙又再逃走。

跋鋒寒領著他們摸黑奔下山丘，逃進山腳的疏林區，尋得一道小河，忙涉水而行，走了近兩里路後，地勢往上傾斜，源頭處原來是一座山上的小瀑布，泉水從石隙飛出，注成一池清潭。此時月兒昇上中天，映得潭水波光閃閃，景色極美，可惜四人無心欣賞。

董淑妮嘆了一口氣道：「現在離偃師愈來愈遠了。」沒精打采地在潭旁坐下，露出一個心力交瘁，惹人愛憐的表情。

寇仲點頭道：「這正是敵人的計策，逼得我們不斷南逃，好從容收拾我們。」

跋鋒寒忽地湊近董淑妮，問道：「董小姐用的是甚麼香料？」

寇仲和徐子陵同時一震，目光灼灼地朝董淑妮望過來。

董淑妮不悅道：「哪有這樣問人家的。」

寇仲恍然道：「這正是杜干木可輕易直追到荒村的原因，皆因他熟悉大小姐所用的香料。而現在亦因此而使我們無法甩掉敵人的追蹤。」

徐子陵道：「不知是否我們嗅慣了，反而覺不到甚麼。」

跋鋒寒微笑道：「清潭明月，董小姐何不在此作美人出浴，而我們則為你把風，保證不會有人窺看。」

董淑妮露出一個甜甜的笑容，伸手便去解襟頭的扣子，欣然道：「看又如何呢？只要不動手人家便不怕。唉！恐怕要洗濯衣服才行，我的衣服全用香料薰過的。」

即使於此風聲鶴唳的情況下，而跋鋒寒、寇仲和徐子陵亦非好色之徒，但如此香艷誘人的話出自這絕色少女的檀口，三人也不由怦然心動。

徐子陵忽然探手按著董淑妮的玉手，阻止她寬衣的動作，道：「我有個更好的辦法。」

跋鋒寒和寇仲不解地瞧著徐子陵。

徐子陵沉吟道：「仲少！你是否記得在襄陽城外，我們為那小公子療毒之時，我曾把毒素吸到掌內嗎？」

寇仲一呆道：「香氣不同毒素，它是沒有實質的氣味。」

董淑妮亦睜大秀目瞧著他，徐子陵按在她纖手的掌心灼熱柔軟，使身疲力累的她直舒服至心底裏。赧然道：「若你的手掌眞能吸取人家的香氣，人家豈非要給你按遍身體的每吋地方嗎？」

三人均心跳加速，此美女說起這些誘人的話時仍是一派天眞模樣，毫無機心，卻比任何淫娃蕩婦蓄意挑逗的言詞更引人入勝。

徐子陵下意識地收回抓著她玉手的右手，道：「在一般情況下，我確沒有這種吸聚香氣的本領。但現在只要淑妮整個人浸進潭水去，待全身濕透，仲少再運功助淑妮把水份蒸發，香氣不是亦可隨水氣蒸發嗎？那時我就有把握吸取帶著香味的水氣，然後再把香氣散播，引敵人循錯誤的路線追去。」

跋鋒寒拍腿叫絕道：「此計確是妙想天開，保證可令敵人中計。」

董淑妮湊過去親了徐子陵的臉，喜孜孜道：「你這人聰明絕頂，人家歡喜被你喚作淑妮啊！以後你們這樣喚人家好嗎？」

跋鋒寒和寇仲對她大膽的作風早習以爲常，絲毫不以爲異，反是徐子陵大感尷尬，俊臉紅了起來。

董淑妮嬌笑道：「陵少比女兒家還要臉嫩，淑妮要下水了！」

「噗通」一聲，她像一條美人魚般潛入水裏，再在清潭另一邊爬上岸。

三人一看下，心叫乖乖不得了。在月色斜照下，渾身濕透的董淑妮被半透明的濕衣緊貼身上，裏面的褻衣短褲赫然可見，盡顯玲瓏浮凸的曼妙曲線。

跋鋒寒苦笑道：「你們去作法吧！但切勿監守自盜，我負責把風好了。」

四人離開水潭，登上小山頂處，最近的火龍逼至里許開外。

跋鋒寒道：「我和子陵去後，你們須躲在潭水裏，如此必可避過敵人耳目，萬無一失。」

董淑妮愕然道：「人家不懂得在水內換氣喲！」

寇仲微笑道：「這個由我教你。」接著對兩人正容道：「你們得小心，千萬要活著再相見。」

跋鋒寒哂道：「放心吧！我們豈是那麼易被殺死的人。」向董淑妮要過那兩枝煙花炮，與徐子陵聯袂去了。

寇仲忙領著董淑妮，重返清潭。

「砰！」

訊號炮直沖二十多丈的天際，爆出十多朵血紅的光芒，璀璨奪目。寇仲和董淑妮置身潭沿的淺水處，一起仰首瞧著不遠處空際的人造奇景。

董淑妮靠貼著他道：「你們爲甚麼肯如此冒生命之險來幫助奴家呢？」

寇仲微笑道：「因爲我們都喜歡和愛惜你嘛！」

董淑妮搖頭道：「不！我看你們是眞正的英雄好漢。男人我見得多哩！個個見到我時總是色迷迷的樣子。有些人扮作道貌岸然，骨子裏仍是那副德性。嘻！我最愛作弄他們。你們卻是不同的，不像一些人平時扮英雄、充好漢，遇上事時則變成怕事的膽小鬼。」

寇仲嘻嘻笑道：「你再這麼挨挨碰碰的，說不定我也會變成色鬼。哈！」

董淑妮湊過去親他臉頰，低笑道：「淑妮不怕你，因爲奴家喜歡你呢。」

寇仲迎上她像噴著情焰的眼睛，訝道：「小丫頭你不是動了春心吧！告訴我！你究竟喜歡誰？剛才你也這麼對小陵說的。」

董淑妮側頭想了想，道：「我也不知道，但現在人家只感到你又好看又強壯，有足夠的力量保護人家，其他的事不願去想。」

寇仲暗忖小姐你實在太多情了，就在此時，衣袂拂動之聲在山腰處傳來。寇仲心中大懍，知來者必是高手，否則不會到了如此接近的距離才被自己發覺，忙摟著董淑妮潛到潭底去，同時封上她豐潤誘人的香唇。董淑妮早知會發生此事，忙張開小嘴，接著寇仲度過來的內氣，立時渾身舒泰。

寇仲摟著她潛過水瀑，避進潭壁下的石隙縫中，此刻就算有人潛進水裏來，除非逼近觀察，否則亦難以發現他們。藏好身體，董淑妮四肢像八爪魚般纏上來，豐滿動人的嬌軀不住扭動，縱在冰涼的水裏，也感到她如火的熱情。寇仲一面慾火狂升，另一方面卻是大吃一驚。雖說有水瀑的掩護，但如此在水底扭動，說不定對方可從水波的異常情況，察覺端倪，勢要功虧一簣。人急智生下，伸手在她背上寫了個「不」字作警告。董淑妮果然乖乖停止，但纏得他更緊了。

寇仲鬆了一口氣，功聚雙耳，細聽上方的動靜。不片刻上方傳來足音人聲。

符眞熟悉的聲音傳下來道：「密公！我肯定他們曾在此逗留過好一會工夫，所以這處的香氣特別濃郁。」

沈落雁的聲音道：「他們在山頂發放訊號炮，顯是已走投無路，所以憑高傳訊，希望有救兵來援，我們宜火速追去。」

李密道：「三個小賊狡猾多智，明知洩漏行藏，休想能帶著董美人從容突圍而去，說不定會在附近找個地方躲起來，最有可能是在溪澗的隱祕處，那便可減去她留下的氣味，所以我們定要仔細搜查清楚。」

潭底石隙中的寇仲泛起歷史重演的古怪感覺。當年在翟讓的龍頭府，他和徐子陵、素素三人亦是這麼躲起來，偷聽李密和下屬說話。

符眞、符彥領命率人去了。

王伯當道：「這回得沈軍師精心策畫，又有符老師負責追躡，布下天羅地網，他們休想逃出我們的掌心。」

李密沉聲道：「此次事關重大，若被王世充聞得風聲，我們兵不血刃奪取東都的大計會好夢成空，所以絕不能讓那小美人兒逃到偃師去。」

王伯當邪笑道：「此女艷蓋洛陽，確是人見人憐，待屬下把她擒來獻給密公吧！」

李密惋惜地嘆了一口氣道：「此女已被我許了給獨狐峰那色鬼，暫時輪不到我染指。」

潭下的寇仲聽到這番話，又是另一番刺激感受。而正與自己頸交唇接的動人美女亦生出反應，呼吸急促起來，嚇得他忙再畫「不」字警告，若一旦氣濁，或沉不住氣，那就大事不好。

符真此時來報道：「已發現敵人留下的線索，他們該往南面逃了。」

「砰！」不用看，寇仲也知徐子陵和跋鋒寒在另一山頭發放了第二枚訊號炮。轉眼間，上面的人走個一乾二淨。

寇仲鬆了一口氣時，忽然發覺李密口中的小美人兒香舌暗吐，嬌軀扭動，腦際轟然一震，迷失在那無比動人的天地裏。

跋鋒寒和徐子陵一先一後撲上一株高聳出林的大樹上，環目一掃，前後四方盡是火把長龍，把逃路完全封鎖。

徐子陵嘆道：「若非晚間春霧濕重，我們只要放一把火，製造點混亂，說不定可趁機溜脫。」

跋鋒寒冷哼道：「縱然我們力戰而死，可是寇仲和淑妮能成功離開，再無遺憾。」

徐子陵劇震道：「若非此刻親耳聽到此話出於鋒寒兄之口，我眞不敢相信鋒寒兄是這種義無反顧，視死如歸的英雄豪傑。」

跋鋒寒苦笑道：「義無反顧只是溢美之詞，視死如歸亦仍差一點點。我只不過從不後悔自己作出的決定，只要隨意之所之就行了。你兩個小子對我那麼有情有義，我又不是狼心狗肺的卑鄙之徒，現在只希望仲少將來能手刃李密爲我們報仇吧。」

徐子陵搖頭道：「不！我定不能讓李密把你殺死的。嘿！假若我們能搖身一變，成了李密的兩名手下，是否會大增逃生的機會呢？」

跋鋒寒皺眉道：「你是不是想抓兩個人來，換過他們的衣服？可是瓦崗軍組織嚴密，軍下有團，團下有營，營下又分若干小隊，各有統屬，加上我們換得了衫換不了臉，只會徒惹人嘲笑吧了！」

徐子陵從懷裏掏出一張假面具，遞到跋鋒寒手上道：「這是天下第一巧匠宗師魯妙子先生的遺作，我們先換過臉孔，再設法更衣。」

話完自己先戴上另一面具，登時變成了曾與四大寇交手的疤臉大俠。

跋鋒寒看得嘖嘖稱奇，也在徐子陵協助下，戴上面具，搖身一變化身作一個眼陷、唇薄、鼓下巴的年輕壯漢。

跋鋒寒精神大振道：「這就大不相同了！來！我們先削些樹枝作暗器，隨我來吧！」

寇仲背著董淑妮，在山野間狂馳疾躍，掠出一片密林後，奔上一座小丘頂。洛水橫亙前方，對岸有座燈火輝煌的大城。

寇仲哈哈笑道：「終於到了！」停下腳步。

董淑妮依依不捨地離開他寬厚溫暖的虎背，見寇仲雄立如山，雙目閃閃地瞧著五里外矗立平原上的偃師城，自有種不可一世的懾人氣概，一陣心迷神顫，小鳥依人般挨進他懷內去，低聲道：「我們的事，你千萬不要對任何人說啊！若大舅舅知道了，定會殺死你的。」

寇仲低頭瞧了一眼這動人的美女，腦海中不由回想起剛才發生的事，心想這就最理想了。否則若董淑妮因與自己有了肉體關係而逼他去向王世充提親，便大大不妙。

董淑妮微嗔道：「你爲何不說話，是否不喜歡人家了！」

寇仲大感頭痛，探手挽著她纖軟的小蠻腰，把她摟貼胸膛，深深一吻，微笑道：「以後我們還能不能學剛才那樣呢？」

董淑妮媚笑道：「當然由我決定，有機會人家自會來找你。」

寇仲可以肯定自己並非她第一個男人，因爲在那事兒上董淑妮要比他更駕輕就熟。雖然無可否認她在各方面都勝過雲玉眞，但也像對雲玉眞那樣，他只會抱著逢場作戲的心態，絕不會妄動眞情。何況眼前還有那麼多重要緊逼的事等待他去做。一路奔來，他大部分時間都在惦念徐子陵和跋鋒寒的安危，少部分時間在想如何利用王世充來對付李密，卻全沒想過背上動人的肉體，更沒想到和她的將來。

董淑妮猛拉他的手道：「去吧！」

兩人奔下山丘，朝洛水掠去。

李密立在斜坡頂處，眉頭深鎖地瞧著手下把目標中廣闊達兩里的密林圍得水洩不通，再由以符眞、符彥兩兄弟爲首的數十名高手入林搜索，可是大半個時辰過去了，仍沒有絲毫動靜。

左邊的王伯當狠狠道：「這是沒有可能的，女娃子的香氣怎會忽然消失了？」

李密身後十多名將領，沒有人能回答這個問題。

右邊的沈落雁美目淒迷，輕輕道：「我有很不妥當的感覺，照道理他們該是插翼難飛。」

李密嘆道：「若眞有合理或不合理這回事，寇徐兩個小賊早應死去數十回了，但他們總能逃出險境，教人難以理解。」

王伯當沉聲道：「假若他們眞的成功把董淑妮送抵偃師，我們該怎辦好呢？」

李密雙目亮起寒光，一字一字地緩緩道：「最好的方法，莫如立即攻打偃師，牽制王世充，使他難以回師洛陽對付獨孤閥和越王。但如此將會破壞我們整個策略，而我們因與宇文化及一戰，損折甚重，元氣未復，故仍是宜守不宜攻，所以只好另外設法。」

接著向沈落雁道：「落雁有何提議？」

沈落雁道：「另一對策，是暗遣高手進入洛陽，策動獨孤峰掃除王世充在洛陽的勢力，教王世充只得孤城一座，後援斷絕。那時我們要取王世充項上人頭，如探囊取物般輕而易舉。」

王伯當皺眉道：「王世充的勢力在洛陽柢固根深，欲要將其連根拔起，恐非易事，必須有妥善布置才成。」

李密斷然道：「無論此計成與敗，對我們只有好處而沒有壞處。洛陽是愈亂愈好，最好獨孤閥和王黨拚個兩敗俱傷，更是理想。」

轉向沈落雁道：「我們必須與時間競爭，若讓王世充先一步發動，他受的損害將愈是輕微，落雁明白其中的厲害關係嗎？」

沈落雁點頭道：「密公放心，此事交由落雁處理吧！必不負密公所託。」

李密下令道：「此事以落雁爲主，伯當爲副，還要請得南海仙翁法駕，以增強實力，其他人手分配，你們瞧著辦吧！」

衆人聽得南海仙翁之名，無不露出既敬且懼的神色。原來南海仙翁晁公錯，乃寧道奇那種輩份的高手，是宗師級的人物，現今位於南海珠崖郡的南海派掌門梅洵，只屬他的徒孫輩。

據傳寧道奇曾與晁公錯決戰於雷州半島，到百招之外晁公錯才敗於寧道奇的壓箱底絕技「散手八撲」之下，可說雖敗猶榮。於此可見「南海仙翁」晁公錯的高明。李密由於其父李寬曾有大恩於南海派，故李密起兵後，曾三番四次派專使請晁公錯出山，但直至煬帝被宇文化及所弒後，晁公錯始肯點頭。並答允南海派儘全力助李密取天下，其中當然附有苛刻的條件。

王伯當和沈落雁齊聲領命。

就在此時，守在密林南方的火把紛紛熄滅，驚喊之聲不絕於耳。李密不怒反喜，領著眾手下疾馳趕去。

寇仲和董淑妮在守城兵將簇擁下，策騎馳入王世充在偃師的鄭國公府去。董淑妮像變成了另一個人似的，斂起笑容，神情肅穆，一派不容侵犯的聖潔樣兒。甫入府門，王世充已聞訊在十多個親兵擁護下迎出大門。董淑妮飛身下馬，哭著撲入王世充懷內。

王世充神采依然，只是鬢邊花斑，多了幾根白髮。他愛憐地擁著董淑妮，連聲道：「小妮妮莫哭！一切有大舅舅作主，究竟發生了甚麼事呢？」

邊說邊朝寇仲瞧來，眼神立即變得無比銳利。

寇仲甩蹬下馬，施禮微笑道：「以後是成是敗，就要看尚書大人一念之間！」

王世充愕然不悅道：「若你想危言聳聽，休怪我……」

董淑妮打斷他的話微嗔道：「大舅舅啊！他是好人，沒有他小妮妮的遭遇勢不堪設想。」

寇仲必恭必敬道：「王尚書可否借一步說話，此事必須當機立斷，否則即使孫子再世，武侯復生，亦挽不回已成的敗局。」

王世充厲喝道：「寇仲！」

寇仲躬身道：「寇仲在！」

王世充狠狠盯了他好一會，冷哼道：「隨我來！千萬不要在我面前耍花樣。」

跋鋒寒和徐子陵一口氣奔出五十多里路，直抵洛陽的大河下游處，兩人再支持不住，先後伏倒岸旁，前方是滾流不休的黃河水。洛陽在遠方的燈火，照亮了地平的天際。幾經辛苦，他們終脫離險境。

跋鋒寒大笑道：「好小子！眞有你的。王伯當臉對臉地瞧著我們，仍不知我們是誰。還喝令我們去堵截，幸好那時我能忍著笑，可不知憋得多麼辛苦呢。」

徐子陵搖頭嘆道：「李密這麼勞師動衆，卻連我們的衫尾都摸不著，說出去，保證笑歪了天下人的口。」

跋鋒寒勉力爬起來，道：「趁離天光尚有少許時間，我們最好養精蓄銳，再以假面目大搖大擺入城喝口熱茶。在洛陽我有幾個老相識，保證招呼周到。」

徐子陵艱苦地坐直身體，道：「不知寇仲能否說得動王世充呢？」

跋鋒寒深吸一口氣，回復冷靜，微笑道：「王世充只是一頭人扮的老虎，而寇仲則是一個老虎扮的人，勝負已昭然若揭，子陵何用擔心呢？」

密室內。董淑妮一口氣把事情和盤托出，但王世充的臉色卻至少變了十幾次。

沉吟片晌，王世充沉聲道：「淑妮你去好好休息一會，大舅舅自有主張。」

董淑妮還想撒嬌不依，見王世充表情嚴肅，臉上陰霾密布，不敢多言，瞥了坐在對面的寇仲一眼，乖乖去了。

門關。偌大的密室，只剩下王世充和寇仲兩人。

寇仲出奇地沉默。自進密室後，他沒說過一句話。王世充沉吟片晌，低聲道：「你們肯冒死救小妮，我王世充非常感激，說出你們的要求吧！」

寇仲知他不信任自己，淡淡一笑道：「我的要求是扳倒李密。」

王世充愕然瞧了他半晌，皺眉道：「現在我內憂外患，動輒腹背受敵，恐難助你完成心願。」

寇仲胸有成竹道：「王尙書此言差矣。事實卻是從沒有一個比眼前更佳的時刻，能讓貴方有粉碎瓦崗軍的機會。」

王世充不悅道：「我生平最恨人挾恩要脅，我王世充甚麼場面未見過，豈會聽人擺布。」

寇仲從容道：「王尙書此次出兵偃師，爲的究竟是甚麼呢？」

王世充雙目神光閃動，冷然道：「此一時也，彼一時也，現在我當務之急，是回師洛陽，掃除奸黨。」

寇仲微笑道：「然後呢？」

王世充傲然道：「安內後當然是攘外，我與李密勢不兩立。」

寇仲哈哈一笑道：「王尙書此次出兵，是看準李密雖打敗宇文化及，卻元氣大傷，故趁機痛加撻伐。現在卻要先作安內，白白讓機會溜走，予李密有休養生息的機會，豈非大大失算嗎？」

王世充怔怔地瞧了他好半晌，像首次認識清楚他般，肅容道：「寇小兄是否認爲該先收拾李密，再回師對付楊侗和獨孤峰呢？」

寇仲搖頭道：「非也。縱然東都無事，這次尚書若貿然兵攻李密，亦是必敗無疑。」

王世充本想試探寇仲是否別有用心，利用自己來對付大仇家李密，此刻聽他這般說，大感意外，反虛心問道：「願聞其詳。」

寇仲遂把李密那番對付王世充這次出兵的話說出來，當然是說得只像他寇仲本身的推測般。王世充臉色微變，好一會沒有說話，顯是被命中要害。

過了好半晌，王世充嘆道：「我本爲西域人，因慕天朝文化，隨父來隋，自幼喜讀史書，愛習兵法，官拜兵部侍郎，頗得楊廣那昏君看重。與孟讓一戰，更使我名震天下。本以爲天下再無用兵更勝我王世充者，豈知竟遇上李賊，處處受制，若非得寇小兄提醒，此仗實有敗無勝，那我現在應否立即回師東都呢？」

寇仲知他方寸大亂，微笑道：「正如我剛才所言，要破瓦崗軍，此實千載一時之機。原因有二，首先是李密刻下確是元氣大傷，兵疲將倦。其次則是李密仍在剛打敗宇文化及的勝利心態中，對你難免有輕敵之意。」

頓了頓，正容道：「不怕得罪一句，論軍力，貴方實不及李密，且屢戰屢敗，更添李密輕視之心，所以只要王尚書你示敵以弱，又製造巧妙形勢，引得李密傾巢而出，而我們則精心布局，設下陷阱，保證可令李密栽個大觔斗，從此無力凌逼東都。」

王世充聽得怦然心動，對寇仲疑慮大減，信任倍增，問道：「如何可示敵以弱呢？」

寇仲道：「請問王尚書現今手上有多少可用之兵？」

王世充猶豫了片刻，下定決心，答道：「此趟我只帶有二萬人，但無一非訓練優良的精銳。」

寇仲拍案道：「那就成了。孫子有云：兵貴精不貴多。而因我們兵少，更能增李密輕敵之心，只要再令他誤以爲我們糧草不繼，我不信新勝的李密還可忍著不率軍挑戰。」

王世充搖頭道：「他大可等我們眞的缺糧時才來攻擊，此計可騙別人，但絕騙不倒老謀深算的李密。」

寇仲笑道：「所以我說還要製造其他微妙的形勢，才可逼李密不得不來打硬仗。」

王世充訝道：「計將安出？」

寇仲道：「事情可分兩頭進行，首先我們營造出缺糧的假況，例如派人四出搜刮糧草，又揚言即要回師東都，李密不來截擊才怪。」接著俯前低聲道：「另一方面，我們則與北方勢力絕不下於李密的竇建德修好，請他出兵夾擊李密。當然啦！這一著必須巧妙地讓李密知曉，那更不愁他不主動來攻。」

王世充雖自負將才，亦不由不拍案叫絕道：「果是妙計，不過其中細節，仍要斟酌。」

雙目旋即射出銳利的光芒，盯著寇仲道：「誰都知你寇仲雄心勃勃，弄得南方天翻地覆，現在如此助我，究竟有何目的？」

寇仲坦然迎上他的目光，平靜地道：「因爲我若不殺李密，李密便要殺我。誰當皇帝我不管，只要不是李密就成，王尚書滿意我的答案嗎？」

王世充沉聲道：「你確是不可多得的人才，若你肯投附我，我王世充定不會薄待你。」

寇仲欣然道：「多謝王尚書提携。不過一切仍待破掉瓦崗軍再說。對付李密雖是重要，但東都卻必須牢牢掌握在手裏，只要能撐到李密出兵，我們便攻打越王的皇宮，把所有反對你的人連根拔起，那時王尚書大可取越王之位而代之。而天下至少有一半已到了『聖上』你的口袋內了！」

這番話直說進王世充的心坎裏，使他忘了寇仲沒有立即表示効忠，大喜道：「獨孤峰在洛陽有不可忽視的實力，若我不在洛陽，恐怕難以鎮壓大局。」

寇仲微笑道：「這正是示敵以弱的一個關鍵部分。尚書不妨精兵簡騎回洛陽打個轉，擺平洛陽的形勢，然後再見機行事。只要李密有任何異動，尙書立即溜回來主持大局，那不就成了嗎？」

王世充呆了半晌，長長吁出一口氣，搖頭笑道：「捨此之外，我還有更好的選擇嗎？」

洛陽雄踞黃河南岸，北屏邙山，南繫洛水，東呼虎牢，西應函谷，四周群山環抱，中爲洛陽平原，伊、洛、瀍、澗四水流貫其間，既是形勢險要，又風光綺麗，土壤肥沃，氣候適中，漕運便利。故自古以來，先後有夏、商、東周、東漢、曹魏、西晉、北魏、隋等八朝建都於此。所謂河陽定鼎地，居中原而應四方，洛陽乃天下交通要衝，軍事要塞。楊廣即位後，於洛陽另選都址，建立新都。新皇城位於周王城和漢魏故城之間，東逾瀍水、南跨洛河、西臨澗河，北依邙山，城周超過五十里，宏偉壯觀。

楊廣又以洛陽爲中心，開鑿出一條南達杭州，北抵涿郡，縱貫南北的大運河，把海河、黃河、淮河、長江、錢塘江五大水系連接起來，洛陽遂成天下交通商業的中心樞紐。

這日天才微亮，城門開啓，大批等候入城作買賣的商旅，與趕早市的農民魚貫入城。戴著面具的跋鋒寒和徐子陵混在人群裏，大搖大擺地從容由南門入城。

洛陽的規模果然非比一般小城，只南城門便開有三門，中間的城門名建國門，左爲白虎門，右爲長夏門，型制恢宏。此時兩人身上穿的不再是瓦崗軍的勁服，而是向兩個農民購來的樸舊布衣，每人肩上各負一大綑新鮮割下來的菜蔬，隨便報出順口謅來的身分名字，守門的兵衛毫不留難地放他們進城。

甫進城門，徐子陵頓時眼界大開。只見寬達百步貫通南北兩門的大街「天街」，在眼前筆直延伸開去，怕不有七、八里之長。街旁遍植櫻桃、石榴、榆、柳等各式樹木，中爲供帝皇出巡的御道，際此春夏之交，桃紅柳綠，景色如畫，美不勝收。大道兩旁店舖林立，里坊之間，各闢道路，與貫通各大城門的縱橫各十街交錯，井然有序。

跋鋒寒笑道：「洛陽有兩大特色，不可不知。」徐子陵興趣盎然地向他請教。

跋鋒寒道：「首先是以南北爲中軸，讓洛水橫貫全城，把洛陽分爲南北兩區，以四座大橋接連，而城內洛水又與其他伊、瀍、澗三水連接城內，使城內河道縈繞，把山水之秀移至城內，予人天造地設的渾成感覺。」

此時前方忽現奇景，一艘帆船在隱蔽於房舍下方的洛水駛過，從他們的角度瞧去，只是帆頂移動，宛若陸地行舟。

徐子陵欣然道：「我見慣江南的水鄉城鎮，多引江湖之水貫城而過，本沒甚稀奇，但卻少有如洛水般寬深筆直，使洛陽別具嚴整諧調的氣象。而此城的規模，當然亦非水鄉城市可比。另一特色又是甚麼呢？」

此時天色大白，街上人車漸多。御道上不時有一隊隊甲冑鮮明的兵衛行過，作晨早的操練，使美麗的皇城添上刁斗深嚴的氣勢。

跋鋒寒續道：「另一特色在外郭城的西牆外，因其天然環境設置西苑，西至新安，北抵邙山，南達伊闕諸山，周圍二百餘里，比得上古時漢武帝的上林苑，外郭城與西苑連在一起，令洛陽更具規模。」

兩人沿街而行，抵達洛水南岸。

跋鋒寒指著橫跨洛水，連接南北的大橋道：「這座叫新中橋，只看此橋的規模，足可具體而微地說明了楊廣當年如何勞民傷財。據說爲了使洛陽具都城之實，昏君從全國各地遷來了數萬戶富商巨賈，又將河南三千多家工藝戶安置到郭城東南隅的洛河南岸十二坊居住，所以眼前有此氣象。」

又壓低聲音道：「這叫壞心腸作好事，他日不論誰人得到天下，將會享受到楊廣的建設成果，只要管治上稍微得法，盛世可期。」

徐子陵聽得肅然起敬。跋鋒寒雖專志武道，但對時局的看法卻極具見地，且與衆不同。値此人人編派楊廣不是的時刻，他卻能指出楊廣的建都築河，對後世有很大的裨益。

跋鋒寒笑道：「我們好應找個地方好好塡塡肚子了。」

徐子陵欣然應是。

偃師城位於洛水北岸，大河之南，嵩高、少室等諸山之北，上游是洛陽，下游數十里處爲虎牢，乃翼護洛陽的戰略要塞，亦是東拒李密的前線基地。若偃師失陷，會直接動搖洛陽的安穩。偃師之於洛陽，等於虎牢之於滎陽。現今王世充率兵至偃師，立即直接威脅到虎牢的存亡，故李密必須作出反應，或守或攻，不能不小心籌度。

在十多名忠心可靠的統軍將領與名家高手簇擁下，換上一身武官便服的寇仲與王世充、董淑妮登上泊在城外碼頭的戰船，同行的尚有二千近衛軍，坐滿多艘戰船。

踏上甲板，寇仲心中一動，把王世充拉到船尾處，指著洛水道：「我們必須作出些假象，方可令李密確信我們有出兵虎牢的決心。」

王世充皺眉道：「我駐重兵於偃師，難道還不夠嗎？」

寇仲道：「那也可視作加強防守，且又不能予敵人放火燒糧的機會。我剛才研究過尚書給我的地理形勢圖，虎牢、滎陽皆位於洛水和大河之南，不如尚書著人在此城之東洛水兩岸的適合河段設立浮橋，建立兩、三座也不嫌多，然後在南岸設糧倉建軍營，這種高姿態比任何軍隊調動更有顯示力，亦免了李密要大動干戈攻城之苦。哈！此計如何？」

王世充怔怔地瞧了他一會後，嘆道：「如此妙計，教我怎能拒絕呢？」

徐子陵和跋鋒寒擠進了一間鬧哄哄的茶樓，好不容易才找到一張靠角的空桌子，要了糕餅點心，放懷大吃。

徐子陵隨口問道：「鋒寒兄似乎對洛陽分外欣賞，對嗎？」

跋鋒寒點頭道：「中土的城市裏，我對洛陽和長安特別有印象，皆因兩城均有王者氣魄，非一般城市可比擬。」

徐子陵問道：「江都又如何呢？」

跋鋒寒道：「我尚未到過江都，那是子陵你出身的地方，自然培養出深厚的感情，像我對草原和大漠。」

又微笑道：「不過相比之下，我還是比較喜歡北方的城市和山水，那種險峻雄奇，和南方的綺麗明媚，是完全不同的味道，較合我的脾胃。」

徐子陵點頭道：「跋兄似如北方的大河峻嶺，經得起風霜歲月的考驗，不怕面對艱苦惡劣的環境。我和仲少畢竟是南方人，很易生出好逸惡勞之心，縱使練武，也沒有甚麼嚴格規律，嘻！」

跋鋒寒笑道：「我看寇仲比較近似我，而你亦非好逸惡勞，只是本性不喜與人爭鬥。但假若有人惹得你動了眞火，我也要爲那人擔心！」

徐子陵微笑道：「我那麼可怕嗎？」

跋鋒寒正容道：「我很少欣賞一個人，你卻是例外。平時你看來溫文爾雅，好像事事不放在心上，可是每到生死存亡的危急關頭，你總能顯出堅毅不拔之意志，並有卻敵脫身之妙計，否則現在我們就不能在洛陽這裏吃點心了。」

徐子陵苦笑道：「我倒沒想過自己這方面的事，對了！我們是否應設法與仲少取得聯絡呢？」

跋鋒寒沉吟道：「仲少和王世充的交易如何，現今該已成定局，我們實不宜介入聞問。最好由寇仲來找我們。而我們只須照原先的約定留下標誌，使他知道我們在哪裏就成了。」

徐子陵點頭表示同意，卻皺起了眉頭道：「我們眼前幹甚麼好呢？」

跋鋒寒啞然失笑道：「子陵你太不習慣沒有寇仲的日子，告訴我，以前你和寇仲一起，有沒有想過要幹甚麼或不幹甚麼的心境？」

徐子陵尷尬道：「眞的似乎有點不習慣，不過凡事總有開始的，唉！待會——嘿！」

跋鋒寒捧腹狂笑，惹得附近幾枱的茶客爲之側目。

笑罷，跋鋒寒淡淡道：「我們先去見一位我們認識的美人兒，看看會否有你瑜姨的消息，順便探聽和氏璧的最新情況，子陵意下如何呢？」

徐子陵愕然道：「我們認識的美人兒？」

跋鋒寒現出個古怪的表情，微笑道：「東溟公主單琬晶大概可算其中之一吧！」

徐子陵失聲道：「甚麼？」

王世充和寇仲立在戰船的看台處，凝望洛陽的方向。

寇仲道：「尚書可知李密曾私訪襄陽的錢獨關，說動他供應人力糧草好予他從南方攻打洛陽的部隊嗎？」

王世充一震道：「錢獨關難道不怕死？竟如此斗膽。」

寇仲道：「李密一向以智計聞名，他故意策動四大寇與江淮軍合作，攻陷竟陵，脅逼北方諸城，實是一石二鳥之計，既可使杜伏威無暇兼顧南方，亦使洛陽以南數城因畏懼江淮軍而投向他。所以尚書若不及早擊破瓦崗軍，早晚會給他團團圍困，那就悔之已晚。」

王世充大訝道：「寇小兄為何對南北形勢如此清楚？」

寇仲微笑道：「當然是為了對付李密，這老賊頒下的『蒲山公令』，累得我兩兄弟屢陷險境，幾次險死還生，此獠豈能不滅？」

王世充默然片晌後，忽道：「假若此役勝不了李密，我是否應西聯李淵？」

寇仲本想答「此仗必勝」，但念頭一轉，反問道：「李淵、李密兩者，尚書以為誰更可怕點呢？」

王世充苦笑道：「我本從不把李淵放在眼內，甚至他起兵太原，渡龍門進關中，先後擊潰宋老生和屈突通，我也以為只是一時之勢。可是當李淵次子世民大敗薛舉、薛仁果父子的西秦軍於扶風，並乘勝追擊之直抵隴城，便不得不改變看法。因為關中再無西面之憂，可全力東進，經略中原，構成對洛陽除李密外最大的威脅。」

寇仲道：「尚書已很清楚李閥的形勢，也該知李世民乃胸懷平定中原大志的人。所以除非尚書肯俯首稱臣，否則如讓李世民在關中再多取得幾處立足據點，洛陽早晚要落到他手上去。」

王世充嘆道：「洛陽固是天下漕運交通的樞紐，但也因而陷於四面受敵的環境中，即使去掉李密，還要應付四方八面而來的攻擊，非像李閥般進可攻退可守。」

寇仲道：「所以去李密之脅後，尚書必須用兵關中，至不濟也要制得李閥半步踏不出潼關，而尚書則可挾勝李密的餘威利用運河之便，逐步蠶食附近城鎮，增加實力，捨此外再無他法。」

王世充苦笑道：「我有點累了！想到艙內歇歇。」

寇仲卻是心中暗嘆。王世充始終不是爭天下的料子，絕比不上杜伏威，亦不及蕭銑，當然更難與雄才大略如李世民、李密者爭一日之短長。

津橋東北斗亭西，到此令人詩思迷；
眉月晚生神女浦，臉波春傍窈娘堤；
柳絲嫋嫋風繰出，草縷茸茸雨剪齊；
報道前驅少呼喝，恐驚黃鳥不成啼。

兩人步上橫跨洛水的天津橋，跋鋒寒油然道：「天津曉月乃洛陽八景之首，最迷人是夜闌人靜，明月掛空之時，攜美來此把臂同遊，箇中況味，當是一言難述。」

徐子陵停了下來，道：「我忽然想起一事，恐怕難陪鋒寒兄去見公主了！」

跋鋒寒笑道：「不知子陵兄有甚麼急事呢？」

徐子陵苦笑道：「鋒寒兄勿要以爲我在找藉口避見公主，而是心掛失散了的兄弟，所以想去試試尋找他們。」

跋鋒寒道：「你是指段玉成他們四人嗎？」

徐子陵道：「正是他們。」

跋鋒寒灑然道：「如此不阻子陵了！」

兩人約定了見面的時間地點，於鬧市中分道揚鑣。

第九章

中都洛陽

黃易作品集

第九章　中都洛陽

徐子陵步下天津橋，回到城南區域，整個人輕鬆起來。

他眞的不想見單琬晶。此時洛陽城像甦醒過來般，車轎川流不息，熱鬧非常。行人中不少身穿胡服，顯是來自西域的商旅。只看眼前的繁榮，誰都感受不到城外的世界戰爭連綿，生靈塗炭。更想不到洛陽正陷於內外交煎的地步，成爲各大勢力傾軋角力的軸心。

他離開人潮擁擠的天街，沿著洛水西行，寬達十多丈的河面，巨舟並列，以大纜維舟，鐵鎖鉤連，蔚成奇景。回頭朝天津橋望過去，跋鋒寒已走得影蹤不見。而天津橋南北對起四座高樓，更添橋樑的氣勢，極爲壯觀。

離開了橋南的肆市，道上行人疏落多了。徐子陵沿洛堤漫步，堤邊雜植槐柳，樹綠成蔭，風景迷人。

徐子陵收攝心神，不由想起跋鋒寒和單琬晶間的關係。當日單琬晶和跋鋒寒約定在九江相會，恐怕不只男女私情那麼單純。要知單琬晶乃東溟派新一代的領袖，在派內早選了尙明作她的夫婿，所以她雖對李世民傾心，亦是有緣無份。以單琬晶剛烈的性格和行事的作風，既能克制自己對李世民的感情而不出亂子，照道理也不該情不自禁至要與跋鋒寒來個祕密偷情。所以她與跋鋒寒間，定有一些彼此合作的事情。

徐子陵本不會想及這方面的事，可是因跋鋒寒不但知悉單琬晶既身在洛陽，更清楚她落腳的地方，事情便大不簡單。若兩人只是男女之情，以跋鋒寒不以兒女私情爲重的作風，憑那趟單琬晶下不了手殺自己一事，已足可令跋鋒寒對單琬晶永不回頭。徐子陵苦笑搖頭。吹縐一池春水，干卿底事？就在此時，前面一人匆匆而至，徐子陵定睛一看，登時呆了起來，差點不敢相信自己的眼睛。

寇仲憑窗外望，心內思潮起伏。爭霸之路絕非一條康莊大道。不但前途渺茫難測，崎嶇難行，隨時有粉身碎骨之禍。最教人頭痛的是歧路甚多，一個不小心，便錯失直抵目標的機會。時機實具最關鍵的重要性。

李世民是最懂掌握時機的人，覷準機會，逼得他老子造反，起兵太原，趁關中精兵西出應付李密之際，渡河入關，奪得西都長安這堅強的固點。只須去了薛舉父子的西面之患，便可遙看關外群雄逐鹿，乘鷸蚌相爭，坐享漁人之利。而他現在才是剛起步。搞垮了李密，固然可使宋閥與瓦崗軍結盟一事胎死腹中，但最得利的卻是李世民而非他寇仲。所以現在仍未是殺李密的時刻，縱使李密引頸待割，他也不會殺李密。唉！有小陵在就好了！至少有人可以談談心事。假若徐子陵遇害，他將會不顧一切爲他報仇，甚麼霸業鴻圖都要擺到一旁去。

「叩！叩！」寇仲愕然道：「進來！」

一個小婢推門恭身施禮道：「小姐請寇公子到艙廳見面。」

徐子陵猶豫片刻，於那人擦身而過前把他攔著，沉聲道：「李大哥！」竟是久違了的李靖。

他之所以猶豫，皆因始終不能對素素之事釋然。若非李靖薄情，素素該不會受王伯當之辱，更不會嫁給香玉山。

李靖身穿便服，但仍是軒昂爽朗，眼神變得更銳利，顯是在這幾年間武功大有長進。

他愕然止步，臉露疑惑之色，皺眉道：「這位兄台是否認錯人了？」

徐子陵省起自己是以「疤臉大俠」的容貌示人，低聲道：「我是徐子陵，現在只是戴上面具。」

李靖先是虎軀一震，然後露出驚喜神色，挽著他穿過路旁的槐樹，到了堤坡邊沿處，大喜道：「我也風聞到你們會來洛陽的消息，想不到就這麼遇上了，小仲呢？」

徐子陵扯下面具，塞入懷裏。

李靖嘆道：「你比我長得更高了。時光過得眞快，不知不覺又這麼多年，昔日的兩個小子，已成爲名動天下的人物，現在誰說起你們來，不是咬牙切齒，就要衷心誇讚。」又急忙問道：「小仲沒出事吧？」

徐子陵聽出他眞誠的關切之意，又想起素素，心中矛盾得要命，道：「小仲沒有事，我們只是暫時分手，各有各的事罷了！」

李靖鬆了一口氣，道：「來！我們找個地方坐下再說！」

寇仲在小婢引領下，步進艙廳。董淑妮換上華服，還刻意打扮過，安坐椅內，更是艷光照人，眩人眼目，亦增添了幾分成熟的迷人風韻。寇仲在她左旁的椅子坐下，小婢退走，還爲他們關上廳門。

寇仲愕然道：「你不怕給大舅舅責怪嗎？」

董淑妮模仿王世充的語調老聲老氣道：「此一時也，彼一時也，現在怎同呢？」接著忍不住花枝亂顫地嬌笑起來，媚態畢露，誘人之極。

寇仲心中恍然。董淑妮實在是王世充的祕密武器，利用她的美色來籠絡有利用價値的人，又或刺探情報，否則此次王世充可能死了仍不知墜入李密的陷阱中。

王世充爲了收服自己，現在則打出董淑妮這張牌。

董淑妮甜甜一笑道：「你這人眞本事，人家從未見過大舅舅這麼看重一個人的，可是現在人家再不喜歡你了！」

寇仲失聲道：「甚麼？」

房舍在洛河對岸往左右延展，不遠處有座高起的鐘樓，宏偉高聳，雄視把城市一分爲二的洛水。

李靖嘆道：「想不到當日一別，到此刻才有重逢之時。素妹眞難得，若沒有她，我李靖今天休想能坐在這裏和你敘舊。所以聽得李密造反，我便心知不妙，立即趕赴滎陽，才知你們已救走了她。」

徐子陵一陣哽咽，差點掉下熱淚，勉強忍住，沉聲道：「李大哥當日爲何肯讓素姐回滎陽呢？難道不知滎陽大龍頭府是險地嗎？」

李靖苦笑道：「素妹對我恩重如山，我李靖豈會是這種忘恩之人。可惜她去意甚決，又知我會攔阻，竟留書出走，悄悄離開。那時我內傷未癒，追她時更遇上風雨，大病一場後，才到滎陽找她。但素妹拒而不見，我只好先到洛陽，再入關中，現在於秦王手下辦事。」

徐子陵聽得目瞪口呆。原來竟有這麼一回事！

董淑妮容色轉冷，淡淡道：「凡是大舅舅喜歡的人，我都不喜歡。」

見寇仲瞪大眼睛瞧著她，跺足嗔道：「有甚麼好奇怪的，人家喜歡自己去選擇也不成嗎？大舅從來不喜歡我爹，可是娘卻比任何女人都快樂。娘常說以前她們可在野火會中自由選擇對象。」

寇仲反有鬆了一口氣的感覺，微笑道：「現在我可滾出去了嗎？」

這次輪到董淑妮杏目圓睜道：「聽到我不再喜歡你，你難道不傷心難過嗎？」

寇仲站起來，伸了個懶腰，朝艙門漫步而去，邊行邊道：「當然難過得要命，我現在就要躲回房中痛哭一場呢。哈……」

寇仲轉身接著董淑妮隨手拿起朝他背脊擲來的名貴瓷瓶，笑嘻嘻道：「我也有個壞習慣，就是不喜歡給人擺布，吃軟不吃硬，哈！」揚手便把瓷瓶拋回給董淑妮。

董淑妮慌忙接著，他已推門揚長去了。「砰！」花瓶再次摔出，擲在門上，撒得一地碎片。

李靖關心地道：「素妹近況如何？」

徐子陵聽到自己的聲音答道：「她在巴陵，已嫁了人。」

李靖欣然道：「那眞要爲她高興，究竟是誰家兒郎如此幸運？」

徐子陵劇震一下，朝他瞧去。

李靖不解道：「爲何小陵你的神色如此古怪，難道素妹的夫婿有什麼問題嗎？」

徐子陵奇道：「素姐嫁給了別人，李大哥不感失望嗎？」

李靖皺眉道：「素妹若有好歸宿，我高興還來不及，究竟是否此人有問題呢？」

徐子陵瞧了李靖好半晌，搖頭道：「我不敢肯定。」

李靖笑道：「差點給你嚇個半死。究竟是誰？巴陵不是蕭銑的地頭嗎？」

徐子陵點頭道：「此人正是蕭銑的手下，叫香玉山。」

李靖色變道：「甚麼？」

徐子陵吃了一驚道：「是否眞有問題？」

李靖臉上現出痛苦的神色，好一會才嘆道：「這人是否本身有問題，我並不清楚，但卻知道……唉！小陵請恕我有難言之隱，故不能暢所欲言。天啊！爲甚麼這麼巧？」

徐子陵心念電轉，沉聲道：「剛才李大哥說在秦王手下辦事，秦王是否李淵次子李世民呢？」

李靖點頭道：「就是他了，他也很欣賞你們。你們不是想創一番事業嗎？他將會是個好皇帝。」

徐子陵冷笑道：「他會當上皇帝嗎？他只是秦王，世子卻是李建成。只聽李大哥這句話，便知他們兄弟間嫌隙已生，李閥禍機將至，大亂必興，李大哥仍要蹚這渾水嗎？」

李靖肅容道：「小陵你的確長大了，見識大是不同。不過我李靖豈是見難而退的人。」

頓了一頓，雙目寒光閃閃，凝視著下方長流不休的洛水，緩緩道：「國家患難，今古相同，非得聖明君主，不能安治。且爲國者豈拘小節，現今誰不知李閥的地盤是秦王打回來的，亦只他有造福萬民的才能德行。小陵你明白我的意思嗎？」

徐子陵心中一片煩厭，胸口如被大石重壓，長長吁出一口氣，才舒服了點，道：「李大哥不在關中，卻到此險地來，究竟是爲了甚麼事呢？」

李靖壓低聲音道：「我此次來洛陽，實有至關緊要的事，現在卻不可說出來。」

接著扯了徐子陵站起來道：「快隨我來，你嫂子該等得心焦哩！」

徐子陵失聲道：「嫂子？」

王世充換上戎裝，卓立船頭。寇仲和一衆將領，分立身後。洛陽的外郭城已然在望，氣象肅穆。四艘水師船加入護航行列，使船隊更爲壯觀。

王世充精神翼翼，看來心情大好，把寇仲召到身旁來，問道：「寇小兄到過洛陽嗎？」

寇仲恭敬答道：「尙是首次到洛陽。」

王世充哈哈一笑，自豪地道：「我們下面這條洛水，把都城一分爲二，成南北兩部分。皇宮和皇城位於城西北部；街、坊、市均分布在城南和東部。」

寇仲道：「船隊可直接駛進城內去嗎？」

王世充得意洋洋的道：「不但可駛進城內，還可抵達任何地方，若論內外水陸交通的便利，天下沒有一個城市可及得上東都。除洛水貫穿其中外，還有東瀍河、西谷水、北金水渠、南通津渠、通濟渠、伊水、漕渠、道渠、重津渠、丹水渠與大街小巷縱橫交錯，車船相接方便無比。」

水閘早已升起，船隊沿洛水長驅入城。眼前忽地換上了城內繁華的景象，寇仲連呼吸都停止了，看得虎目圓睜。

王世充湊到寇仲耳旁道：「若你助我東破李密，西克長安，我封你爲洛陽王，此城將是你的封邑，而小妮妮便是你的王妃！」

寇仲收攝心神，深吸一口氣道：「多謝聖上龍恩！」說完也覺心中好笑。但亦知不佯作奉承，王世充可能會隨時翻臉。

王世充聽到「聖上」兩字，哈哈大笑，又低聲道：「人傳你兩人知道楊公寶藏的祕密，究竟是眞是假？」

寇仲心中暗罵，表面則擺出恭敬的神色，耳語道：「我們只有一些線索，能否找到仍是未知之數。」

王世充道：「寶藏究竟是否在洛陽呢？」

寇仲故作愕然道：「尙書眞厲害！」

王世充冷哼道：「昔年建設新都時，楊素曾積極參與，要弄個寶藏該是順理成章的事。」

寇仲心中大樂，暗忖你這麼想就最好了。忽見船隊朝橫跨河面的大橋駛去，駭然道：「要撞橋哩！」

王世充和一衆手下苦忍著笑，但已是忍得極苦。寇仲大惑不解時，大橋中分而開，朝兩邊仰起，露出足夠的空間，讓船隊暢通無阻地魚貫駛過。

王世充欣然對仍驚訝得合不攏嘴的寇仲道：「這是我們中土第一座開合橋，出自天下巧藝大宗師魯妙子的設計，寇小兄沒有見過並不足怪。」

又指著前方右岸道：「那就是皇宮，我們直接去見楊侗，看他能耍出甚麼花樣來。」

徐子陵愕然道：「李大哥成親了嗎？」

李靖老臉一紅道：「已有多年了！當年我和素妹亡命北上，幸好遇上她，得她義助，接回我一條斷筋，否則你的李大哥已變成一個跛子。」

剎那之間，徐子陵明白了整件事。

正因李靖移情別戀，素素被逼黯然離開李靖，從此不願再提起他。

李靖奇道：「小陵的臉色為何變得這麼難看？」

徐子陵臉容轉冷，一字一字地道：「由今天起，我們再非兄弟，李靖你走吧！」

李靖劇震道：「究竟是怎麼一回事？」

徐子陵冷然道：「你該清楚知道是怎麼一回事。枉素姐對你情深一片，你卻移情別戀，把她拋棄。我們之間再沒有甚麼話好說。」

言罷轉身便去。

李靖大喝道：「小陵！」

徐子陵展開腳法，瞬眼間離開堤岸區，沒入一道橫街的人流裏。

城內洛水之端，外郭城西北處，坐落著氣魄宏大的東皇宮。皇宮分為皇城與宮城兩部份。皇城圍護在宮城的東、南、西三面，呈「凹」形，北面與宮城有城牆分隔。皇城城牆都是夾城，有兩重城牆。北面則有三重，更增其防禦能力。皇城內東西有四條橫街，與南北三直道交錯，中央大道居中軸線，甚麼省、府、寺、尉等官署分別排列在大道兩側的橫街，眾星拱月般，不離皇宮左右。宮城則是楊侗這小皇帝的居處和接見群臣的地方。宮城之北，再有曜儀和圓壁兩城，使宮城處於重重包圍之中，防範嚴密處，更勝江都的皇城。

船隊在皇城外的碼頭緩緩靠岸，王世充笑道：「由於李密不知你和淑妮早已脫身，所以消息該尚未傳返洛陽，只看現在楊侗全無防備，恐怕到現在仍未知我王世充回來了。」

寇仲道：「這叫以快打慢，只要我們能控制楊侗，獨孤閥便失去最大的憑藉，那時要殺要剮，再不由他們決定。」

王世充道：「獨孤峰武功雖高，仍未放在我心上，但那老婆子尤楚紅卻眞是非同小可，我旗下雖高手如雲，恐怕仍沒有人攔得住她，若給她漏網逃去，會是個很大的禍患。」

寇仲訝道：「爲何尚書不提獨孤鳳呢？」

王世充愕然道：「爲何要提她？」

寇仲心知不妙，沉聲道：「吾友跋鋒寒曾和獨孤鳳交手，差點不能脫身。據說她的武功已超越了獨孤峰，僅次於尤楚紅，尚書怎會一無所知？」

王世充曾在彭城親睹跋鋒寒強絕一時的身手，聞言變色道：「若眞有此事，那說不定獨孤閥仍有其他隱藏起來的實力，用以伺機暗算我。」

寇仲點頭道：「定是如此，我們必須小心應付，否則一個不好，就要吃大虧。」

船已泊定，王世充領頭走下船去。

徐子陵低頭疾走了半條街後，心情稍爲平復。尤其道旁滿植樹木，綠蔭環護，天上則白雲藍天，春光明媚，遂勉力抛開李靖和素素間那不能挽回的恨事，把心神集中在洛陽城的建設上。自離開飛馬牧場後，每有空閒，他都取出魯妙子的遺笈翻閱研究，對建築之道頗有心得，故此時能以專家的眼光，瀏覽這事先周密規劃、順應地勢、精心佈局的天下名都。

徐子陵心境轉趨開朗，漫步橫街里巷，無論走到何處，街巷縱橫，都是方格整齊，猶如棋盤。而民居則平均分布在棋格之中，秩序井然。一群小孩正在一處空地上玩耍，天眞的歡笑聲塡滿周遭的空間，不由使他想起與寇仲在揚州渡過的童年歲月，他們好像從未試過如此這般地玩耍過，每天爲了溫飽掙扎奮鬥，以及應付別人的欺凌。想得入神時，身後風聲響起。猛然回首。來者竟是竇建德手下的頭號大將劉黑闥。

王世充踏上碼頭，一名中年大將迎了上來，施禮後道：「一切安排妥當，尚書請放心。」

此人身量頗高，只比寇仲矮上寸許，生了一張馬臉，留著一撮山羊鬚，兩眼閃閃有神，顯是內外兼修的高手。

王世充介紹道：「這位是郎奉將軍，我不在時，洛陽的事就由他和宋蒙秋將軍兩人負責。」

寇仲心中恍然，原來是王世充的心腹。同時亦暗自懍然。只看現在一片平靜的情形，便知王世充已透過特別的通訊渠道，指示郎奉和宋蒙秋兩人暗中調集兵馬，控制了皇城。所以別看王世充初聽得情況不妙時似是手足無措，但老狐狸畢竟是老狐狸，待得情緒平定下來後，立顯出老辣厲害的本色。

郎奉道：「尚書大人請！」

王世充從容一笑，領頭朝進入皇城的端門大步走去。

劉黑闥搭著徐子陵肩頭，走進附近賣絲綢的店舖去。兩個上了年紀的店夥沒有上來招呼他們，像視而不見般，任他們長驅直闖，揭開分隔前後進的珠簾，穿過擺滿布疋的小貨倉，步出天井，原來另有兩重房舍。四男一女正聚在天井說話，見到劉黑闥，現出恭敬神色，齊叫「劉大哥！」劉黑闥點點頭，領著徐子陵進入天井左側的房舍去。那是個簡樸的小廳堂，除了檯、椅、几等必備的家具外，連櫃子都沒一個，更不要說裝飾的擺設了。

兩人坐好後，劉黑闥哈哈笑道：「眞好！竟遇上你，我也不知多少次聽到你們的凶訊，想不到你們還是活得生龍活虎。寇仲究竟到哪裏去了？」

徐子陵道：「我和他失散了，約定在這裏會面的。」

說罷心中暗嘆，劉黑闥雖是條好漢子，但始終是竇建德的人，不宜向他透露太多事。

劉黑闥皺眉道：「聽說李密派人截擊你們。要不要我遣人去找尋寇仲？」

徐子陵感受到他眞摯的熱情，生出內疚的難過情緒，搖頭道：「他自保該沒有問題。事實上我們是故意分開，由我引走追兵，而他卻負責做別的事情。」

劉黑闥明白過來。此時剛才在外面和另外四名男子聊天的女孩子進來奉上香茗。徐子陵發覺此女輪廓頗美，透著一股清秀的氣質。

劉黑闥笑道：「她叫彤彤，一手飛刀玩得不錯！」卻沒對徐子陵向彤彤作介紹。

彤彤微微一笑，好奇地瞥了徐子陵兩眼，退出屋外。

劉黑闥沉吟片晌，嘆道：「刺殺任少名一役，不但使你們兩人的名字無人不知，也改變了整個南方的形勢，老哥眞以你們爲榮。」

徐子陵怕他重提邀他們入夥的事，忙岔開話題道：「劉大哥這次到洛陽來，有甚麼大事？」

劉黑闥深深地瞧了他幾眼，沉聲道：「此事可大可小，實質上只是小事一件，但卻可能關係到誰能一統天下的問題。」

徐子陵聽得一頭霧水，奇道：「是甚麼事竟有這樣的影響力？」

劉黑闥不答反問道：「你們此回到洛陽來，是否準備西入關中？」

徐子陵明白劉黑闥人品很好，但絕非蠢人，而且精明厲害，絕不可以輕易將之瞞騙。他這樣詢問，等於間接問他是否想去發掘楊公寶藏。假若他支吾以對，劉黑闥將勢難對他推心置腹。際此群雄割據的時代，即使父子兄弟朋友，亦因各爲其主而要保守某些事情的祕密。像李靖剛才便對他欲言又止，有所保留。

徐子陵苦笑道：「事實上我們只知道寶藏在關內某處附近，其他一無所知，所以這次只是去碰碰運氣。」

劉黑闥忠厚樸實的黑臉露出一絲眞誠的笑意，點頭道：「子陵說的話，我怎會不信？不過聽說在楊公寶藏之內，除了楊素多年搜刮得來的奇珍異寶外，尙有以萬計的兵器等物。要在李閥的地頭把這些東西運走，非有龐大的人力物力不可。你們若信得過我劉黑闥，我可全力支持你們，條件則是各取所需：你們去做大富豪，而我則去爭天下，兩全其美，皆大歡喜。」

又道：「據我得來的消息，楊公寶藏共有七重，除第一重沒有機關裝置外，各重便一重比一重危險；若你知道設計藏寶室的人乃天下第一巧匠魯妙子，便知要取得寶藏絕不容易。照我所知，只羅刹女曾進入第一重，即知難而退。咦！你的神情爲何如此古怪？」

徐子陵聽到魯妙子之名，自是心頭劇震，開始有點明白爲何他把《機關學》的祕笈給予寇仲時，特別提醒他須憑此進入楊公寶藏。但爲何魯妙子不直接告訴他們如何進入由他一手設計的楊公寶藏呢？確令人費解。

劉黑闥又道：「楊素和魯妙子乃至交好友；洛陽貫通南北的開合橋星津浮橋都是他設計的。此人在這方面的天資之高，當世實不作第二人想。」

見徐子陵皺眉苦思，伸手友善地拍拍他肩頭道：「你不必這麼快答我。可先和寇仲商量一下，就算不合作，我劉黑闥亦不會怪你的。順帶說一句，諸葛德威對機關建築頗有心得，對進入寶藏肯定有幫助。」

徐子陵只好點頭應諾。

劉黑闥舒了一口氣，輕鬆道：「坦白說，這番話我眞不想說，好像我也像其他覬覦寶藏的人那麼貪心，但爲了大局，又不能不說。」

徐子陵道：「這個我是明白的，劉大哥不用介懷。」

劉黑闥欣然道：「我曾向夏王提起兩位，夏王對你們亦非常欣賞，希望有機會可以見個面。」夏王就是竇建德。

徐子陵夷然道：「有機會我們也想拜謁，還有，剛才劉大哥說甚麼有件事可大可小，究竟是甚麼事呢？」

劉黑闥沉聲道：「自然是與『楊公寶藏』齊名的和氏璧有關哪！」

甫進皇城，聚在端門內的十多人迎了上來，除三人身穿武將甲冑外，其他人都是便裝儒服。當中一人赫然是寇仲認識的歐陽希夷。

歐陽希夷乃成名數十年的高手，在江湖上輩份極高，與大儒王通及王世充交情甚篤，不過多年來已不問世事，想不到竟會出來助王世充爭天下。當年他以沉沙劍在彭城大戰跋鋒寒，雖於勝負未分之際罷手，但已在寇仲和徐子陵心中留下了不能磨滅的印象。

除歐陽希夷外，另有兩男一女，特別引起寇仲的注意。女的一個有如萬綠叢中一點紅般，極為惹人注目。

那是個頗具姿色的年輕少婦，嬌小玲瓏，背負長劍，神情卻是出奇地嚴肅，一副不苟言笑的模樣，別有股冷艷的成熟韻味。既使人感到她凜然不可冒犯的孤傲，但又能令人暗中興起假若能破開她那重保護自己的屏障，會是男人最大的成就。

不過寇仲留心她的原因，卻非因她的姿色，而是她那對精光閃閃的湛藍眸子，使他不但知道她是武林高手，還非中土人士。

另兩個惹他注意的人是一老一少。

老的身材矮胖，身穿道袍，手持麈拂，眼耳口鼻都朝肥臉的中央擠聚，看著本該惹笑，可是他半瞇的細眼芒光爍閃，隱隱透出一種狠辣無情的味道，卻絕無半分滑稽的感覺。

少的是個二十七、八歲許的壯漢，身形雄偉，雖比不上寇仲與徐子陵、跋鋒寒等的高挺俊拔，卻是臉容古樸，膚黑扎實，自有一股強橫悍霸的氣度。武器是背上的雙鉤。

看來除歐陽希夷外，眾人中亦以這三人武功最高，直可躋身一流高手之列。

歐陽希夷的目光首先落在寇仲身上，銳目掠過驚異之色，卻沒有說話。

王世充此時已急步迎上，呵呵笑道：「得諸位及時趕來，我王世充還有何懼哉。」

寇仲心中微懍，方知王世充於不動聲息中，已調集了手上所有力量，用以應付眼前的危機。

歐陽希夷等紛紛還禮謙讓。

其中一名武將道：「蒙秋已依尚書吩咐，做好一切安排。」

寇仲這才知道此人乃朗奉外王世充另一心腹大將宋蒙秋。忙用心看了他一眼。此人容貌醜陋，臉上掛著矯揉和過份誇張了的忠義神情，予人戴著一副假面具的感覺，打第一眼寇仲便不喜歡他。

此時王世充介紹寇仲與衆人相識，那女子竟然名如其人，叫玲瓏嬌。胖道人則是可風道長，壯漢叫陳長林，其他則是來自不同門派的名家高手。

歐陽希夷顯然在這批人中最有地位，微笑道：「《長生訣》不愧四大奇書之一，否則不能造就出寇兄弟這種人才。」

寇仲連忙謙讓。

王世充再與各人客套幾句後，收斂笑容道：「事不宜遲，我們立即進宮去見小昏君，看看獨孤峰能要甚麼花樣出來。」

劉黑闥見徐子陵聽到和氏璧之名，仍是一副無動於中的神態，微笑道：「假若子陵多知道點關於和氏璧的事，說不定會生出興趣來。」

徐子陵想起寇仲，心中暗嘆，勉強振起精神，問道：「和氏璧除了是當然的國璽、帝皇權力的象徵外，還有甚麼身價和作爲？」

劉黑闥道：「說眞的，這個我亦不大知道。但只從寧道奇也要向慈航靜齋定下借璧三年之約，便可知和氏璧非只是一塊珍貴的寶玉那麼簡單，否則怎能教寧道奇這類超凡脫俗的世外高人爲之心動？」

徐子陵愕然道：「這麼說，和氏璧豈非一直藏在慈航靜齋嗎？但劉大哥又從何曉得？」

劉黑闥神祕地微微一笑，低聲道：「這個請恕你劉大哥我要賣個關子。皆因我答應了人不可說出來。你只要知道消息是千眞萬確就成。」

徐子陵皺眉道：「若眞有此事，那江湖中盛傳寧道奇會在洛陽把和氏璧交回師妃暄之事便非是憑空捏造。但寧道奇爲何不直接把和氏璧祕密送返慈航靜齋，是否嫌天下還不夠亂呢？」

劉黑闥的黑臉透出笑意，淡淡道：「恰好相反，這正是慈航靜齋答允借璧予寧道奇的條件，就是要他協助天下撥亂反正，造福萬民。」

徐子陵心中一動道：「這麼說，寧道奇確在協助慈航靜齋爲未來君主造勢了。」

劉黑闥訝道：「你的猜想是雖不中亦不遠矣。據竇公和我的推測，師妃暄於此非常時期踏足塵世，不但是要對付陰癸派，還負有更重要的使命，就是爲萬民找尋眞主。試想想在現今的形勢下，誰若能得到師妃暄的青睞，賜以和氏璧，將會是怎樣的一回事？」

徐子陵立時大感頭痛。他想到的問題是在於寇仲。

在現時的情況下，無論師妃暄如何去揀選，絕不會揀上寇仲。正如劉黑闥所言，和氏璧本身只是小事，但師妃暄揀選皇帝卻是天下的大事。以師妃暄所代表的慈航靜齋與寧道奇合起來的實力和威望，只要他們公開宣布把和氏璧贈予某人，天下群雄會怎麼反應？所以寇仲絕不容許此事發生。以前寇仲說要去搶和氏璧，怕至少有一半是鬧著玩的。但現在卻是另一回事。如若寇仲加入了和氏璧的爭奪戰，他徐子陵能置身事外嗎？那豈非演變成他們要與師妃暄和寧道奇正面爲敵？

王世充偕寇仲與一眾將領及名家高手飛身上馬，在近千親衛的護從下通過皇城，朝北面的宮城馳去。沿途盡是甲冑鮮明的兵士，顯見皇城的控制權已全落入王世充軍的手中。宮城周回九里，四面開有宮門。則天門位於南牆正中，南對端門，北對玄武門，與中央各殿的正門貫穿在一條中軸線上。蹄音轟鳴下，整個皇城似在晃動起來。

寇仲策騎於王世充左方，另一邊是歐陽希夷，前方由朗奉率三十騎開道，聲勢浩蕩。

則天門此時已清楚可見，門分兩重，深達二十許步，左右連闕，被寬約十八步的城牆相接，城闕高達十二丈，氣象莊肅，令人望之生畏。此時則天門中門大開，但連半個門衛的影子都看不到，一派違反常理的教人莫測高深。

王世充神態從容，一邊策騎，一邊向寇仲道：「則天門內尚有永泰門，接著是主殿乾陽殿，乃爲舉行大典和接待外國使節專設。楊侗那傢伙平時絕不到那裏去。」

寇仲奇道：「宮城的守衛怎麼不見一個？」

後面不知誰接口道：「看是都給嚇跑了。」卻沒有人爲此話發笑。

王世充沉聲道：「獨孤峰轄下的禁衛共分翊衛、騎衛、武衛、屯衛、御衛、侯衛等共十二衛，每衛約五百人，總兵力超過五千，實力不可輕侮。兼有堅城可守，以獨孤峰的性格，絕不會不戰而退，我們定要小心一點。」

眾人轟然應喏，聲震皇城。

轉瞬先頭部隊已抵則天門前，正要長驅直進時，一人負手油然步出門外，大笑道：「尚書大人如此兵逼皇城，未知所為何事？」

劉黑闥道：「天下的形勢早亂作一團，師妃暄若再插手其中，將使情況更為複雜。」

徐子陵亦正為此頭痛。

師妃暄和婠婠分別為正邪兩大宗派的代表傳人，又均為兩派罕有的超卓高手，而現在婠婠已成了他們的死敵，若再加上個師妃暄，對他們可不是說著玩的。

徐子陵忍不住問道：「師妃暄現在究竟在哪裏？」

劉黑闥聳肩道：「聽說十日前她曾在洛陽附近露過一面，之後不知所蹤，怎麼都查不到她半點蹤影。只從這點看，可見她高明至何等程度。」

徐子陵想起婠婠，即可推想出師妃暄的厲害，再想到她或許會成為他和寇仲的敵人，一時更欲語無言。就算他沒答應寇仲於取得楊公寶藏後才分手。他也不能在現今的情況下離開寇仲的。

劉黑闥續道：「這正是我上次到洛陽來的原因。若能從師妃暄手上取得和氏璧，等於有半邊天下到了夏王手上。故這刻的洛陽可說盛況空前，凡欲得天下者，誰不想來碰碰機會。」

徐子陵又想起李靖，他到洛陽來說不定也為了同樣原因，就是為李世民爭取和氏璧，問道：「照劉大哥估計，誰有機會奪得和氏璧呢？」

劉黑闥啞然失笑道：「子陵這個『奪』字恐怕用得不大妥當。先不說有寧道奇在旁照拂，只是師妃暄本身登峰造極的劍法，已足可使人難起妄念，所以還是用『求』代替『奪』比較妥當。」

徐子陵亦心中好笑，自己因為是代寇仲設想，所以竟不自覺用了個『奪』字，有點尷尬道：「那誰最有機會求得寶璧？」

劉黑闥苦笑道：「我很想告訴你該是竇公。但事實卻非是如此，至少有三個人與我們有同等機會，也是眼下最有資格一統天下的三個人。」頓了頓續道：「若換了我是師妃暄，當必從其戰績、施政、聲譽等各方面去衡量某人是否適合做未來的真命天子。所以第一個最有機會的人，必是李密無疑，碰巧他剛新勝宇文化及，過往又曾數次開倉賑民，聲譽之佳，誰能媲美？」

徐子陵的心直沉下去，若給李密得到和氏璧，自己和寇仲哪還有跟他爭鋒的機會。

劉黑闥又沉聲道：「第二個則為王世充，只看洛陽的安定情況，可見他管治有方，且其根據地乃中原的心臟地帶，雄視四方，使人難以輕覷。」

徐子陵點頭道：「這兩個確是可與夏王爭鋒的人，另一個人是否李淵呢？」

劉黑闥道：「李淵可算其中一個。只是他本人既好聲色，又依附突厥，故雖有實力，被師妃暄挑選的機會看來卻不大。」

徐子陵想起老爹，問道：「杜伏威是否全無入選的機會？」

劉黑闥答道：「杜伏威聲譽一向不佳，兼且最近與鐵勒人勾結，想得到和氏璧嘛！怕只餘強搶一途。」

徐子陵心中微懍，因他深悉陰癸派亦牽涉其中，而祝玉妍、婠婠、曲傲和杜伏威均是有資格挑戰師妃暄的人，所以縱使後者有寧道奇支持，但由於敵手太強，故亦非是全無凶險。

形勢確是複雜異常。

劉黑闥豪興忽起，哈哈笑道：「天下雖是四分五裂，但不成氣候者衆，有資格稱王者寡。現在大江以南不外蕭銑、林士宏、沈法興、宋閥四大勢力。給你們宰了任少名後，目前以蕭銑最具實力，可惜巴陵幫難脫販賣人口的臭名，自難得師妃暄青睞。」

頓了一頓，續道：「北方諸雄中，除剛才提及的三人，其他如薛舉父子，剛被李世民所敗，自保也成問題，可以不論。至於梁師都、劉武周兩人，全賴胡人撐腰，才能有些聲勢，說出來都不上檯面，師妃暄更看不上眼。而高開道、李子通、徐圓朗之輩，分別被我們、李密和杜伏威逼在一隅，難作寸進，均難成氣候。勉強來說，尚有武威的李軌，可惜偏處西疆，事事須看胡人臉色，還有甚麼籌碼可拿出來見人？」

徐子陵皺眉道：「聽劉大哥的語氣，難道誰當皇帝一事，眞個是操縱在師妃暄手上嗎？」

劉黑闥微笑道：「是否如此，還要看將來的發展始可確定。但觀乎各方勢力，都要派人到洛陽來見師妃暄，便可知對此事的重視，否則我哪有空閒在這裏和你說話？」

接著避開徐子陵灼灼的目光，有點不好意思的道：「令姐好嗎？」

徐子陵心中一痛，頹然道：「素姐嫁人了！」

劉黑闥雄軀一震，呆了半晌，才乾咳一聲道：「嘿！那要──唉──」

徐子陵忽感不想面對劉黑闥，並走得愈遠愈好，永遠都不要再與人談及素素的事。

假若香玉山只是個卑鄙的人口販子，他該怎辦才好？

劉黑闥見徐子陵站了起來，訝道：「子陵要走嗎？」

徐子陵慘然道：「我想一個人去灌兩口酒，遲點再來找劉大哥吧！」

寇仲定神一看，心中也不由暗忖有其子必有其父。

此人長得與獨孤策至少有七分相像，且年紀在外表看來像只差幾歲，故仍異常英俊，但觀其恢宏氣度，則誰都可推想出他就是獨孤閥之主獨孤峰。他是個令人一眼看去便知是野心極大，要毀掉別人時毫不容情的人。他雖滿臉笑意，但總帶著殺氣騰騰的樣子，中等身材，但卻有一種顯示出非凡能力的氣概。而且爽脆有力的舉止，在在都表現出他強大的信心。

此時他那對與鷹鉤鼻和堅毅的嘴角形成鮮明對照的銳利眼神，從王世充移到寇仲處去，寇仲立感到臉上一熱，只此便知獨孤峰不愧獨孤閥之主，功力絕不在杜伏威、李密那級數的高手之下。

衆人勒馬停定，前方開路兵將知機的散往兩旁，好讓主子能和對方在沒有阻隔的情況下對話。

王世充哈哈一笑道：「獨孤總管言重了，近日風聲鶴唳，聽說有不少人要取我王世充項上人頭，我王世充又一向貪生怕死，所以出入都要央人保護，這才多帶幾個人來；怎想得到會招來『兵逼宮城』的大罪？萬望峰兄不要阻擋著宮門，讓我進宮謁見皇泰主面稟軍情，否則說不定會使王某懷疑峰兄已策動兵變，脅持了皇泰主，逼得我要揮軍攻城，那時對大家都不會有甚麼好處！」

寇仲這才知王世充的厲害，這番話連消帶打，誰都難以招架。

不過獨孤峰亦非善男信女，只看他一人獨擋宮門，擺出一副高不可測的格局，即可見一斑。

果然獨孤峰踏前一步，好整以暇的微笑道：「世充兄的欲加之罪眞的厲害，獨孤峰怎擔當得起。最好笑是我獨孤峰本是誠心誠意，又見尚書大人忽然班師回朝，故特來迎迓，豈知竟給鄭國公你誤會了。」

他這一番話中從「世充兄」、「尚書大人」到「鄭國公」，共換了三個名稱，當然絕無半點誠意，還有種使人難以捉摸其心態、且冷嘲熱諷，不把王世充看在眼內的意味。

寇仲啞然失笑道：「既是特來迎迓，爲何早先獨孤總管不說尚書大人班師回朝，卻說兵逼宮城，現在卻來改口？」

獨孤峰意帶輕蔑地瞅了寇仲一眼，皮肉不動地陰惻惻笑道：「這位年輕哥兒面生得很，不知何時成了尚書大人的發言人？」

王世充也是厲害，淡然自若道：「還未給總管引見我這位重金禮聘回來的寇仲先生，我王世充不在時，洛陽的事就交他掌理，以後你們多多親熱才是！」

這次連王世充方的郎奉等人都震動起來，想不到王世充如此看重寇仲。

獨孤峰愕然半晌，才道：「尚書大人雖有選賢任能之權，但如此重要的職位，當要……」

王世充截斷他道：「這正是本官要見皇泰主的其中一個原因，獨孤總管是否仍要攔著宮門呢？」

獨孤峰哈哈一笑道：「怎會呢！怎會呢！尚書大人請！」

竟退往門旁，作出恭請內進的誇張姿態。

王世充和寇仲愕然相顧，一時間不知該作何種反應。

深長的城門口，像可吞噬任何闖進去的人的無底深洞。

向劉黑闥告辭後，徐子陵在附近找了間酒館，要了一壺酒，自斟自飲了兩杯後，酒意上湧，差點要大哭一場。他從來不好杯中之物，即使湊寇仲的興頭，也是淺嚐即止。但現在卻想喝個不省人事，好忘記這殘酷和不能改變已發生了的現實。原因就在劉黑闥直指蕭銑是人口販子這句錐心話。現在素素和香玉山米已成炊，還有了孩子，殺了香玉山也對素素無濟於事。

唉！徐子陵再灌一杯，伏倒桌上，欲哭無淚。此時酒館只有兩桌坐有客人，而他又故意揀了處於一隅的位置，故不虞會惹來其他人的注意。說到底所有這些發生在素素身上的不幸，都是由李靖的寡情薄義而來。素姐有甚麼不好？他偏要移情別戀。足音漸近。

徐子陵憑足音竟在心中浮起李世民龍行虎步之姿，猛地抬頭。一人頭頂竹笠，垂下遮陽幕，身穿灰布衣，正筆直朝他走來，腳步輕巧有力，自有一股逼人而來的氣勢，懾人之極。

徐子陵收攝心神，沉聲道：「秦王請坐。」

那人微一愕然，在他對面坐下，脫下竹笠，露出英偉的容顏，大訝道：「徐兄是否能看穿小弟的臉幕呢？」又舉手喚夥計道：「拿酒來！」

徐子陵迎上他似能洞穿任何人內心祕密的銳利眼神，淡淡道：「我只是認得世民兄的足音吧！」

酒壺酒杯送上檯來，李世民先爲徐子陵添酒，再斟滿自己的一杯，嘆道：「徐兄不但有雙靈耳，記性還好得教人吃驚。」然後舉杯笑道：「這一杯是爲我和徐兄久別重逢喝的。」

徐子陵目光凝進杯內清洌的酒中，伸指在杯沿輕彈一下，發出一響清音，徐徐道：「是否李靖教世民兄來找我的？」

李世民微微一笑，放下酒杯，柔聲道：「徐兄誤會了你的李大哥！」

徐子陵漠然道：「若世民兄此來只爲說李靖的事，我們的談話到此爲止。」

李世民微一錯愕，接著哈哈一笑，舉杯一飲而盡，以衣袖抹去嘴邊的酒漬，意態飛揚地道：「就依徐兄意思吧！況且這種男女間事，豈是我等局外人能管得了的？」

徐子陵苦笑道：「你這兩句話比直說還厲害，李世民不愧是李世民。」

李世民雙目爆起精光，仔細端詳了他好一會，嘆道：「子陵兄眞的變了很多，無論外貌、風度、氣魄，均教人心折。」

徐子陵淡淡道：「世民兄不用誇獎我，徐子陵不外一介山野莽夫，何如世民兄人中之龍，據關中之險以養勢，徐觀關外的風風雨雨、互相廝拚，自己則穩坐霸主之位。」

這回輪到李世民苦笑以報，搖頭道：「子陵兄莫要見笑我，我李世民頂多只是爲父兄打天下的先鋒將領，哪說得到甚麼霸主之位？」

徐子陵一對虎目射出銳利懾人的異芒，沉聲道：「明珠始終是明珠，縱一時被禾草蓋著，終有一天會露出它的光芒，世民兄豈是肯屈居人下之人？」

李世民默然半晌，眼睛逐漸亮了起來，旋又透出哀傷不平的神色，低聲道：「當日我助家嚴起兵太原，他曾答應我們兄弟中誰能攻下關中，就封其爲世子。當時並曾私下親口對我說：『此事全由你一力主張，大事若成，自然功歸於你，故一定立你爲世子』。」

接著雙目寒芒一閃，續道：「當時我答他：『煬帝無道，生靈塗炭，群雄並起，孩兒只願助爹推翻暴君，解百姓倒懸之苦，其他非孩兒所敢妄想。』」

徐子陵皺眉道：「世民兄既有此想法，爲何剛才又流露出忿懣不平的神色呢？」

李世民頹然道：「因爲我怕大哥是另一個煬帝，那我就罪大惡極了！否則縱使家嚴因婦人之言而背諾。但自古以來便有『立嫡以長』的宗法，我也沒甚麼可說的。」

徐子陵心中肅然起敬。因爲憑敏銳的感覺告訴他，李世民說這番話時，是眞情流露，顯示出他悲天憫人的胸懷。

李世民忽地探手抓著徐子陵的肩頭，虎目深注的道：「這番話我一向只藏在心內，從沒有向人傾吐，今天見到徐兄，卻情不自禁說了出來，自己都感到奇怪。或者是我心中一直當你和寇仲是我的最好的朋友吧！」

徐子陵心中一陣溫暖，又是一陣寒冷。溫暖是爲了李世民的友情，寒冷的則是因想到寇仲終有一天要與李世民對陣沙場。

驀地有人低呼道：「說得好！」

兩人愕然瞧去，只見酒館內只剩下一個客人，坐在相對最遠的另一角落，正背對他們，獨自一人自斟自飲。

李世民和徐子陵交換了個眼色，都掩不住心中的驚異。此人顯是剛來不久，可是兩人竟沒有發覺他是何時進來。而兩人說話時都在運功盡量壓低和束聚聲音，不使外散。而對方離他們至少有五、六丈的距離，若仍能聽到他們的說話，只憑這點，便知對方是個頂級的高手。

此人只是從背影便顯得修長優雅，透出一股飄逸瀟灑的味兒，束了一個文士髻的頭髮烏黑閃亮，非常引人。

李世民揚聲道：「兄台剛才的話，不知是否針對在下來說？」

那人頭也不回的淡淡道：「這裏只有我們三人，夥計給秦某人遣走了，李兄認爲那句話是對誰說呢？」

李世民和徐子陵聽得面面相覷，泛起高深難測的感覺。不過他的聲音低沉、緩慢卻又非常悅耳，似乎並無惡意。要知李世民乃李閥最重要的人物，李淵現在的江山有九成是他打回來的。若洩露行藏，敵對的各大勢力誰不欲得之而甘心。若非他信任徐子陵，絕不會現身來會，只從此點，可見李世民眞的當徐子陵是好朋友。

徐子陵傾耳細聽，發覺酒館外並無異樣情況，放下心來，淡淡道：「秦兄何不過來喝杯水酒？」

那人從容答道：「徐兄客氣，不過秦某一向孤僻成性，這般說話，反更自在。」

李世民哈哈一笑道：「天下每多特立獨行之士，請問秦兄怎麼稱呼？」

那人徐徐道：「姓名只是人爲的記號，兩位當我叫秦川吧！」

兩人愈來愈感到這人很不簡單。

徐子陵訝道：「請恕我多口，秦兄必是佛道中人，又或與佛道有緣，不知我有猜錯嗎？」

李世民愕然瞧著徐子陵，完全摸不著頭腦，爲何徐子陵只見到對方背影，說不到幾句話，竟有此出人意表的猜測。

秦川卻絲毫不以爲異，應道：「徐兄的感覺確是高明得異乎尋常，適才秦某若非趁徐兄伏檯之時入來，恐怕瞞不過徐兄。」

李世民一震道：「秦兄是尾隨我而來的嗎？」

秦川淡然道：「正是如此。李兄當時心神全集中到徐兄身上，自然不會留意到我這閒人！」

李世民和徐子陵愕然以對。先不說這人是有心跟李世民來此。只是以李世民的高明修爲，卻懵然不知有人貼身追隨，可知此人身手的不凡。

秦川不待二人說話，接下去道：「言歸正傳，剛才李兄說及令兄之事，不知有何打算？」

李世民苦笑道：「那番話入了秦兄之耳，已是不該，難道還要作公開討論嗎？」

秦川聳肩道：「李兄有大批高手隨來，大可在傾吐一番後，再遣人把秦某殺掉，如此不虞會被第三者知曉。」

李世民和徐子陵再面面相覷，哪有人會教別人殺了自己來滅口的道理。不過他聳肩的動作非常好看，更使人難起殺伐之心。

「砰！」

李世民拍桌嘆道：「我李世民豈是這種只顧己身利益，妄傷人命的人，秦兄說笑了！」

秦川冷然道：「你不殺人，別人就來殺你。令兄比世民兄大上十歲，當年在太原起事之時，他還在河東府，未曾參與大謀。一年之後，他卻硬被立爲太子。在平常時期，這倒沒有甚麼問題，但值此天下群雄競逐的時刻，世民兄在外身先士卒，衝鋒陷陣，斬關奪隘，殺敵取城，而他卻留在西京坐享其成。縱使世民兄心無異念，但令兄僅以年長而居正位，如何可令天下人心服，他難道不怕重演李密殺翟讓的歷史嗎？」

李世民臉容一沉，緩緩道：「秦兄究竟是甚麼人？竟能對我李家的事知道得如此清楚？」

徐子陵亦聽得心中驚異。但卻與李世民著眼點不同，而在於此人語調鏗鏘有力，說理通透玲瓏，擲地有聲，教人無法辯駁。

秦川油然道：「世民兄若不想談這方面的事，不如讓我們改個話題好嗎？」

徐子陵和李世民又再愕然相對。

歐陽希夷呵呵一笑，拍馬而出道：「讓老夫作個開路小卒吧！」

寇仲急湊往王世充道：「硬闖乃下下之策！」

王世充正拿不定主意，聞言忙以一陣大笑拖延時間，待所有人的注意力從歐陽希夷處回到他身上，故作好整以暇的道：「看來時間尚早，皇泰主該尚未離開他那張龍床，本官待會再來進謁好了！」

一抽馬韁，掉頭便走，再沒瞧獨孤峰半眼。

寇仲等忙緊隨離開。

李世民奇道：「秦兄尚有甚麼話要說？」

秦川緩緩道：「我想向世民兄請教爲君之道。」

徐子陵和李世民給他耍得一頭霧水。

首先李世民非是甚麼君主，何況現在只是處於打天下的時期，縱然李世民有心取李建成之位而代之，那這句話亦該由他向甚麼人請教，而不應反被別人來考較質問。

徐子陵心中湧起一陣模糊的感覺，隱隱覺得自己該知此人的身份，偏又無法具體猜出來。

李世民盯著他的背影，皺眉道：「秦兄若能說出問這個問題的道理，我李世民奉上答案又何妨。」

秦川平靜地道：「我做人從來都是想到甚麼就做甚麼，很少會費神去想爲何要怎麼做。剛才我正是想起世民兄設有一個『天策府』，專掌國之征討，有長史、司馬各一人，從事郎中二人，軍諮祭酒二人，典簽四人，錄事二人，記室參軍事二人，功、倉、兵、騎、鎧、士六曹參軍各二人，參軍事六人，總共三十四人，儼如一個小朝廷，可見世民兄志不只在於區區征戰之事，故有感而問。」

李世民和徐子陵聽他如數家珍般詳列出「天策府」的組織細節，聽得目瞪口呆，啞口無言。

秦川淡淡道：「理由夠充份嗎？」

李世民苦笑道：「我服了！若秦兄肯爲我所用，我必會請秦兄負責偵察敵情。所以爲君之道，首要懂得選賢任能，否則縱有最好的國策，但執行不得其人，施行時也將不得其法，一切徒然。」

徐子陵心中暗讚，若換了是李密或杜伏威，見此人對自己的事瞭如指掌，不動殺機才怪。但李世民卻謹遵諾言，從實地回答，又答得灑脫漂亮，只是這種胸襟，已非其他人能及。

秦川沉聲道：「大亂之後，如何實現大治？」

李世民先向徐子陵微微一笑，才答道：「亂後易教，猶飢人易食，若爲君者肯以身作則，針對前朝弊政，力行以靜求治的去奢省費之道，偃革興文，布德施惠，輕傜薄賦，必上下同心，人應如響，不疾而速，中土既安，遠人自服。」

秦川聽得默然不語，好一會後道：「徐兄以爲世民兄之論如何？」

徐子陵想不到他會忽然問起自己這旁人的意見來。啞然失笑道：「對爲政小弟只是個門外漢，哪有資格來評說世民兄。不過世民兄『靜中求治』的四字眞言，卻非常切合我的個性。大亂之後，只有去奢省費，與民休養生息，不違農時，才能促進生產，使民衣食有餘。」

秦川仍是面對空壁，沉聲道：「昔日文帝楊堅登基，不也是厲行德政，誰料兩世而亡，世民兄對此又有何看法。」

李世民嘆道：「秦兄此句正問在最關鍵處，只此可知秦兄識見高明，非同等閒。未知我兩人可否移座與秦兄面對續談呢？」

秦川笑道：「嘗聞世子愛結交天下奇人異士，當然亦有容納各種奇舉異行的胸襟。區區一向獨來獨往，這麼交談最合區區心意，假若世民兄堅持要換另一種形式，區區只好告辭！」

李世民向徐子陵作了個聳肩的動作，表示出無可奈何之意，微笑道：「我只是想一睹秦兄神采，既是如此，依秦兄之言吧！」

秦川淡然道：「早知世民兄不會強人所難，這麼就請世民兄回答剛才的問題好了。」

李世民不解道：「秦兄爲何像是要考較我當皇帝的本領似的呢？」

此語一出，徐子陵心中劇震，已猜到了秦川的眞正身分。事實上秦川的身分一直呼之欲出，除了師妃暄外，誰有興趣來問李世民這類有關治國的問題？她正在決定誰該是和氏璧的得主。

秦川油然道：「良禽擇木而棲，這麼說世民兄滿意嗎？」

李世民目光投到徐子陵臉上，顯然從他的眼神變化中，察覺到他的異樣，向他打了個徵詢意見的神色。徐子陵想起寇仲，心中暗嘆一口氣，點頭表示李世民該坦誠回答。

李世民默思片刻後，正容道：「致安之本，惟在得人。隋室之有開皇之盛，皆因文帝勤勞思政，每日聽朝，日昃忘倦。人間痛苦，無不親自臨問，且務行節儉，獎懲嚴明。只可惜還差了一著，否則隋室將可千秋百世的傳下去。」

徐子陵不待「秦川」回答，長身而起道：「兩位請續談下去，在下告辭了！」

李世民大感愕然。

「秦川」則不見任何動靜。

徐子陵微一頷首，飄然去了。

《大唐雙龍傳》卷四終

新人間叢書111

大唐雙龍傳修訂版〈卷四〉

作　者—黃易
主　編—葉美瑤
編　輯—邱淑鈴
校　對—李慧敏・黃易・余淑宜
企　畫—王嘉琳
董事長
總經理—趙政岷
總編輯—余宜芳
出版者—時報文化出版企業股份有限公司
10803台北市和平西路三段二四〇號三樓
發行專線—（〇二）二三〇六—六八四二
讀者服務專線—〇八〇〇—二三一—七〇五・（〇二）二三〇四—七一〇三
讀者服務傳真—（〇二）二三〇四—六八五八
郵撥—一九三四四七二四　時報文化出版公司
信箱—台北郵政七九～九九信箱
時報悅讀網—http://www.readingtimes.com.tw
電子郵件信箱—liter@readingtimes.com.tw
印　刷—盈昌印刷有限公司
初版一刷—二〇〇二年九月十六日
初版十刷—二〇一六年七月二十二日
定　價—新台幣二五〇元
⊙行政院新聞局局版北市業字第八〇號

ISBN 978-957-13-3755-2
Printed in Taiwan

國家圖書館出版品預行編目資料

大唐雙龍傳修訂版／黃易著．--初版．-- 臺北市：時報文化， 2002〔民91- 〕
冊； 公分．--（新人間；111）

ISBN 978- 957-13-3755-2（卷4：平裝）

857.9 91013842